夕暮れの
街から

盛岡茂美

海風社

夕暮れの街から

はじめに

二〇一二年、長く勤めた高校教員の定年退職を間近にして、医師から思いも寄らない宣告を受けました。十二指腸癌。非常に珍しいらしく、手術後の五年生存率は二十五パーセントだという事でした。その日を境に一日一生、覚悟の毎日が続きました。幸いな事に、術後の経過は順調で、南海日日新聞にこの連載を始めたのは、その五年をようやくクリアした、二〇一七年六月、六十代の半ばでした。それからほぼ七年、大病をした事で自分の物の見方も変わりましたが、世界も大きく変わりました。トランプ大統領の登場（再登場も？）、新型コロナの感染拡大、安倍元総理の暗殺、プーチン軍のウクライナ侵攻、パレスチナ戦争等々。

今や多くの国で格差が広がり、世界の分断が進んでいます。ポピュリズム・強権主義が民主主義を脅かし、戦争の火種は世界の随所でくすぶっています。一方で、地球温暖化は大災害を生み、人類の存在を脅かすほど深刻になっています。まさか自分が古希を過ぎて、このような状況になった世界を見るとは夢にも思いませんでした。しかし、私たちが生きているのは地球のほんの片隅です。そしてそこにあるのはささやかな日常です。世界がどんな状況になっても、私たちの日々の暮らしは続きます。本エッセーは、こんな時代を、大病を経て老境に踏み入った男の目で、独断と偏見を交えながら綴ってきました。連載は今も続いていますが、とりあえずここでひと区切りして、まとめる事にしました。また、二〇一四年に都内で上演した中年男優二人芝居（コメディ三部作のうち二本）の台本も併載しました。お読みいただければ幸甚です。

二〇二四年四月

連載に当たって

遠い昔の事だが、大学時代は将来テレビドラマを作る仕事をしたいと思っていた。そのつもりで放送研究会に所属して勉強していたが、当時の大学はまだ学生運動が吹き荒れていて思うようにもいかず、頓挫してしまった。卒業後、とりあえず高校教師になったがほんの腰かけのつもりだった。ところが一旦教師という職業に就くと、生身の人間に向き合う事の面白さにたちまちハマってしまった。

今では考えられない事だが、僕のアパートに生徒たちが泊まり込んで徹夜で文化祭の映画作りをしたり、夏休みにはクラスの生徒たちをキャンプに連れて行ったり、またある時などは生徒と本気で殴り合いの喧嘩をした。学校は自由の気風に満ちていて、毎日が充実していた。ところが数年後、大学時代の文学仲間が文学賞を取った事で、僕は楽しい教師生活の夢から覚めた。本来の夢を追うべく、都内にある夜間のシナリオ学校に二年間通った。そしてある映画監督に声をかけられて一緒に映画やテレビの仕事をした。その監督に、いつまで二足の草鞋を履くつもりだと言われ、折を見て教師を辞めようと思ったが、その頃には子どもも生まれていて、妻の反対に抗しきれず、やむなくその道を諦めた。

時の流れは一瞬もとどまらない。二十代の頃は、ギターをかき鳴らして生徒たちと一緒にフォークの名曲「戦争を知らない子どもたち」を歌ったものだが、そのうちこの歌を知らない世代が出てきて、「戦争を知らない子どもたちを知らない子どもたち」となり、やがてそれが「戦争を知らない子どもたちを知らない大人たち」になる頃には、僕はすっかりジジィになってしまっていた。勝手なもので、自分が若い頃には、「三十以上を信じるな」と叫んでおきながら、いざ自分が三十を超すと、今度は「三十以下は信じられん」と愚痴り始めた。子どもの頃は三十以上の大人は皆同じに見えたが、今は三十以下の人間は皆同じに見える。すべては時の流れの為せる業だ。

僕の人生もそろそろ夕暮れ時。周りの景色にも「老い」の二文字が重なるようになった。そんな景色を綴ってみたい。

（二〇一七・五・二四）

エッセー

夕暮れの街から

お天道様に分け隔て無し

あと数か月で六十五歳になる。いよいよ高齢者の仲間入りだ。時の流れを矢の速さに喩えた先人の思いが今となればストンと腑に落ちる。大島高校を卒業して名瀬の港を後にしたのはついこの間で、自分はそれからちっとも変わっていないつもりだ。それなのにもう高齢者枠に入れられるのはたまらない。しかしそう見栄を張ってみてもやはり四十五年という歳月は長い。江戸時代が終わった時、主な移動手段はまだ駕籠だったのに、四十五年後にはタクシー会社が設立されたというのだからその歳月は人類を飛躍的に進歩させるに十分なものだ。何より四十五年は明治という一つの時代にまるごと重なる。僕が年寄りになるのは嫌だと一人で足掻いても所詮無駄というものだ。こうなるともう高齢者としての自覚を逆手にとって生きていくよりない。そう自分に言い聞かせ、鏡の向こうの禿げ頭を一つポンと叩いて気を持ち直した。しかしその数日後、僕はその「高齢者自覚宣言」を吹き飛ばされる出来事に遭遇した。

新宿で映画を観て帰る夕暮れ時の電車での事。端の席に座っていると、若いサラリーマンが二人乗って来て僕の前に立った。二人が同じ会社の同期だという事は会話でわかった。激務から解放されたせいか、二人ともネクタイをだらしなく緩め、立っているのも限界だと言わんばかりにつり革にぶらさがっている。やがて二人の話は上司とおぼしき人間の陰口になった。どうやら定年退職をした後に、再雇用として働いている上司の事のようだった。同じ境遇にいる僕には他人事じゃない。二人の口調は端から悪意に満ちていたが、駅を通過するたびにヒートアップした。僕は、これほど部下に嫌われている上司は一体どんな男だろうとあれこれ想像を巡らしたが、結局自分が若い頃に仲間たちと口を極めて罵った校長の顔に重なった。年寄りが若者に煙たがられるのは世の常だ。しかし、一人が次に言い放った言葉はその世の常を粉々に打ち砕いた。「人間、六十過ぎたらノコノコ世の中に出てくんじゃねえよ！」

その言葉に、僕は危うく見も知らぬ上司に成り代わり、土下座して謝るところだった。そいつのせいで六十以上はまるで世を忍ぶ平家の落ち武者だ。二人は車内に罵詈雑言をまき散らして降りて行った。目の前にも僕の心にもぽっかり空間ができた。世の中に出て来るなと言われてもなあ…。フン、お天道様は落ち武者だって平等に照らしてくれるわい！

（二〇一七・六・七）

俺だって記念日

いつ誰が決めたのか知らないが、今では毎日が何かの記念日だ。長い一年、盆と正月だけに任せてはおけないという事なのか。クリスチャンじゃないけどクリスマスも祝おう。ならバレンタインデーも。いや、男ばかりがチョコを貰うのは不平等、女がキャンディを貰う日だって作るべきよ。そうなるとコンニャクも、猫も亀も下駄さえも黙っていない。俺だって自分の日を作ると言い出し始める。そんなこんなで結局ありとあらゆるものが一年の中に自分の日をこさえてしまった。ちなみにこの原稿を書いている六月十二日は「恋人の日」らしい。何でもブラジルのサンパウロ地方で、この日に恋人同士が額に写真を入れて交換しあう風習があることから、日本でも全国額縁組合連合会というのが決めたという。もっとも知名度はイマイチのようだが。

十八日は「父の日」。世の父親たちとしては大いに自分の存在をアピールしたいところだが、残念ながら「母の日」に比べて「父の日」はかなり冷遇されている。

先日、生徒たちに「母の日」にお母さんにプレゼントをしたか尋ねたら、八割の生徒が即座に手を上げた。なら「父の日」にその予定はあるかとの問いには、上がっていた手のほとんどが即座に下がった。これでは父親は割が合わない。まあ確かに母と父の重みが違うのはわからないわけではないが…。

三好達治は「海よ、僕らの使ふ文字では、お前の中に母がゐる。」と書き、啄木は「たはむれに／母を背負ひて／そのあまり／軽きに泣きて／三歩あゆまず」と詠んだ。いずれも母の深い慈愛が滲み出ている。これが父になるとさしずめ「斧よ、父はお前の中にいる」というところか。何やら物騒な気配だし、父を背負うのは飲み潰れた時くらいで、あまりに酒臭くて三歩も歩めないとなると、慈愛どころか怒りが爆発する。つまるところ、父というのは母に比べると永遠に分が悪いのである。

まあ記念日は自分のために自分で祝うのが一番。昨日は僕がガンの手術をしてちょうど五年目だった。俵万智風に僕も。「ガンはきれいにとれたよとお医者さんが言ったから　六月十一日は手術記念日」。折角生き延びた事だし、すっかり消滅した結婚記念日を復活させるか。そして二十三日は沖縄の慰霊の日。日本軍の戦闘には幕を下ろしたものの、その幕の内側では悲劇はまだ続いている。その台本を書いているのは、国民の事よりも自分の功績の事を考えている馬鹿な政治屋たちだ。

（二〇一七・六・二一）

身捨つるほどの笑いここにあり

世の中には、笑わせてくれる人たちがいる。お笑い芸人はギスギスした社会の潤滑油だ。しかし彼らは人がどうすれば笑ってくれるかを日夜研究し、涙ぐましい努力を重ねている。それでもテレビに出て活躍出来るのはほんのひと握り、多くの芸人たちは明日の暮らしもままならず、貧困と戦いながら芸を磨いている。ところがそんな苦労など全く無縁、豪勢な暮らしをしながら人々を大いに笑わせる、芸人が羨むような職業もある。「政治屋」だ。

かつて記者会見で号泣して、日本中を笑わせてくれた議員がいた。僕も当時これは授業の「つかみ」に使わせてもらって大いに生徒たちに受けたものだ。奥さんがいるのに他の女性と結婚式を挙げたり、被災地でムタイさんが部下におんぶというムタイな事をやらせたり、政治屋同士路上でチューをしたり、不倫の泥沼を這い回って見せたり…。政治屋たちのお笑いの出来はなかなかのものだ。もう皆はん、ホンマようやってくれはりますワ…。しかしこの方々も所詮は前座、ついに真打が登場した。すでに皆さんご存知、スーパーエリートの某女性政治屋だ。いじめ問題を解決すべき文科大臣政務官だった人が、自分の秘書を虐待している車内ネタは日本中を笑いの渦に巻き込んだ。こんな大物が今まで埋もれていたのだからまさしく政界はお笑いの宝の山。彼女に仕えた秘書は百人以上が逃げ出したという。その彼女がネットで誇らしげに自分の座右の銘は「艱難汝を玉にす」だと書いているのは最上級のネタだ。ところが彼女の口からは聞き捨てならない言葉も飛び出した。「このハゲ〜」。これは笑ってすませられない。
　このひと言で、彼女は僕をはじめとする全国のハゲとその予備軍を敵に回してしまった。これで彼女の政治屋人生は終わりだろうが、身を捨ててまで国民を笑わせた才能は凄い。ここはひとつ罪を認め、檻の中でさらに芸を磨いてぜひお笑い界にカムバックして欲しい。そして文科省にはぜひともこの人を道徳の教科書で取り上げてもらいたい。頑張って勉強して、表では善人面、裏では人を人とも思わない心を持てば立派なお笑いのアイドルになれる事、そんな大人が立派な国を作るのだという事を子どもたちに教えて欲しい。次はどんなお笑い政治屋が出て来るか楽しみだが、まあこの国の中心にいる方たちは皆さんお笑いの才能の持ち主のようで。いっそ揃って吉本興業に移籍すればみんなが幸せになるだろう。もっとも吉本が認めてくれればの事だが。

（二〇一七・七・五）

※豊田真由子元衆議院議員、秘書へのパワハラで名を挙げる。

遠い国からネギ背負って

梅雨が明けると本格的夏の到来だ。うだる暑さにウンザリするどころか、どの季節よりも心が躍るのは、南の島に生まれた僕の体が夏仕様に出来ているからだろう。まばゆく輝く青い空を見上げていると、自分はあの空から降りて来て、いつかまたあの空に還るのだという思いが自然と湧いてくる。西行は「願はくは花の下にて春死なん」と詠んだらしいけど、僕はこのカンカン照りの下がいいなあ。

若い頃から旅好きだった。とにかく広い世界を見たいと思っていた。教師の特権だった長い夏休みを利用して、ヨーロッパから北アフリカまでひと月かけて放浪したりもした。結婚して子どもができてからも夏の子連れ旅は欠かさなかった。しかし次第に子どもたちに相手にされなくなり、いつしか旅の意欲も失せてしまった。ところが退職してから再び旅行熱に火が点いた。大病を患った事もあって、行けるうちに行こうという気持ちが強くなった。しかし旅にはリスクもついて回る。

一昨年イタリアツアーに参加した時の事。ハンフリーボガートを気取ってハット帽をかぶった僕を、妻は「まるで成金のシャッチョウーサンみたい」と笑った。この手のツアー特有の弾丸行程、五日ほどでほぼイタリアを縦断し、最終日にローマに着いた。ちょっと自由時間があったのでコロッセオを観ようと妻と二人で地下鉄に乗った。イタリア語オンリーの表示に切符を買う事さえ戸惑い、うろうろする始末。ようやく乗れた車内は東京に劣らない混雑でギューギュー詰め。それでも若い女の子たちにぐるりと囲まれていたので自然と鼻の下が伸びた。世界遺産に圧倒された後、近くの店で土産を買おうとバッグの中に手を入れた。しかしそこに財布はなかった。

全くの不覚だった。地下鉄の中で僕を取り囲んでいたあの娘たちの仕業に違いなかった。ローマではよくある手口だが、自分に限ってという油断を見事に突かれた。現金はほとんど入っていなかったが、クレジットカードを止めるまでの二時間ですでに二十万以上が使われていた。幸い保険で事なきを得たが、わずかな時間でこの僕から財布を抜き取る彼女たちのテクニックには舌を巻いた。おそらく日本からネギを背負ってやって来たシャッチョウーサンは、切符を買う時から狙われていたのだろう。もちろん日本男爺ィ、このままでは済まさない。もう一度あの地下鉄に乗って必ずリベンジしてやる。その時はバッグの中に生きたハブを仕込んでおこう。

（二〇一七・七・一九）

小劇場に神宿る

池袋の東京芸術劇場で芝居を観た。ここは大中のコンサートホールや席数二百程の小劇場を複数有する巨大な文化施設だ。ぜひとも観たい芝居だったので、ふた月ほど前に予約しておいた。ところが何と開幕初日に六十九歳の男優が、演技中に急死するという悲劇に見舞われた。当然翌日からの公演は中止となった。舞台で命を落とすのは役者の本望なのかも知れないが、本人の無念を思うとやるせない。そういう事で二週間後のチケットを買っていた僕もこの芝居は諦めたが、急遽代役が立てられ、芝居は一週間後に再開した。登場人物のほぼ全員が主役と言える小劇場の芝居では、再開は不可能と思われたが、この代役はたった三日の稽古で舞台に立った。さすがに演技の濃密さで他の役者たちと若干の差があったけれど、それにしても天晴れと言うべきだった。

生身の人間が観客を前に演じる「芝居」に僕は大きな魅力を覚える。それも役者の唾が客席に飛んで来るような小劇場の芝居はたまらない。開演後は一発勝負、観客は役者の瞬きさえ見逃さない。その緊張が役者を奮い立たせる。小説とは違い、芝居では活字が役者の肉体を通じて現実の世界に立ち現れる。それは台本を書く人間の喜びだ。僕も三年前にその喜びを客席五十の小さな劇場で味わった。

世の中には売れない役者がゴマンといて、皆懸命に頑張っている。そういう役者たちの魂が舞台に弾けるような芝居を書きたかった。生きるのに不器用な中年男たちの二人芝居を三部オムニバスで書き、役者を募集した。果たして応募してきたのは、いずれも四十を過ぎながら芝居の魅力に憑かれ、バイト暮らしをする五人の役者たちだった。大がかりな舞台装置のない小劇場では、すべてが役者の演技力にかかっている。出ずっぱりで台詞を喋らなければならない僕の芝居は彼らにとってもチャレンジだったが、さすがにベテランの役者たち、味のある演技で客席を沸かせてくれた。まさに芝居の神が狭い舞台に舞い降りた感じだった。五か月稽古を重ねたが、役者たちの体調には最も気を使った。本番に一人でもこけたらすべて水の泡だ。幸い全員が万全の体調で臨んだが、今回のように演技中にさえ異変は起きるから終演まで安心はできない。その分、楽日を迎えた時の達成感は作者、出演者ともにひとしおだ。機会があればこの二人芝居を奄美で上演し、シマの人たちに小劇場の魅力を知ってもらいたいと思う。

（二〇一七・八・二）

ビビリに勝る軍備なし

生来いい加減な人間なのに、僕は心配性である。天が崩れ落ちてきたらどうしようと心配するほどではないけれど、他の人がそれほど気にしない事でも必要以上に不安がる。つまりは極度の臆病、ビビリなのである。十歳の頃、世に言うキューバ危機というのがあった。洟垂れ小僧の僕は、近所にあった廃屋に潜り込んで秘密基地を作ったりしていた。ところがある日、周りの大人たちが難しい顔で「戦争が始まる」と話しているのを耳にした。その絶望的な響きは僕を恐怖の底に突き落とした。十歳のビビリ小僧の頭の中にはすでに戦争＝死という構図ができていた。僕はその夜から眠れなくなった。みんな死ぬというのにどうして先生も友だちも皆こう平気なのかと不思議に思った。そして秘密基地を有事に備えるシェルターに作り変えた。それから半世紀以上経ったが、僕は今もビビリである。

今年もまた終戦記念日がやって来た。この日が来るたびに僕たちは二度と戦争を起こさないと誓ってきたはずなのに、戦争は遠のくどころかどんどん近づいている。民主主義は絶対に戦争を起こさない仕組みだと思っていたが、実は「正式」に戦争を起こす仕組みでもある事を、この年になって気づいた。今の世界状況はビビリの僕には、明日にも世界規模の戦争が起こりそうに思えて怖くてならない。平和憲法を打ち捨て、「正式」に戦争に備えようとしている、国民よりも友人を大切にするこの国の総理や、海の向こうの政と私事の区別もつかないマネーファーストオッサン、核開発に取り憑かれたアンちゃん、覇権強化イノチの隣国のオジサン、やたらマッチョでスパイ映画の主役気取りの超大国リーダー…。いずれもまともだとは思えないこの人たちに、中東の混乱やヨーロッパの排他的姿勢を重ねたら戦争が起きない方が不思議だろう。愚かな指導者たちがおっぱじめる戦争で若者たちを犠牲にするわけにはいかない。何か手はないだろうか。ビビリの僕は考えた。

戦争に行かされる普通の人たちが「僕ら絶対に殺し合わないよ」と今から声を揃えて宣言するのはどうだろう。世界中のビビリが「私は絶対に殺さない」という強い意志を表明したら彼奴らの戦争熱に冷水を浴びせる事にはなるだろう。ということで、ビビリ仲間と共に世界中のビビリに呼びかける宣言サイトを立ち上げようと試みた。アイデアは良かったものの所詮アナログ人間、インターネットの世界の入り口ではや迷子になって頓挫してしまった。だけどいつかこの声を世界に届けたいものだ。

（二〇一七・八・一六）

タラレバの山に向かひて

人間、六十を過ぎると己が来し方を振り返る事が多い。僕の場合、そこにはタラレバの山が高々と聳えている。もしあの時ああだったら、こうしていれば…。タラレバは人の常、積もり積もった後悔の山は今さらどうしようもないが、拭いきれない未練は厄介である。

タイトルは忘れたが、アメリカ映画だった。大学の野球選手が絶好のチャンスで打席に立つ。もしホームランを打ったら社長令嬢との結婚が叶い、富と名誉が約束されている。しかし結果はフェンスギリギリのフライ。すべてはフイに。結局励ましてくれたマネージャーと結婚する。ところが妻との凡庸な生活にはどうしても満足出来ない。あの時打っていればという思いが頭から離れず、妻に辛く当たる。見かねた神様が時間を戻し、今度は見事にホームランを放つ…。タラレバを解決してくれるドラえもんは人類共通の夢だ。

先日、映画「海辺の生と死」を観た。それは昔、島尾ミホさんの本が出た時、これは絶対オレが映画にすると決めていた作品だった。当時シナリオを勉強していた僕の頭の中では、原作を読んで映像が泉のごとく湧き出た。まさか戦争中の南の島での小さな恋物語に目をつける映画製作者はいないだろうと高を括り、そのうちそのうちで数十年をやり過ごしてとうとうやられてしまった。映画は、満島ひかりが際立ったが、オレが作っていればという気持ちがずっとまとわりつき、映画館を出た時には後悔と苛立ちが全身を駆け巡った。

シナリオ学校で僕は南の島の子どもの話を書いた。ゼミの代表作品最終候補に拙作と劇団出身の男の作品が残り、監督は僕の作品を選んだ。その男はそれでシナリオをやめて演劇の世界に戻った。しかしその後彼は演劇界を代表する作家の一人になった。一方で選ばれた僕はただのジジィになった。また、拙作を気に入ってくれた別のゼミの女性とは飲みながらシナリオや映画について語り合った。彼女はその後プロになって大活躍、来年は大河ドラマ「西郷どん」を書く。ああオレもあの時シナリオを続けていれば…。残念ながら現実世界にドラえもんはいない。

先のアメリカ映画。ホームランを打った主人公は晴れて社長令嬢と結婚し、華やかな人生を手にする。しかしそこは虚飾の世界だった。空しく街を彷徨っていると、独り健気に生きている妻を見かけ、本当の幸福に気づくというオチ。結論。タラレバの山に向かって過去を嘆くより、今を大切に生きましょう。

（二〇一七・九・六）

誰がために墓はある

壁に吊った奄美カレンダー。九月三日と五日に旧盆の迎えと送りの文字がある。この両日、シマ中の墓所はさぞ賑わった事だろう。

子どもの頃、盆の迎え送りは楽しい行事だった。提灯を携え、川沿いの道を親の後について墓所に向かった。普段なら人影のない墓所はとても怖くて近づけなかったが、この日は大勢の人が集い、祭りのようだった。お参りをすませると提灯に火を点して帰路についた。その火がご先祖さまだと言われ、消してはならじと提灯を持つ手が震えた。たくさんの色鮮やかな提灯が夜の墓所にゆらゆらと揺れる様は子ども心にも美しいと思ったものだ。

僕は信心とは縁のない人間だが、親の墓参りにはちょくちょく出かける。それは親の霊を慰めるためと言うより、自分が安らぐからだ。しかし墓というのは厄介なものでもある。

故郷を離れた者にとって、墓の問題は年をとるごとに深刻になる。僕と同い年の山形出身の友人は奥さんが沖縄の人で、夫婦ともに長子と長姉。母親の介護が必要となって奥さんは沖縄に帰った。そして先祖の墓もあるのでそのまま沖縄に住む事に決めた。彼の方は両親の墓が山形にあり、親戚から山形に戻って墓をみるよう催促されている。一人で暮らしながら、山形と沖縄の狭間でこの先を悩む。

跡継ぎでない者は自分の墓の問題を抱える。最近は墓など不要、散骨で十分と言う人もいるけれど、本人はそう思っていても、残された人間はそう簡単に割り切れるものじゃない。散骨でハイ終わりというわけにもいかないだろう。今のところは墓があった方が葬儀や法事などもスムーズで、残された方も楽だろう。

僕も母親が死んだ時、一旦シマの墓に収めたものの、なかなか墓参りをする機会がなく、住居近くの霊園に墓を求め、シマの墓に眠っている先祖ごと移した。新しい墓所に移された先祖たちが「ここはどこだ?」と惑うといけないので、墓石にはシマの墓から見えていた水平線に浮かぶ立神と「南風」の文字を刻んだ。いずれ僕もこの墓に入る事になるが、僕はそこで眠っている気は毛頭ない。聖徳太子、リンカーン、シェイクスピアに夏目漱石などなど、お目にかかりたい人は山ほどいる。その人たちに会って一献傾けるとなれば訪問だけで千年はかかるだろう。死者たちは墓など気にせず、好きな事をやっている…はずだ。結局墓は生きている人間のためにある。慣習にとらわれ過ぎず、一番いいようにすればいい。ご先祖さまも大目に見てくれるだろう。

（二〇一七・九・二〇）

座るべきか否か、それが問題だ

マージナルマン。境界人と訳される。教育の分野では青年期の事を指す。大人と子どもの境界にいる世代の事だ。大人でもなく子どもでもない。しかしそれは大人でもあり子どもでもあるという事で、高校生はその典型だ。防災訓練のたびに僕は彼らに言った。君たちは勉強は教えてもらう立場だが、災害時には助けてもらう側ではなく、助ける側だと。もし災害が起きた場合、最近は歩いていても躓く僕が彼らを背負って避難するのは絶対不可能で、彼らに背負ってもらう方が現実的だ。そういう意味で高校生は立派な大人だ。そして同じ意味で僕は、もはや大人として備えるべき能力を失った老人にカテゴライズされる。つまり僕もまた大人と老人の間を漂う、中途半端な高齢マージナルマンだという事だ。

先日、高校時代の同級生Sに会った。高校時代は空手部の主将だった猛者だ。日頃は温和な男だが、珍しく憤慨している。聞けば成田空港での事。飛行機から下りてターミナルビルに向かうバス車内でそれは起きた。そのバスは混んでいたらしい。この後は彼が怒りながら放った言葉をそのまま書く。

「ワン（俺）が立っとったら前に座っていた婆さんが立ち上がってワンに、どうぞと言うわけよ。最初どういう意味かわからんかったよ。その婆さん、どう見てもワンより年上ど。ワンは普通にちゃんと立ってるのになんでそんな婆さんにワンが席を譲られなければならんわけ？　しかもたった数分でバスは着くんど！」

突然の不条理に内心ブチ切れながらもSは丁重にお断りしたそうだが、彼の経験は高齢マージナルマンの複雑な立場を示している。

席を譲られる事をどう思うか。それは人それぞれだが、もし相手が若者ならそれなりに納得はするだろう。しかし今回のSの場合、相手に問題があった。実際その女性がいくつだったかはわからないが、Sの怒りの源は女性が自分よりも年上だと考えた事にある。が、その女性からすればSは自分より年上の爺さんだと思っての気遣いだろう。どっちが年上だったかは別にして、傍からは五十歩百歩、目クソ鼻クソのやりとりに見えたに違いない。

席を譲るべきかで周りを悩ませ、譲られたら座るべきか惑う。高齢マージナルマンは面倒な世代なのだ。外見と実年齢と本人の意志は必ずしも一致しない。「私は席を譲ってもらわなくて結構」という高齢マージナルマンのために政府公認の、両肩に米俵をかついでいる力士のバッジを作ってはどうだろう。

（二〇一七・一〇・四）

君よ憤怒の票を撃て！

昔、コント55号の「なんでそうなるの？」という番組があった。萩本欽一と坂上二郎が、ありふれた日常を奇天烈な世界に転化させる秀逸な番組だった。目まぐるしく動く社会を嗤う余裕がタイトルになった。しかし最近の世の中は「なんでそうなるんだ！」という怒号が飛び交うような雰囲気に満ちている。

今、政治の世界では鵺のような手合いが権力を巡って滑稽な芝居を繰り広げている。しかし滑稽だからといってこれは喜劇じゃない。観客を怒らせる、いわば「怒劇」ともいうべき新しいジャンルの芝居だ。登場する役者は大別して「卑怯」か「浅ましい」のどちらかの看板を背負っている政治屋たちだ。

幕開けは突然の衆議院解散だった。なぜ今なのかと首をかしげる多くの国民に、総理は後付けで口実を並べたが、本音では敵の足腰が弱っている今が絶好のチャンスだと踏んだのだろう。弱っている敵を狙い撃ちにすれば勝利は間違いない。森友や加計問題など木っ端微塵だ。立派な政治は卑怯でなければならない、のだ。北朝鮮の脅威というのも都合がいい。アメリカの親分に忠誠心を見せたい総理は選挙で大勝して、たとえ親分がかの国と戦争を始めても日本国民はずっと親分について行きますとすり寄り、頭を撫でてもらいたいのかも知れない。とにかくこの選挙で不都合な事はすべて払拭される。いよいよこの国を思う通りにできる…。そうほくそ笑んでいたら、まさかの事態が起きた。自分の乗っている船が沈む事を察知した敵の面々が、自ら掲げていた理想の旗をいともたやすくポイと捨てて、順風満帆の希望の船に乗り換えたのだ。乗せてもらう為に船長にへつらう事など屁とも思わない浅ましさは敵ながら天晴れだ。

その後その希望の船も帆が破れ、選挙は混迷の様相が濃くなったが、こんな手合いの演じる三文芝居につき合わされる方はたまったもんじゃない。何より腹が立つのは、以前ここで書いた、秘書に「このハゲ～」と罵詈雑言を浴びせたあの、人品卑しい某女史が凝りもせず立候補している事だ。所属は「鉄面皮党」にすべきだろう。この程度の人間が、頭ひとつ下げて再び政界に舞い戻るならこの国に未来はない。今さら美辞麗句をどれだけ並べても、全国の禿頭組は彼女を許さない。

怒りは尽きないが、せめてみんなで怒りの票を投票箱に撃ち込んでやろう。ただ、選挙の結果が「なんでそうなるの？」という事にだけはならないで欲しいものだ。

（二〇一七・一〇・一八）

※小池都知事「希望の党」設立

余計なお世話が世界を救う

普通に生活している中では考えられないような事故や事件のニュースを見聞きするたび、よくもまあこう毎日毎日いろいろな事が起きるものだと感心さえする。まあ考えてみると数十億の人間がひしめいて暮らしているこの世界、何事も起きない方がおかしいのかも知れない。それでもたいていの場合、それらはどこか遠い所での出来事であって、「へえ、そんな事がねぇ」とひとつため息をついて終わるだけだ。しかしそれが自分の足元で起きたらそうはいかない。

僕は神奈川県の座間という所に住んでいる。東京と横浜への便が良く、十三万ほどの人間が暮らしているが、まだ田園風景が残るのどかな町だ。その町が、この国の犯罪史上最悪の猟奇的事件で凍えるような恐怖に包まれた。

現場は僕の家から直線距離で一・五キロほどの所。警察が容疑者のアパートに踏み込んだとされる時、僕はそのアパートからわずか数十メートル離れた歯医者で治療を受けていた。その歯医者にはふた月ほど前から通っているので、もしかしたら僕があんぐりと口を開けている間にも、すぐ近くでおぞましい事が進行していたのかも知れない。そう思うと、知らなかったとは言え、何とも情けなく腹立たしい。

こんな事件が起きるたび、犯罪心理学者たちがメディアに登場して容疑者の心理分析をしてみせるが、市井に生きる僕たちとしては、容疑者の心理分析はさておき、なぜ近くにいる若者がこれほどの残虐な事件を起こすのを防げなかったのかを考える必要がある。

ごく普通の町で普通に育った普通の少年が、長じて悪意の塊と化す。この事件の凄惨さには言葉もないが、同様の悪意は、もしかしたら今この瞬間にもこの国のどこかに潜んでいるかも知れない。また悲しむべきは、生を謳歌すべき若者たちに、失意の中で死の方に心を寄せている者が多くいるという事だ。悪意と失意。その二つが不幸な形で行き合って事件は起きてしまった。

個人を守る仕組みが強くなり過ぎて社会が萎縮し、逆に個人を追い詰めていないか。失意か悪意のどちらかの沼に沈む若者を生んでいないか。駅のベンチに暗い顔をして座っている若者を見ても、声もかけづらい社会。もしそこで声をかけたら何かを防ぐ事ができるかも知れない。もうここは余計なお世話は百も承知、酸いも甘いも噛分けたジジィやババァが声をかけ、若者たちを失意と悪意の沼から引き上げる。それより世界を救う道はない。

（二〇一七・一一・一五）

※座間アパート九遺体事件発生

楽しむは百薬の長

青春真っ盛りの高校時代、僕は二年間をむさ苦しい男子クラスで過ごした。そのせいか、東京で大学に入ってからも女子との接し方がよくわからず、結果、硬派を気取るようになった。教室で女たちとチャラチャラしている連中を見るとどうにも腹が立った。流行を追うミーハーを軽蔑し、奄美健児これにありと大高の応援歌を口ずさみながらキャンパスを闊歩した。友人からスキーに誘われた時も言下に断った。そんな軟派のやる遊びなど論外だった。ところが就職してから同僚たちとスキー旅行に行くことになり、生まれて初めてスキーなるものをやった。やってみればこんなに楽しいものはなく、僕はその日のうちに硬派の鎧を脱ぎ捨てた。節操の無さにおいては人後に落ちないのである。それからはせっせとスキーに出かけ、派手なウェアを着こんで首には赤いバンダナなぞを巻き、ゲレンデで女の子たちを見かけると声を裏返して「一緒に滑らない？」とナンパさえするようになった。かつての奄美健児はすっかり「奄美軟児」と化した。そして歳月は流れ、今はゴルフにはまっている。もちろん昔は、自然を破壊するゴルフなどとんでもない、そんなものをやる奴は人類の敵だと罵倒していた。しかし今ではその人類の敵たちと一緒にゴルフをするのが至福の時になっている。

ゴルフを始めたのには理由がある。十年ほど前の事。高校以来の友で、ゴルフ狂のHが癌を患った。厳しい闘病生活の真っ只中、彼がゴルフをやりたいと言い出した。僕たちは、Hとの思い出作りのつもりでゴルフを始めた。ところがHはゴルフをするたびに回復し、やがて完全に病を克服した。そして入れ替わるように今度は僕が癌に罹った。しかし、Hを見ていたのでゴルフをやれば僕も絶対に治るという妙な自信があった。病と闘っている時もHの経験が支えとなり、手術からほんのひと月後、僕はHと炎天下にラウンドした。そしてその後も同級生たちとのゴルフに参加し続けた。思った通り、ゴルフ薬は僕にも絶大な効果を発揮した。Hの強靭な精神力とゴルフに対する情熱には到底及ばないが、いつか彼を負かす事を目標にゴルフを楽しんでいる。

僕たちがゴルフをする時はシマグチが飛び交う。ハゲバード、アランダロ、イヤヌーシーヨ…。いつだかはキャディに「皆さん、どちらの国の人ですか?」と言われた事もある。理屈にとらわれず、気の置けない友と好きな事を楽しんで生きる。奄美軟児の元気の源だ。

（二〇一七・一二・六）

※ハゲバード（やれやれ）　アランダロ（嘘だろ）　イヤヌーシーヨ（お前、何やってるんだよ）

人生の残り時間に福あり

先日、ある男子生徒が「先生の人生の残り時間を見せてやるから生年月日教えて」としつこくまとわりついて来た。いつもは年齢を訊かれるたびに「もうすぐ四十歳になる」とかますのだが、「残り時間を見せる」という言葉に心の針が反応したので十歳サバをよんで誕生日を教えてやった。すると彼はスマホを取り出し、素早く指を滑らせた後で僕の前にそれを差し出した。画面にはきれいな砂時計が描かれていた。下の方は黄金色の砂がたっぷり積もっていて、上の方はその数分の一くらいの量だ。よく見ると、絵だと思っていた砂時計の砂が上から下にわずかに落ち続けている。要は平均寿命を砂の量にしたアプリらしい。「先生の残り時間、マジやばいよ。大切にした方がいいな」。彼は偉そうな口調でそう言って去って行った。フン、余計なお世話だと強がってはみたが、十歳サバをよんであの量だとしたら六十五歳は…。思わず考え込んでしまったが、いちいち他人に言われなくても人生の残り時間を頭から消せないところに来ているのは確かだ。

さもしい話になるが、年金をもらうようになって人生の残り時間を損得の秤にかけるようになった。当然長生きする程に秤は得の方に傾く。しかし年金は誕生日に受給資格が得られる。つまり同学年でも四月生まれはすぐに受給し、三月に生まれた者はほぼ一年待たなければならないのだ。僕は十月生まれだが、この仕組みには異議がある。僕たちが若い頃は大学を出た人間はほぼ全員、就職した四月から同時に年金を納め始めた。なら受給も全員同時に四月からにすべきじゃないか。遅くに生まれた者がその分長く生きるという保証はないし、六十代と二十代の一年間はその質が全く違うのだ。昔、自分は他の奴らより若いのだと自慢していた早生まれの人間は、ここへ来て、実はそれは大損なのだと思い知る。

何だかんだで今年も暮れた。世間は季節を先取りするので正月もまだなのに店先にはもう春物が並ぶ。こうも急かされては砂時計の砂がどんどん減る気がするが、僕には強みもある。自分の限界をはっきり悟った今、若い頃には見えなかった「やれる事とやれない事の境界」が見えている事だ。それはその分、やれない事に無駄な時間を費やさずにすむという事だ。年金などに寄りかからず、金だけで満たされる暮らしと決別して「やれる自分」を生きるなら、この先の人生の残り時間は豊かで福に満ちたものになるだろう。

（二〇一七・一二・二一）

無勢の理を侮るなかれ

大相撲初場所が終盤に入る。今場所は日馬富士の暴行事件などで天覧相撲も流れ、さらに「注目」の二人の横綱が早々に休場するなど、相撲協会にとっては満身創痍の場所だ。

人は誰でもどんな理由でも暴力を振るわれる事があってはならない。法治国家の常識だ。しかし今回の事件は、力士たちの暴力に対する認識のズレが発端になったようだ。僕も高校時代は先生や先輩によく叩かれたが、それはそう特別な事でもなかった。だからその類の事には割と鈍感になった。今回、貴乃花親方は日馬富士の行為を断じて許さず、相撲協会に対して徹底して無言の抗議を貫いた。審判官贔屓の国民性からすれば、もっと世論が貴乃花に加勢するところだろうが、そうでもないのは貴乃花の頑なな態度に疑問を感じている人が多いからだろう。暴力に対して鈍感な僕も、「仲間同士のちょっとした暴力を糾弾するために、二人の力士の相撲人生を狂わせていいのか」などと思ったりもした。しかしやはり「暴力」と「指導」は違う。そこを見誤ってはいけない。貴乃花はそれを、旧態依然の相撲界に知らしめようと孤軍奮闘しているのだろう。僕は基本的に大勢を相手に一人で戦う人間を支持する。だから相撲協会VS貴乃花となると俄然頑張れ貴乃花、となる。

もう二十年近く前の話だが、娘が少女バレーボールをやり始めた頃、僕も多勢に無勢の立場を経験した事がある。上の息子たちがサッカーをやっていたので少女バレーの世界を全く知らなかった僕は、そこで驚くべき光景を目にした。もちろん今ではそんな事はないだろうが、大の男の監督が子どもたちを平気で引っ叩くのだ。いたいけな少女たちは監督には絶対服従で、親もそれを認めている様子。大体どこのチームも同じだった。子どもは叩かれることで強くなるという、前時代的な理屈がまかり通っていた。これには暴力に鈍感な僕でもさすがに怒った。僕は保護者として監督会議に出席し、体罰のないチームを作るべきだと主張した。しかし所詮大勢に手なし、二十人ほどいた監督たち全員に冷たい視線を浴び、敢え無く返り討ちにあった。娘は非暴力を唱えるコーチが作ったチームに移った。

一つの価値観に凝り固まった組織を一人の力で変えるのは容易じゃない。貴乃花の孤立が続くなら、この際いっそ独立して新しい協会を作ったらどうだろう。野球のように二つに分かれ、年に一度代表同士で日本一を決める。今よりよっぽど盛り上がるだろう。

（二〇一八・一・一七）

※横綱日馬富士の暴力事件で、貴乃花親方、協会に「反乱」を起こす

焦る心に棲む毒蛇

しばらく前に、一流のカヌー選手が後輩のライバル選手の飲み物に薬物を混入し、大きな問題になった。実に情けない話だが、やった本人はさすがに良心の呵責に耐え切れず自白した。自分の年齢を考えるとオリンピックに出られる最後のチャンスをどうしても逃したくなかった…。その動機には、追い詰められた者の焦りが感じられて切なくもある。一方で薬物を入れられた後輩が「自白してくれた事には感謝します」と言ったのを聞くと、人間は何と愚かで素晴らしいのだろうと思う。

嫉妬と悪意。追い詰められた者の心に潜む双頭の毒蛇だ。僕の中にもそいつが棲んでいる。そして時々鎌首をもたげる。

十五年ほど前の事。普通の人が普通に携帯電話を持つようになった。そしてメールや写真を送る事ができるようになった。これはもうグーテンベルクの活版印刷と同じくらい世界を変えた。その文明の利器を僕が使うようになったのは、僕の頭髪に問題が生じ始め、焦り出したのとほぼ同じ頃だった。

仕事が終わって電車に乗ると、いかにも恰幅のいい初老の男が腕組みをして座っていた。僕はその男の前に立った。周囲のサラリーマンとは明らかに違うアルマーニ、かどうか知らないがとにかく高級そうなスーツを着て、足元にはこれも見るからに高そうな靴を履いている。それだけで十分妬みが涌くが、ほぼ二人分の座席を一人で占めている事が許せなかった。電車が混んできても男は全く動じなかった。詰めればもう一人は座れるところだが、寝たフリを決め込んでいる。僕は腹が立った。「おい、社長！　お前そんなに偉いんなら、電車なんか乗るんじゃねえ！」。僕は怒鳴った。もちろん心の中で、だ。電車は益々混んできた。しかし誰も声をかけなかった。僕はドサクサに紛れて自分の靴底を男の靴にこすりつけて嫌がらせを繰り返したが男は微動だにしなかった。と、つり革にぶら下がっていた僕は突然驚くべき事に気が付いた。男の頭頂部にギザギザの筋が入っている。ヅラだ！　それは誰が見てもわかる安物のカツラだった。首から下とのギャップはどうにも不可解だったが、すぐに僕の悪意が覚醒した。僕はポケットから携帯を取り出し、その頭頂部に向けた。咳をする振りをしてシャッター音を消し、早速その写メを妻に送った。「俺はハゲてもこんな事はしない」と文を添えた。今にして思うとあれは立派な盗撮だった。申し訳ない事をした。アルマーニの先輩、ゴメンナサイ。

（二〇一八・二・七）

カモになるサギを待ちながら

珍しく家電（カデンではなくイエデンと読む）のベルが鳴った。スマホを使うようになってからは家電はほとんど使わなくなった。たまにかかってきてもそれは大抵何かしらの不愉快な営業電話だ。その電話も「墓地のご案内」だった。僕はご案内をされながら「ナムアミダブツ」と言って切った。迷惑電話が多い中、僕には密かに待ち望んでいる電話がある。それは「振り込め詐欺」の電話だ。

昨年、神奈川県では二千三百件を超す詐欺で五十二億の被害が出たそうだ。その額にも驚くが、人はなぜこうもたやすく騙されて大金を出すのか。僕には出せる金は全くないが、ぜひとも我が身でその不思議を試したいのだ。

これは友人の両親宅で実際に起きた話だ。随分前の事だそうだが、電話が鳴り、母親が出た。電話の向こうから「おばあちゃん」という声。たまたまその日、孫から電話が来ることになっていたので母親はてっきり孫だと思い込んだ。「孫」の話では「騙されて会社の金で浄水器を買い、その埋め合わせで金が必要になった」との事。普通に考えて奇妙な話で、しかも声が孫とは違うので母親がそれを指摘すると「風邪をひいている」とベタな言い訳。これは詐欺だと確信した母親は機転を利かせ、騙された振りをする事に。すると相手は、指定する駅に三百万を持って来て欲しいとこれもレトロな要求をして来た。電話を切った母親はすぐに警察に連絡、ここからはサスペンスドラマのような展開になった。

受け渡しの日、警察がバッグに詰めた偽の紙幣を用意して母親に持たせた。刑事たちは遠巻きに母親を見守っていた。と、そこに犯人が現れた。今、読者諸氏の頭の中には黒澤明の「天国と地獄」のようなシーンが展開しているかも知れない。果たしてバッグを受け取った犯人はその場から脱兎の如く逃げた。もちろん刑事たちがすぐさま追いかけ、犯人は敢え無く御用…となるはずだった。が、あにはからんや犯人は人ごみに紛れてまんまと逃走、結局逃げられてしまった。胆力の据わった母親の完璧な対応に比べ、紙きれの束を持って逃げた犯人と、それを取り逃がした警察はどっちも間抜けとしか言いようがない。

もしそんな電話を僕にかけて来たら、そいつは僕の巧妙な罠にはまる事になる。逆に僕に金をむしり取られ、サギのつもりがカモになり、気づいた時にはツーレイト。檻の中で僕との役者の違いを思い知る事になるだろう。準備は出来ている。早くかけてきやがれ！

（二〇一八・三・二一）

切った縫ったの熟年渡世

同い年の友人が心臓のバイパス手術を受け、見舞いに行った別の友人がその男の写メを送ってきた。胸部に上から下へ見事な縫い痕。僕はシャツを捲って腹を出し、六年前にガンの手術を受けた自分の傷痕と見比べた。どちらも甲乙つけがたい戦果だが、これでまた体に傷を持つ仲間が一人増えたのは確かだ。現代医学は心臓バイパス手術など朝飯前で、彼は僕が見舞う間もなく元気に病院を出た。

六十五年も使い続けると、体はさすがにあちこちボロが出て来て、手術を要する場合もある。親に貰った体に刃物を入れるのは申し訳なく思うが、これればかりはしょうがない。まあ僕などは病に打克った勲章だと思っている。そしてその勲章が役に立つこともある。

昨年、妻と伊勢志摩を旅した時の事。泊まった宿で温泉に入った。時間が早かったせいか僕の他には誰もいなかった。僕はゆったりと足を伸ばして湯船を独占し、口笛など吹きながら天国気分を味わっていた。と、しばらくして屈強そうな男がタオルを首にかけて入って来た。そこまではごく普通の事だが、男が湯に浸かり、タオルを取った途端に普通ではなくなった。男の両肩から見事な彫り物が現れたのだ。最近、この手の方たちは多くの場所で入場禁止になっているので、そういう立派な刺青にお目にかかるのは久しぶりだった。男は僕の正面に腰を下ろし、僕は立ち上る湯気の中でその男と二人きりで向き合う事になった。本能的に口笛はやめ、伸ばした足をそっと戻した。当然目も合わさない。この手の方たちとは関わり合いにならないのが一番だ。だからといってすぐに出たのでは気に障るかも知れない。つまらない事で因縁をつけられて湯の中に沈められてはたまらない。さっきまでの天国が地獄の入口になった。

男は心地よさそうに目を閉じて、湯を心から楽しんでいる様子だった。それを見て僕は、行きずりのヤクザにビビっている自分がバカらしくなった。そうだ、俺には勲章があるじゃないか…。僕は湯の中で膝立ちをした。そして男の方へこれ見よがしに腹を突き出した。これを見ろ！　この傷痕に比べりゃ、テメエの彫り物なんぞ屁だ。男一匹この腹に、刻んだ傷は伊達じゃねぇ。僕は心の中で啖呵を切った。僕の腹の傷痕に恐れをなしたのかどうかはわからないが、男はやがて湯から上がり、体も洗わずに出て行った。僕は湯の中で勝利の雄叫びを上げたが、湯から出た時はすっかりのぼせて危うく倒れるところだった。

（二〇一八・四・一八）

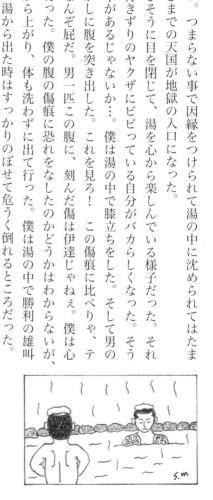

権力の毒はとろける蜜の味

世に制御の効かない権力ほど始末に負えないものはない。韓国のパワハラ財閥一家が典型だが、この国の権力者たちも負けていない。

権力を手に入れると自由に人を動かせる。他人を支配する快感が人を虜にし、人は権力を目指す。別にそれは悪い事じゃない。力を求める意志こそ生の根本衝動だと言った哲学者もいる。しかし問題はその権力は蜜の味のする猛毒を含有しているという事だ。その蜜に群がるお友だちのために権力を大盤振る舞いする総理。その総理を支えるために身を挺して嘘をつくエリート官僚。呆れる強弁を繰り返すセクハラ次官。それを擁護する頓珍漢大臣…。いずれも権力の毒に冒された方々だ。この面々が権力の力学の中で「お前もワルよのう」と凭れ合っている様は容易に想像できる。この腐った鎖を断ち切らないとこの国に未来はない。しかしかく言う僕も、かつて制御を失った「力の蜜」を味わった事がある。

高校教師だった僕は結婚したばかりの頃、県内で最も荒れていると言われた学校に赴任した。入学式の日から生徒たちの敵意に満ちた視線に晒された。不運な事に、学年でワースト5のワルが僕のクラスに入って来た。その五人の中にも序列があり、NO1とNO2は背も高く、他のクラスの女子たちが見に来るほどのイケメンだった。教師を全く信じていない彼らは、あらゆる事で反抗的な態度をとった。

ある朝、僕はつまらない事で妻と喧嘩をして機嫌が悪かった。その日はNO2が日直だった。「何で俺がやんなきゃなんねぇんだよ」。彼は僕に牙を剥いた。いらついていた僕は即キレた。「外に出ろ！」大声で怒鳴って僕は廊下に出た。教室は騒然とし、NO1が「あいつに先に手を出させろ」と言っているのが聞こえた。理性の制御を失った僕は「早く出て来い！」とドアに蹴りを入れた。肩を怒らして彼が出て来るや、今度は掲示板にパンチを食らわした。拳が壁を破った。「理由を言え！」。蛮声を張り上げ、僕はその一点で責め続けた。返答に窮し、その上凶暴な獣と化した担任の姿に気圧されて、彼はやがてポツリと謝った。

　放課後教室に行くと、教卓を五人が取り囲んでいた。今度はやられるなと覚悟した時、NO1の口から出た言葉は意外なものだった。「先生、大したもんだよ」…。以来、彼らは完全に僕の軍門に降った。暴力は彼らの崇拝の対象だった。彼らが従順になった事には快感を覚えたが、毒を以て毒を制した苦い思いと、壁を破った拳の痛みはひと月以上続いた。

（二〇一八・五・二）

命を繋ぐ宇宙の鎖

友人の造形作家Hから、Sさんの体調が思わしくないようだと電話が来たのはふた月ほど前の事だった。Sさんというのは僕より八歳年長の友人で、元数学教師。文学と哲学を愛する懐の深い知識人だ。最近ご無沙汰なので近いうちに三人で飯でも食おうとHと話していた。しかし先日そのSさんが帰らぬ人となった。奥さんの話ではすい臓がんが見つかった時には手遅れだったと。あまりに急で、本人が一番納得していなかったという事だった。Sさんと最後に会ったのは二年ほど前、Hの個展の時だった。今さらだが、もっと会っておけばよかった。葬儀でHと僕は収骨に加わった。尊敬する友が無念のうちに土に還るのを見届けるのは何とも切なかった。

僕の記憶の中で、友人の葬式に初めて出たのは小学二年の時だ。同じクラスのカズマが死んだ。ついその一週間程前に、浜辺に並んでいる舟に乗り込んで一緒に遊んだばかりだった。そのカズマがこの世からいなくなったという事が僕には理解できなかった。何かの病が原因だったようだが、クラスのみんなでカズマの家の座敷に詰め合わせて座った時、涙を流した者はいなかった。僕たちには子どもは死なないという不文律があったので、カズマはちょっとどこかに出かけただけに思えた。絵が上手かったカズマは僕に馬の絵を描いてくれた。今にも駆け出しそうな馬だった。

神仏を信じない僕が言うのもなんだが、もし神様が人間を創ったのだとしたら、言い付けに背いたアダムとイブへのお怒りはごもっともだが、せめてその子孫が死ぬ時くらいはすべて等しく年老いて、納得した上でやすらかに死ねる工夫をサービスして頂きたかった。

まあ愚痴を言っても人はいずれ必ず逝く。団塊の世代が高齢を迎え、気が付けば街の随所に老人介護施設と葬儀場が建っている。この先、死はありふれたものになるが、自分の最期をどう受け入れるかは実に厄介な壁だ。

「やすやすと／恋もいのちも／あきらむる／江戸育ちより／悲しきはなし」。かつてがんで死の淵を覗いた僕には、神仏のどんな言葉よりこの吉井勇の歌が効いた。江戸育ちでなくても最期の時に持ちたいのは執着を絶つこの潔さだ。

宇宙の隅にお借りしていた一生分の時間と空間を宇宙に返す。それをまた別の命が継いで生命の鎖は永遠に繋がっていく。自分がその鎖の一つだというのはすごい事じゃないか。

僕は今でも時々、カズマが描いた馬が夜の天空を自在に疾走している夢を見る。（二〇一八・五・一六）

ドンすれば鈍する

「貧すれば鈍する」という言葉がある。貧乏をすると頭の働きが鈍くなり、さもしい心を持つようになるという意味だ。しかし貧しくても人として立派な人はたくさんいるからこの言葉は金だけの事じゃない。絶対的権力を持つ人間はドンと呼ばれるが、最近そのドンたちの鈍化とさもしさが著しい。

この国のドンは安倍総理であり、財務省のドンは麻生大臣だ。このお二方をテレビで拝する度に、人間というのはドンになるとこうも鈍するようになるのかとつくづく思う。森友加計問題ではどんなに総理が言い繕っても国民は嘘を見抜いているし、麻生さんは自らの力を驕り、弱者を軽視すること目に余る。国民の感情を理解できない鈍感な人間たちが長く政治を私物化出来ているのが不思議でならない。もしこの二人が高校時代、同じ学校にいたら僕は絶対便所の裏に呼び出している。

スポーツ界では、レスリング協会のパワハラ問題でご本家の至学館大学のドンが完全鈍化会見をしたのは記憶に新しいが、今度は日大アメフト部だ。その悪質さは言を俟たないが、二十歳になったばかりの部員に記者会見をやらせた時点で監督としても教育者としてもアウトだし、自身の会見では人間としてもアウトだという事を自ら披露してくれた。このドンが大学に巣食う限り日大は腐り続ける。

どの世界にもドンはいる。大学生の頃、僕が東京の晴海ふ頭で日雇いのバイトをした時もドンはいた。現場を仕切っている強面の初老の男だった。毎朝その男は仕事の段取りをつけ、それが済むと自分は働きもせずラジオばかり聴いていた。誰も文句を言わなかった。日当は彼から手渡された。とんでもないオヤジだと思っていたが、ある日僕が仕事で大きなミスをしてしまった。そのドンの前に連れて行かれた時はどうなる事かと震えた。しかし彼は「気にすんな。おめえらを守んのが俺の仕事だからよ」とだけ言った。僕はその男がドンである理由がわかった。下の者を守るという点で彼は決して鈍していなかった。

ドンの座に長くいると大抵の人間は鈍する。一番大事なのは己が地位と権力で、下位の人間はすべてそれを守るための道具と考えるようになる。自分では世の為人の為と思っているから始末に負えない。全国の津々浦々でそれぞれの組織に君臨するドンの皆さん、一年のうち一週間はドンの座から下りて、床の雑巾がけでもしながら、自分は誰のために働いているのかを考え直してみてはいかがですか。

（二〇一八・六・六）

スポーツジムの奇人たち

「おとろへや／榾折りかねる／膝頭」。高校時代に意味もわからず諳んじた一茶の句は、半世紀近く僕の脳の底に沈んでいたが、最近になって俄かに浮かび上がって来た。「体が衰えてしまって、近頃じゃ膝で木切れを折る事もできなくなってしまったわい」。一茶が亡くなったのは六十四歳。今、その歳より一歳上になった僕にはこのぼやき、よくわかる。僕の場合、衰えたのは膝だけでなく、頭から足の先までときているから情けない事この上ない。物忘れは甚だしく、目はかすみ、ズボンを穿こうとするとふらつき、負けじとふくらはぎも攣る。僕流に詠むなら「おとろへの／日々競い合う／わが身かな」というところか。

という事で、我が身の衰えに何とか抗うべくスポーツジムに入った。しなやかな肉体を持つ若者たちに混じって体を鍛えれば、Tシャツの似合うナイスバディジジィになるかも知れない。もしかしたら若い女が俺のナイスバディの虜になる可能性もある…。不純な動機も手伝って入会を決めた。しかし初めてジムに出かけた日に目に入って来たのは、七割がジジィたちだった。残りはババァたちで、中にオネバサンの姿がチラホラ（お姉さんとおばさんの間くらいの女を僕はそう呼んでいるが、ジムではまれにしか見られない貴重な存在だ）。プールに入ると、華麗に泳ぐピンクの水着の女性がいたので、藤原紀香を思い浮かべたら僕より優に十歳は年上と思われる婆さんだった。僕は入会した事を後悔した。

スポーツジムに集うジジィたちの目的は間違いなく「元気で長生き」だ。しかし中にはどうにも理解に苦しむ面々もいる。ある爺さんは歩く時にはヨチヨチだが、ダンベルの前に立つと人が変わる。両手にそれぞれ二十キロのダンベルを持ち、交互に上げ下ろしを三十回繰り返す。僕など到底真似はできない。しかしそれが終わるとまたヨチヨチ歩きでロッカールームに引き上げる。いつもスキーのニット帽を被ってひたすら腹筋だけを鍛えている爺さんがいるかと思うと、トレーニングする素振りは全くなく、口笛を吹きながらただ歩き回っている爺さんなど、どこを目指しているのかわからないような奇人も多い。

ジム通い数か月、鏡に映る僕のバディに変化の兆しは全くない。生来根性というものがないので、きつくなるとすぐ止めるせいだ。そのくせ重量マシンでたまに隣に美形のオネバサンが座ると、さりげなく重量を上げて見栄を張る。所詮僕も奇人の一人に違いない。

（二〇一八・七・四）

畏れよ、さらば救われん

「天地創造」という映画があった。一九六六年にジョン・ヒューストン監督が旧約聖書を映画化したもので、二十二章から成る大作だ。三時間近いその映画を高校時代に観た時、そのスケールの大きさに圧倒され、同時に西欧人にとって神は「冒してはならない畏れるべき存在」なのだと知った。冒頭から古い映画を持ち出したのは、昨今のこの国の異常気象がこの映画を思い出させたからだ。

関東地方は七月にもならぬうちに梅雨が明けた。前代未聞の事だ。この先の水不足を気にしていたら西日本を豪雨が襲い、歴史的な被害をもたらした。日常の景色があっという間に水没する様をテレビで見て、僕の頭に先の映画の「ノアの方舟」の章が浮かんだのだ。

神を信じない僕には旧約聖書の話はファンタジーでしかないが、今「神」を「自然」に置き換えるとそれは俄かにリアリティを帯びる。「ノアの方舟」は、神を畏れる事もなく、自堕落な生活を送るようになった人間たちを神が罰する話だ。ただ一人、愚直に神を信じ続けるノアの前に神は使いを寄越し、「舟を作り、お前の家族とあらゆる種の生き物の番を乗せよ」という命を下す。ノアはその命に従い舟を作り始める。周りの者たちはノアをあざ笑い、愚弄するがやがて舟が完成し、動物たちが乗り込んだ途端、雨が降り始める。雨は四十日四十夜降り続け、地上は大洪水となって不心得な人間たちは滅び、ノアの家族だけが生き残って世界はリセットされる…。

自分たちの都合で自然を何とも思わなくなった人間の驕りを、自然は罰しているのだろうか。豪雨の次は熱地獄だ。この夏の暑さは尋常じゃない。三十九度や四十度というのは、インフルエンザに罹った子どもの体温だ。僕たちが子どもの頃には暑さで命を落とすなど考えられなかった。南の島の奄美でさえ三十度を大きく超す日はそうはなかった。三十五度ともなれば緊急事態発令モンだったろう。

科学の進歩は確かに人間の生活を豊かにしたが、一方で自然の形を変え、壊し続けた。自然の力を畏れなくなった人間は、超えてはならない一線を越えてしまったのかも知れない。しかし普通の多くの国民はノアが神に対すると同様、自然を敬い、共生を願っている。豪雨で国民が苦しんでいる最中に飲み会をしたり、国土にあれほどのダメージを与えた原発をさらに押し進めるような輩がのうのうと方舟に乗り、罪のない国民が溺れるのではたまらない。自然の力をなめたらいかんぜよ！

（二〇一八・八・一）

街角の困惑

ひと様の事をあれこれとやかく言える立場にはないが、世の中には暇な人間がいる。

先日新宿で映画を観た後、灼熱地獄の雑踏の中を歩いていると、一人の若者が近づいて来た。クソ暑いのに長袖のシャツを着て、大きなリュックを背負っている。彼は僕の行く手をふさいだ。大胆な事をするわりには気の弱そうな青年だった。生真面目な表情が新興宗教か何かの勧誘を思わせた。当然僕は訝しく思い、小さく身構えた。と、彼はうつむきがちにようやく聞き取れるような小さな声で言った。「エ、エクスキューズミー」。

僕は生粋の奄美人だ。僕の体には熱いシマの血が流れている。当然風貌にもそれは出る。つまり僕の顔は極めて南方的なのだ。だからよくフィリピン人と間違われる。更に英語の教員だったので、怪しげな英語を操る事もある。結果、間違われるのではなく決めつけられることもある。昔、新婚旅行でグアムに行った時には出稼ぎに来ていたフィリピン人に出身の村を尋ねられ、電車で英語の本を読んでいると、フィリピン人の男に「お前も不法入国か？」と囁かれた事もある。僕は彼らには「同胞」だった。そして新宿の街を平日の昼間にぶらついているこの青年も僕の事を「外国人」だと決めつけているようだった。

「デューユーハブ、ハブタイム？」。視線は空に向かっている。頭の中で懸命

に英文をこさえている様子だった。その努力に応えて僕は「外国人」になる事にした。「アリルビ（少しなら）」と答えると男は初めて僕の目を見て「センキュー」と言った。そして突然自信に満ちた声に変わった。「アイアムア、プロフェッショナルシンガー」…。困惑という言葉はこんな時のためにある。昼下がりの新宿の街で、通りすがりの人間からいきなり「私はプロの歌手です」と言われたら、困惑するしかない。僕は頭をフル回転させてこの若者の真意を探り、これは歌を聴かせて金をもらう新手のストリートミュージシャンだろうと考えた。その歌を聴いてみたい気もしたが、上手かったら思わぬ出費になる。面倒になって、僕は奄美の言葉を交えた英語でまくしたてた。「俺もストゴレ国の有名な歌手だ。俺が歌うイネスリソングは世界一だ。聴きたいか？」…。今度は彼が困惑した。しばらく黙った後で「ノーセンキュー」と呟いて彼は人ごみの中に消えた。この若者の本当の目的が何だったかは今もわからないが、まともに相手にした僕が暇人だという事だけは確かだ。

（二〇一八・八・一五）

※ストゴレ（負けてたまるか）　イネスリ節（奄美の稲作の歌）

レコーダーは剣より強し

ゴミの収集日、ゴミ袋を片手に団地の中の駐車場を歩いていると、ある事に気が付いた。並んでいる車の七割近くがドライブレコーダーを付けているのだ。そんなものはネット用の映像を狙うマニアが付けるものだと思っていたら、いつの間かここまで普及している…。

記録の時代だ。何事も記録がモノを言う。客観的事実を撮影しておけば事故の時の絶対的な証人になるし、言った言わないの話になれば録音した音声が決定的なものになる。かつては会議の記録や音楽用だったレコーダーも今や自分を守る強力な武器になっている。特に弱者にとって、権力に抗うためには必須のツールだ。最近その威力は随所で発揮され、音声レコーダーに嘘を暴かれた権力者たちが失墜の憂き目を見ている。僕も教員時代、校長相手にこの武器の力を実感した事がある。

その校長はリーダーシップと職権乱用の区別がつかないパワハラ親父だった。巨体で強面、何かにつけてすぐ怒鳴った。傍らにはいつも副校長が寄り添い、ご機嫌を取っていた。真面目で従順な教員たちは日々怯えていたが、僕は真面目でも従順でもないので会議ではよくやり合った。僕は校長にとっては靴の中の小石だった。ある日、誠実な中堅教員が校長にこっぴどくやられているのを目撃し、後でその教員に理由を尋ねた。校長を恐れて最初は固く口を閉ざしていたが、そのうちワナワナ震えながら校長の理不尽な無理無体ぶりをぶちまけた。これは捨て置けない。その夜、僕は友人宅へ出かけてレコーダーを借りた。

翌日僕は校長室で二人に喧嘩を売った。「二対一では分が悪いんで」。僕はそう言ってレコーダーを卓上に置いた。思いがけない武器の登場に二人の顔が引きつった。校長はなかなか本性を現そうとしなかったが、僕の方から仕掛けるとすぐに激高して怒鳴り出した。その蛮声がすべて収まった小さな機械を手に、僕はにんまりして校長室を後にした。効果はバッチリだった。次の日から校長の態度は変わった。しかし、僕を見る時は苦虫を噛み潰した顔をした。そんな校長の心中を慮り、その音声を百万円でお買いいただこうかとも思ったが、警察沙汰になりそうなので止めた。

今、僕には張合いのある敵がいない。敢えて言えば物忘れの甚だしい自分自身だ。やったつもりがやってなかったり、やってないはずなのにやってあったり。これは自分の行動を記録する必要がある。胸元に装着する人間用レコーダーが発売されたら一番に買おう。

（二〇一八・九・五）

どっちを選んでも泥の道

ついこの間、西日本を襲った豪雨について書いたばかりなのに、自然は容赦なく猛威をふるい続けている。台風二十一号は近畿地方に歴史的被害をもたらした。大阪に住む友人から、トラックや乗用車が吹き飛ばされる猛烈な風に命の危機を感じたとメールをもらった翌日、今度は北海道で大地震だ。その後もテレビではほぼ毎日凄まじい光景が流れている。もはやこの国は大災害国となってしまった。さらに巨大地震が起きる可能性は毎分毎秒僕たちの隣にある。こうなると、この国に求められるのは、何より先に自然の脅威から国民の命を守る事だ。相手は大自然だ。この国に住むすべての人間が力を合わせて対応しなければならない。それを仕切るのはもちろんこの国のトップにいる総理大臣だ。

自民党総裁選が行われるらしい。総理を選ぶ選挙だ。自民党の方たちだけに投票資格がある。この国では自民党に入らない限り自分たちの最高指導者を自分で選ぶ事は出来ない。

「正直・公正」。小学校の教室に掲げられている教訓ではなく、総裁選に出馬する石破さんの立候補スローガンだ。大災害から国民を守らなければならない時に、こんな当たり前の事を一国の総理候補が声を大にして言う。笑止千万だが、それは今の安倍首相が正直でも公正でもないという事。国民みんながわかっているのにそれでも安倍一強。惨敗が見えながら立候補するのは、石破さんもよっぽど腹に据えかねるんだろう。そのお気持ち、痛いほどわかりますが、そういうアナタもなあ。恐怖の特定秘密保護法案に反対して、国会前に詰めかけた僕たちを「テロリスト」呼ばわりしたもんなあ。抑止力の為だと、きりのない戦争準備にきりなく大金を注ぎ込む点では二人とも同じ。そんな金があったら地球温暖化対策や、未だに避難生活を強いられている人たちのために使ったらどうですか。自衛隊の誇りというのは、人を助ける事であって人を殺す事じゃないでしょう。軍を放棄して平和の道を歩んでいるコスタリカとともに、世界から戦争をなくすリーダーになる。自民党にそんな理想を掲げる器の大きな人は…ま、いないか。権利と利権は裏表。投票の権利が利権争いではどっちが勝っても泥の道。そんな選挙はやめて、二人にあの幼児発見のスーパーボランティア、尾畠春夫さんに一週間弟子入りしてもらい汗を流していただいて、結果どちらがましかを決めてもらったらどうだろう。まあ二人とも一日ももたないだろうが。

（二〇一八・九・一九）

ネット長者の向かう先

「金で買えないものなどあるわけない」。十四年前、当時三十二歳のホリエモンが言い放った言葉だ。ITベンチャーで大成功、一躍時代の寵児になった男だ。金の力に任せて放送局やプロ野球買収など、常識を覆すような試みを続けたが、世間はこの風雲児のやりたい放題にうんざりし、結局証券取引法違反で逮捕された時には日本中のオヤジたちがザマーミロと思ったはずだ。しかし今またオヤジたちが眉を顰める新たな時代の寵児が登場した。

前澤友作。ファッション通販サイトの経営者だそうだ。民間初の月旅行搭乗者として会見し、世界を驚かせた。当然僕も眉をつりあげたが、隣にいた男に目が行った。イーロン・マスク。前澤が月へ向かうロケットを作るスペースXのCEOだ。もう何年も前の事だが、アメリカ人の友人に「イーロン・マスク」という名前を覚えておいた方がいいと言われた事があった。彼が言うには、この男がこれからの世界を大きく変えると。なんでも南アフリカ出身の起業家で、徴兵されて軍で黒人を抑圧したくないとアメリカに移住したそうだ。今や自動車やロケットなどの事業で世界を牽引する存在だ。ほとんど無名のロックミュージシャンから世界的富豪に上り詰めた日本の起業家前澤友作とのツーショットはこれからの世界を象徴しているのかも知れない。

普通の人間が一生かけて稼ぐ金は二億ちょっとだと言われる。一方で前澤クンは百億単位で自家用ジェットや絵画を購入、今度の月旅行も数百億で全席を購入したという。その天文学的な金額には言葉もないが、その金を世界中の貧しい子どもたちのために使ったらどうだと思うのは僕一人ではないだろう。しかし、ネットというものがこれほど金を生むという事が、商売をやった事のない僕などには全く理解できない。町の豆腐屋さんが汗水流して作った豆腐一丁の儲けはなんぼになるかを考えるとむなしくなるが、これが現実だ。

しかし、この前澤クン、聞けば戦争が大嫌いで、自分のビジネスの最終目標はこの世から戦争をなくし、笑顔で満たす事だそうだ。その点は実に頼もしい。もしかしたら、金の向こうに理想社会を求めるイーロン・マスクや前澤友作のような人間たちが愚かな政治家たちに代わって平和な世界を築くのかも知れない。それにしても狭い空間に二週間も閉じ込められてただ月の周りを回って帰って来る旅行など、僕なら三万円でも行かない。ま、三百万もらえるなら行ってやってもいいが。

（二〇一八・一〇・三）

哀愁の傲慢と誇り

先日さいたまスーパーアリーナで予定されていた沢田研二のコンサートが、開演直前に本人の判断で中止され、ワイドショーを賑わせた。芸能人に関心はないが、夕暮れ時を生きる身としてはこれは興味深い出来事だった。

ジュリーが中止を決めた理由は、九千人入っていると聞いていた客席に、七千人しか入っていなかった事らしい。七千人というのは僕がこれまでに観た数少ないライブでは考えられない人数だ。泉谷しげるは千八百人ほど入る市民ホールで二百人足らずの観客だったし、大塚まさじ（皆さんご存知ないか）のライブは四十人、かつて一世を風靡したバンド「猫」が茅ケ崎のフォーク喫茶でやった時の観客はたった七人だった。それでも彼らは二時間の間全く手を抜かなかった。観客の数を問題としないアーチスト魂に感動したものだ。比べて七千人という観客を袖にした沢田研二の判断をどう取るか。プロとしてあるまじき傲慢と憤る人がいる一方で、ジュリーであるが故の偉大なる誇りだと理解を示すファンも多い。しかしいずれにしてもこの仰天判断には、うっすらとした哀愁がつきまとっている。

どんな人の人生にも程度は違えども春はある。人としての喜びに溢れ、勢いがある時期…。しかし明けない夜がないように、暮れない昼もない。春は夏を過ぎ、秋を経てやがて冬を迎える。芸能界では瞬時に春を終える一発芸人たちもいれば加山雄三のように春を生き続ける人たちもいる。もちろん沢田研二もその一人だ。あのザ・タイガースのスーパアイドルは今なお多くのファンを魅了して止まない。しかし時の流れの方も一瞬として止まらず、容赦なくアイドルにも変貌を強いる。

ファンには叱られるかも知れないが、久しぶりに映像で見たジュリーは、すっかりお太りになって僕の中のイメージからは遠くかけ離れていた。そのアイドル性が七千人の観客より重量があるとは考えにくかったがジュリーのプライドは二千の空席を許さなかった。

迫りくる老いの中で何を残し、何を捨てるか。それは凡人でも悩むところだが、華やかなライトを浴び続けたスターにとって、誇りを捨てる事は死と同じ事なのかも知れない。かの舟木一夫は低迷期に数度の自殺を図ったが、その後これからは同世代のために歌っていくと決めて楽になったそうだ。しかしジュリーの「今もこれからもずっとアイドル」にこだわる姿勢は、それはそれで清々しくもある。我が家のジュリー、僕としても見習わなきゃ。

（二〇一八・一一・七）

歩む道はそれぞれなれど

シャーデンフロイデ。他人の不幸や失敗を見聞きした時に湧き出る快感や喜びの事だ。ドイツ語でシャーデンは害、フロイデは喜びを表すそうだ。心の奥底に、他人の不幸を喜ぶ邪悪な気持ちが潜んでいるのは世界中どこの人間も同じらしい。厄介な本性だが、日常の暮らしの中では誰もが理性で封印して口には出さない。しかし、この男の頂点からの転落はそんな理性を打ち砕き、誰に遠慮する事もなく大声で言える。ざまあみやがれ。

日産のトップ、カルロス・ゴーン。今は会長でなく「容疑者」と呼ばれる。僕が住んでいる座間市は長い間「日産の町」だった。日産の巨大な工場が聳え、周囲には下請けの工場が林立していた。しかし日産の不振に伴って工場が閉鎖され、下請けの工場も姿を消していった。最近になってその跡地にショッピングモールなどができて賑わいを取り戻したが、それまでは日産の翳りはそのまま町の翳りになっていた。そんな日産にV字回復をもたらしたと言われるのがフランスからやってきたゴーンだ。確かにゴーンがトップに就いてわずか数年で日産は過去最高益を記録した。しかし座間に日産の活気が戻る事はなかった。

僕がゴーンにシャーデンフロイデを感じるのは、彼の「偉大な業績」が多くの人間の犠牲の上に成り立っているからだ。彼は五つの工場を閉鎖し、二万千人の労働者をリストラした。その家族や下請けなどを含めたら数十万人を生活困窮に追い込んだわけだ。なんの事はない、彼の業績は働いている人間が血のにじむ努力で築いた暮らしを非情なやり方で切り捨てただけの事だ。そして彼はその人たちから奪い取った生活の糧を自分の懐に入れていた。経営の神様は悪魔の手先だった。彼にはリストラされた労働者たちの苦しみを身をもって知ってもらわなければならない。

僕の友人は、かつて大手電機メーカーに管理職として勤めていたが、その職を辞して今は老人介護施設に勤めている。辞めた理由は、社員にリストラを言い渡さなければならなくなり、その苦しさに耐えられなくなったという事だった。収入は五分の一になったけれど今の方がずっと幸せだと笑う。人の歩む道はそれぞれに違うが、怨念が転がっている大きな道よりも、たとえ小さくても暖かい日差しを受けて可憐な花の咲く道を歩みたいものだ。

権力を一人に集中させる事は腐敗の元凶。権力者の言いなりになってはならない。我が家も妻に集中してしまった権力を奪還せねば。

（二〇一八・一二・五）

日を継ぎ年を継ぎ

学生時代以来、ものを読んだり書いたりするのは喫茶店でやる事が多い。先日も出かけようと思ってノートパソコンを手にした。が、ケースが見当たらない。狭い書斎を見回したが無さそうなので、リビングを探した。しかしそこにもなかった。再度書斎に戻り、今度は本腰を入れて捜索に入った。しかしどこをひっくり返してもケースは見つからなかった。

血液型性格判断を鵜呑みにするつもりはないが、O型の僕は「大雑把」であるという点では当たっている。子どもの頃からとにかく整理整頓が苦手だった。それは何かを探す時間が増えるという事だ。教員時代、僕は職員室の自分の机に高く積まれた本や書類の山の中で、どれだけモノ探しをしただろう。そんな生来のだらしなさに老化が重なり、最近は大げさでなく目が覚めている時間の三分の一はモノ探しをしている。時には探している最中に何を探しているのか忘れ、スタート地点まで戻って思い出す始末。もはや脳の中はゴミ集積所状態、我ながらどうにも情けない。

結局十分以上も探し続けたパソコンケースはついに見つからず、洗面所で無駄な化粧に精を出している妻にヘルプを求めた。妻はブツブツ言いながらタオルで髪を巻き上げたまま出て来た。リビングへ向かった妻に、そっちはもう探したよと言おうと思った途端「あれ何？」と妻の声。まさかとその声の方に行くと、妻はテーブルの下を指さしていた。目が吊り上がっている。その指の先にパソコンケースが転がっていた。「あれ何に見える？」妻の目は一層吊り上がった。「どこ探してるの？」そこは確かに見たつもりだった。呆れ返って洗面所に戻る妻の背中に「お前がそこに隠したんだろう」と反撃を食らわしてはみたものの、僕が十分以上かけて見つけられなかったものを妻が一秒で見つけた事実に僕は結構へこんだ。そこにあるものさえ見つけられないのは完全にレッドカードだ。

平成最後の年の暮れ。平成の三十年間は僕らの世代にとっては職場でも家庭でも最も力を発揮できた期間だった。しかし同時に歳月は僕らの肉体を老いへ老いへと押し流し続けた。「去年今年／貫く棒の／如きもの」。高浜虚子の句だ。新しい年と旧い年は繋がっている。それを貫くものは生きる意志だ。絶え間なく日を継ぎ、年を継ぎながら僕たちは生き続ける。老い続ける。すっかり劣化し、錆びついた「棒の如きもの」も、日々を慈しむ心で磨き直せば平成の活力に代わる力が湧くだろう。

（二〇一八・一二・一九）

ゆく時代くる時代

今年の正月は平成最後の正月だという事がわかっている分、この国は特別な感慨に包まれたように思う。元号に執着する気持ちは毛頭ないけれど、時代のスパンとしての平成が終わるとなるとあれこれの思いに駆られる。

「降る雪や／明治は遠く／なりにけり」。中村草田男がそう詠んだのは昭和六年だ。明治が終わった時草田男は十一歳、この句を詠んだのは三十歳だった。明治が終わり、大正の十五年を挟んだ二十年ちょっとの時の重みを、草田男はしみじみと感じたのだろう。僕の場合は十一歳の時も三十歳の時も「昭和」の真っ只中で、しみじみと時代を感じる事などなかったが、今思えばシマで送った少年時代は「昭和」が明るい未来に力強く踏み出した時期だった。暮らしは貧しかったが心は豊かだった。誰もが明日は今日より良くなると信じ、海の向こうには輝く希望があった。僕にとってシマでの暮らしは昭和そのものだった。

しかし長く続いたその昭和も三十年前のちょうど今頃、バブルの乱痴気騒ぎの中でついに「その日」がやって来て、僕たちは昭和の終わりに立ち会う事になった。そして当時の小渕官房長官が「平成」と書かれた額を変に誇らしげな顔で掲げて平成が始まった。僕の中ではこの三十年は忙しさに追われ、毎日が単に昨日の連続だったけれど、年賀状を読むと確かに昭和が遠くなったと感じてしまう。

スマホの普及で以前に比べるとうんと減った年賀状だが、やはり色とりどりの賀状に手書きの文字が並んでいるのは嬉しい。興味深かったのは教え子二人と友人二人から届いた賀状。教え子の二人は同い年で平成生まれ。ともに赤ん坊を抱えた夫婦の写真に「家族が増えました」の文字が添えられていた。一方僕と同い年の友人二人の賀状にはともに「子育ても終わり、念願の田舎暮らしを始めました」とあった。かつて赤ん坊誕生の賀状を寄越した二人だ。昭和と平成の同じ世代が偶然同じような賀状を送って来た事が可笑しかったが、共通しているのは時代を背負って生きているという事だ。誰もが時代を書き割りにした人生舞台に登場し、いずれ退場する。

残念ながら新しい年が輝く希望に満ちているとは思えない。新自由主義が生み出した格差で多くの国が利己主義をむき出しにし、排除と差別と憎しみが世界を覆っている。しかし地球温暖化や大災害の事を考えれば浅知恵を競っている場合じゃない。知と情で子どもたちの明るい未来を作る責任が大人にはある。

（二〇一九・一・九）

老いて老いた子に従わず

ある長寿村で、悪さをした若者を父親が厳しく叱っていたら、そのまた父親がやってきて、自分の倅をそんなに苛めるなと息子を叱った。と、そこへその父親の父親が登場、同じように息子をどやしたという四世代ジョークがある。世は百歳時代、こんな笑い話も現実味を帯びて来る。百歳になっても息子を叱り飛ばせるほど頭も体も元気でいられたら結構の極みだが、老いてからの元気さは仇となる事も多い。年寄りの冷や水は何処も同じだ。

イギリスのフィリップ殿下が、運転中に別の車と衝突して横転する事故を起こしたという。幸い双方命に別状はなかったらしいが、この人言うまでもなくエリザベス女王の旦那さんだ。さぞや奥様からキツいお叱りを受けたに違いないと思いきや、その二日後には凝りもせずまたも運転、シートベルトをせずに警察の注意を受けたそうな。やってくれる。

御年九十七歳。ひ孫が三人いてなお意気盛ん。女王の説教も効果はなかったのか、あるいはもう女王から見放されているのか。まあ婿養子みたいなものだから、ヨットや飛行機の操縦など多くの趣味を持って奔放に暮らしているのだろう。妻がダメなら次に父親を諭すのは長男の役目。しかしその長男チャールズ皇太子もすでに七十歳、立派な爺さんだ。

昔このチャールズ皇太子がかの美女ダイアナと結婚した時、イギリスを旅していた僕は、たまたまロンドンで結婚パレードを観る機会があった。僕の目の前を二人の乗った馬車が通過した時、僕はダイアナと確かに目が合い、すぐさま突っ走って行って美しい花嫁をかっさらう妄想に耽った。あの頃は若さに溢れていた皇太子も、今や孫たちに囲まれてすっかり好々爺になってしまった。今年九十三歳になり、イギリスでただ一人運転免許不要のエリザベス女王もまだ車の運転をするというから、チャールズ皇太子がキングになる日はまだ先のようだ。となると当分は王室四世代家族の要としての仕事が続く事になる。EU離脱で大揺れしている国の頂で、元気すぎる父君と偉大な母君、何かと話題になる子どもたちや孫たちを支える老皇太子、ご苦労な事だ。

これからは四世代が同時代を生きる事も普通の事になるだろう。老いて従うべき子もまた老いている。百歳で悪さをしたら息子に責められ、それを見た孫がそんなに爺さんを叱るなよと息子を叱り、またそれを見たひ孫がおじいちゃんを苛めないでと孫を諫める…。そんな美談のようなジョークが生まれるかも。

（二〇一九・二・六）

付き合ってみれば

水泳の池江璃花子選手の白血病公表は、日本中の人々に衝撃を与えた。まだ十八歳の強靭な肉体を持つトップアスリートがどうして…。誰もがそう思っただろう。しかし最もそう感じているのは池江選手本人に違いない。

医学は日々進歩しているが、ガンや白血病はいまだに死のメタファーであり続けている。池江選手の後に舌がんを公表したタレントの場合も同じだが、有名人のガン公表が世の耳目をひくのは、それらの病が命を脅かすものだと誰もが考えているからだ。しかし最近ではたいていのガンは治る病気になっている。

まあ、とは言えやはりガンの宣告を受けるのはきつい。どうして俺が？　七年前、十二指腸ガンを告知された時最初に思った事だ。赤青緑の光が混じると無色になると言われるが、突然遮断された未来に、現在と過去が瞬時に混ざり合って頭の中から色が消えた。しかも五年生存率は二十五パーセントですとあっさり言われ、頭の中は絶望の荒野と化した。そしてその無色の景色の中に忽然と姿を現したのが死神だ。

幸い優れた医師たちのおかげで生き延び、頭の中も色彩を取り戻したけれど、死神はそのまま住み着いている。一度死の淵に立つと、死神はそう簡単にはおさらばしてくれないのだ。「メメントモリ」、死を忘れるなと囁きながらつきまとう。どうにも鬱陶しい奴だ。

先日読んだトルコの昔話に面白いものがあった。ある男が重い病で伏し、妻は付き切りで看病を続ける。しかし病は悪化し、いよいよとなった時、男は妻に言う。「綺麗に化粧をして美しく着飾ってくれ」。妻は「このような時にそんな事などできません」と答える。すると男、「やがて死神が俺の所へやってくる。しかし美しいお前を見れば、俺の代わりにお前を連れて行ってくれるかも知れない」。

落語のようなオチで笑えるが、やって来た死神が着飾った妻と、死にかけている男とを交互に指しながら「ど・ち・ら・に・し・よ・お・か・な」と迷っている様を想像すると愉快だ。もしかしたら僕の死神も、付き合えば案外話のわかるいい奴かも知れない。そもそも毎日を大切にして生きろと教えてくれたのは奴だし、僕に似てきっとエエ加減なキャラだろうから気も合うに違いない。いずれ世話になる事だし、これからは仲良くするか。

若い池江選手には死神は無縁、必ず完治して戻って来る。病の先輩の僕が言うのだから間違いない。その時には、選手の他に「命のコンシェルジュ」という肩書を持つだろう。

（二〇一九・三・六）

足元は崖っぷち

中学の時、国語の教科書に載っていた話でいまだに記憶に残っているものがある。ある男が何かいい事をして、王が褒美をやる事になった。男は土地を所望し、王は「ならば夜明けに城を出発して日暮れに戻るまで、お前が歩いて回っただけの土地をやろう」と言う。男は喜び、夜明けとともに勇んで歩き始めた。何しろ歩く分だけ自分の土地になるわけだから、肥沃な土地が目に入ると欲が出て、ここもあそこもと、飲み食いする間も惜しんでひたすら歩き続けた。何とか日暮れに城に戻っては来るが、疲労が限界に達して倒れ、そのまま死んでしまう。結局男が手にした土地は自分が埋まる墓の分だけだった…。

人間、欲を出せばきりがなく、ろくなことにならないという、中学生にもわかりやすい話だった。しかしそのわかりやすい話が大人になるとわからなくなるのが人間の不思議だ。

大手コンビニ、セブンイレブンのフランチャイズ加盟店のオーナーが、これ以上二十四時間営業を続けると過労死してしまうとして契約違反を承知で営業時間を短縮、本部と対立している。僕は断固このオーナーを支持する。彼は単に全国の店長代表だけでなく、まっとうな人間の代表だからだ。これはまるで江戸時代の悪代官と百姓の構図だ。かの二宮尊徳曰く「道徳なき経済は罪悪であり、経済なき道徳は寝言である」と。金を生み出す仕組みが、肝心の人間を壊しては本末転倒もいいところ、それは経済ではなく罪悪でしかない。

昔、上京して初めての正月を僕は東京で過ごした。その時、年末年始で店という店がすべて休業し、食べ物が買えずに飯にマヨネーズをかけて凌いだ。その後セブンイレブンが登場した。その名の通り朝七時から夜の十一時まで営業するという、当時は画期的な営業形態で、若者にとっては救世主だった。しかし果ての無い競争の中で、それは終夜営業へと変わった。どう考えても異常な事だけどいつかそれが普通の事となった。僕たちの果ての無い欲望のせいだ。欲望に満ちた現代社会は破滅の崖の上にある。この先を生き延びるには、武器を作って商売したり、原発まで使って夜通し活動するような仕組みを変えなければならない。夜になったら電気を消して眠り、朝になったら起きる。簡単な事だ。みんなが欲しいものを一つ我慢すれば少しはまともな世界になる…。とは言ってみたものの、そろそろ靴も買い替えたいしなあ。まず先に妻の化粧品をやめてもらうか。所詮無駄だし。

（二〇一九・三・二〇）

干からびた教育に潤いを

昨秋突如やる事になった講師の仕事も三月で終わり、やれやれと思っていたら、他の数校から来年度の依頼が来た。この年になって僕は引く手あまたの人気者なのだ。と言いたいところだが、昨今は講師不足で、今の教育ではシーラカンス的存在のような僕にでも頼まなければやっていけないのが学校の現状だ。

講師が不足する原因は、教員免許が更新制になった事と教員の高い離職率だ。安倍首相は自分好みの教育にしようと、訳の分からない道徳教育を導入したり、お上に文句のある教員を辞めさせようと教員の免許を更新制にしたり、やりたい放題だ。一方で財界のお偉いさんたちが重役室でふんぞり返りながら、もっと金儲けに強い子どもを育てろと注文をつけるものだから、教員は確実な成果を求められるサービス業と化した。今や学校は戦前回帰志向と市場原理でがんじがらめだ。

教員は現場で経験を積む事こそが肝要で、逐次研修も受けている。それなのにただでさえ猛烈に忙しい教員に長い時間を割かせ、高い受講料を払わせてほとんど役に立たない講義を受けさせる。僕は幸い年齢的に更新を免れたが、そんな愚策に愛想を尽かした多くの有能な人たちが安倍首相の思惑通り免許を放棄し、学校から離れてしまった。さらにせっかく教員になったのに、仕事に希望を見出せず途中で辞める若者が後を絶たない。安倍さん、今の調子で教育を歪め続けたらあなたは間違いなく教育を崩壊させた張本人として歴史に名を刻みますよ。教員の免許更新よりも、あなたとあなたの取り巻きの大臣たちこそ免許更新制度にすべきではありませんか？

学校がどんどん干からびていく中、本屋の店頭で痛快な学習書を見つけた。文響社が出した「うんこ学習ドリル」だ。そのタイトルに目を疑い、開いてみた。漢字版の一年生の問題には「キにのぼってうんこをする」、三年生では「校長先生が中ニワでうんこを始めたため、大さわぎになった」、六年生では「ソウ立記念日にはどこでうんこをしても自由だ」などなど徹底的にうんこに拘った学習書で実に笑える。子どもの関心を逆手に取ったその学習法は、学び方まで画一的な今の学校教育には痛烈な一撃だ。さぞや作問者の頭の中はうんこまみれだろうけど、無味乾燥な学校教育には潤いを与えてくれる。国中にうんこ少年少女が出現する恐れもあるが、軍国少年少女よりはずっとましだ。僕も一つ漢字問題を。「この内カクは、うんこ大臣の集まりだ」。

（二〇一九・四・三）

心を巡る人であれ

新年度が始まり何かとせわしい街角で、交通監視に従事する警察官の姿をよく見かける。その監視の網に時々運の悪い獲物がかかる。

先日、車で通勤している妻が雨の中を不機嫌な様子で帰って来た。聞けば、帰宅途中に一時停止違反で切符を切られたとの事。「私は絶対停止したのに」。かなり憤慨している。「卑怯よ、あんな所に立って見てて。善良な市民からお金を巻き上げるなんて」。妻には反省のハの字もない。法に則って職務を遂行した警察官も妻にかかればまるで暴力団だ。雨の中で抗議をするおばさんにはさぞ手を焼いた事だろう。しかし妻の肩を持つわけじゃないけれど、警察の交通取り締まりに対して不満を持っている人が多いのは確かだ。それは事故防止というよりも、端から切符を切る事が目的であるように思えてしまうからだろう。

一時停止が常に絶対必要な場所なら信号機をつけるべきだし、警官がいるなら停止線の脇に立って未然に事故を防げばいいものを、ただ遠くから見ていて、止まったか止まらなかったかのほんの一瞬の事を問題にされては、切符を切る事が注意喚起になって事故を防ぐ事になると言われても、はいその通りですという気にはならない。徐行する事で十分事故を回避できるような場所に罠を仕掛けているんじゃないかと、警察に対する不信感は募る。

昔、教員になったばかりの頃、夏休みにふと思い立ち、買ったばかりの中古車で奄美まで帰った事があった。鹿児島からのフェリーを含めて四十時間近くかかった。奄美にたどり着いた時にはもうクタクタで、自分の愚かさを呪った。一週間後に同じ道を戻る途中、眠気と戦いながら中国自動車道を走っていると突然後方でパトカーのサイレンが鳴った。スピード違反で僕を捕まえた年配の警官は、相模ナンバーの車がなぜこんな所を走っているのかを穏やかな口調で尋ねた。事情を話すと、彼は開いていた書類をパタンと閉じた。「もし君に何かあったら奄美のお母さんや、神奈川で待っている生徒たちがどんなに悲しむか考えなさい」。そう僕を諭して、彼は最寄りのサービスエリアまで先導し、そこで三時間の仮眠をとる事を条件に僕を許した。深いシワの刻まれた優しそうな顔は今も忘れられない。以来僕は絶対スピードを出さなくなった。今の時代なら懲戒もんだろうけど、彼のように市民の心に思いを巡らす「お巡りさん」の方が絶対事故を減らすと僕は確信している。

言っておくが、僕はゴールド免許保持者だ。

（二〇一九・四・一七）

しなやかな時代に

令和元年。新しい元号の始動だ。別に自分の暮らしが何ら変わるわけではないけれど、その記念すべき最初の日に拙稿の掲載が重なるとなるとそれなりの感慨は湧く。同時に平成が幕を下ろした事には、何か大事なものを失くしたような、ちょっと切ない気分になる。

英語の教員だった僕は、年表記は元号よりも西暦に馴染んで来た。しかし個人的な事では元号が沁みついている。それは世界に誇れる平和憲法の下で、戦争の無い時代を生きて来た結果だ。天皇制と元号は平和とセットで僕の中に根を張った。皇室に格別な思いはないけれど、平成の天皇が平和を尊び、強い思いを抱いて来た事だけはわかる。一方で為政者たちは世界情勢を楯に戦争準備に余念がない。平成が保持したこの平和がずっと続く事を願うけれど、平和の綻びは身近な所にある。

現職の頃、学校要覧の作成を担当した事があった。それまでの要覧は学校の沿革や教職員の着任した年などすべてが元号だけで記されていた。僕は英語教員としての感覚で元号の後ろに西暦を添えた。それが火種になった。

女性教頭が僕の名前をヒステリックに叫びながら職員室に駆け込んで来た。「ちょっと校長室へ来て！」。怒髪天を衝くとはこの顔だ。校長室に入ると、こっちも怒り心頭の校長が鎮座していた。「これは何だ！」校長は要覧の原稿をテーブルに叩きつけた。「要覧は元号だけで書くのが決まりだ！」。二人の怒りはとどまる事がなく、血圧がグングン上昇しているのがわかった。「落ち着きましょうよ」。僕は子どもを諭すように言ったが、校長は僕の言い分を全く聞かなかった。かつて職員に向かって「アンタたちが何かやらかしたら私の退職金が減るんだ！」と言い放った男だ。人の話を聴く耳などあるはずもない。ため息を一つくれて僕は原稿を引き取ったが、問題は彼の人格よりも鉄壁の「決まり」の方だ。

元号だけを押し付け、西暦の併記さえ許さない硬直な国に未来はない。その発信源の為政者たちがこぞって口にする「愛国心」には要注意だ。彼らの下には自分の事しか考えないプチ権力者たちがいて、その下には逆らえない従順な国民がいる。戦争中、この愚かな上意下達が多くの国民を犠牲にした事を僕たちは知るべきだ。そんな事を繰り返さない為にも「令和」はしなやかな時代でなければいけない。元号を都合よく利用しようとする輩よ、組織とは縁が切れて従順である必要がなくなった俺がいつも見張っているからな。

（二〇一九・五・一）

転ばぬ先の引き時を

駅への道を歩いていたら、靴紐がほどけたので締め直そうとしゃがんだ。とたんにバランスを崩してよろめき、地面に手をついた。それでも体勢を保てず、尻までついてしまった。折悪しく前方から妙齢の女性が歩いて来たので、僕はすかさず落し物を探すフリをした。女性は道端に転がっている石でも見るように僕に一瞥をくれて通り過ぎた。その背中を見送りながらため息をつく。やれやれ。

駅で特急券を購入しようと窓口に行ったら混んでいた。仕方がないので券売機の前に立った。慣れない手つきで画面の指示に従ってボタンを押したが、ある画面から先に進めなくなった。暫し考えた後で隅にあるボタンを押したら最初の画面に戻ってしまった。仕方がないのでまた最初からやり直すとまたその画面から先に行けない。舌打ちをして別のボタンを押すとまたまた元の画面。こいつは故障しているに違いないと駅員を呼ぼうとした時、後ろから声がかかった。「新宿ですよね？」。苛立った表情の若い男が立っていて、僕の返事も聞かずに画面に指を走らせた。画面はサクサクと変わり、数秒で新宿行きの切符が出て来た。いつの間にか僕の後ろには行列が出来ていた。その列から放たれる白い視線から逃れてまたため息をつく。やれやれ。

老化は容赦ない。体は硬くなって靴紐も結べず、頭の回転も鈍って簡単な機械の操作さえままならない。物忘れは日常茶飯だ。さすがに気になって病院で「認知症テスト」なるものを受けてみた。「あなたは今どこにいますか？」という屈辱的な質問に始まり、記憶力や立体認識などのテスト。しかし意外にも結果は七段階の上から二番目だった。「四十代とほぼ同じ、素晴らしい出来ですよ」。医者に褒められて、僕は百点を取った小学生みたいに有頂天になった。そしてその勢いのまま、ショッピングセンターの駐車場に車を滑り込ませた。♪美しい四十代、ああ四十代♪。僕は三田明の替え歌を口ずさみながらコーヒーを飲んだ。安いコーヒーも格別にうまかった。ところが駐車場に戻るとはて、車が見当たらない。浮かれ過ぎて停めた場所を忘れてしまったのだ…。百台ほどの車の合間を十分以上探し回ってようやく見つけたが、さっきまでの喜びは吹っ飛んでいた。やれやれ。

高齢者の自動車事故が続いている。運転の引き時を誤った悲劇だ。年をとると意志と体の機能は乖離する。僕も妻にダメだしされたら止める。転ばぬ先の免許返納、世の為だ。

（二〇一九・六・一九）

力に溺れれば賢者も愚者

広辞苑で「馬鹿」を引いたら「おろかなこと。社会常識に欠けている人」とある。

北方領土について、その返還を切に願う元島民に戦争での奪還発言をして志士を気取る現職の国会議員。経営破綻した学校にビジネス界から参入、教員を奴隷くらいに考えてパワハラを繰り返し、結局教育を破壊している千葉の某私立高校の校長…。この二人に共通しているのは東京大学を卒業しているという事だ。つまり二人ともこの国のエリートで、本来ならその頭の良さで僕たち庶民を幸せにしてもらいたい方々だけれど、実際にはその逆の事をやっている。なぜか。それは彼らが馬鹿だからだ。恐れ多くも天下の東大をご卒業された方たちを僕ごときが馬鹿呼ばわりするのはまことにもって無礼だと承知だけれど、天下の広辞苑に「社会常識に欠けている人」とあるのだから間違ってはいない。まあ彼らの頭がいいのは確かだろうから、正しく言うなら「彼らが頭のいい馬鹿だから」だ。

ここ数年で世界はこの「頭のいい馬鹿」たちが跋扈する時代になった。自分の利益を最優先し、自分の考えが絶対であると信じ込む。一旦権力を手にするとその実現の為には何でも許されると思い、他者を排除する事も全く厭わない。そんな頭のいい馬鹿の代表がトランプ大統領だ。常識に欠ける彼の登場によって世界は混迷を極めている。彼の無知から発せられた虚偽の言葉はいつしか真実を上回る力を持ち、二〇一六年にはオックスフォード辞典がその年を象徴する言葉として「Ｐｏｓｔ-ｔｒｕｔｈ」を選んだほどだ。出鱈目でも熱を込めて言い続ければ強い力を持つという意味だ。このやり口は世界の「頭のいい馬鹿」たちを鼓舞し、瞬く間に広まった。もちろんトランプの第一の子分であるこの国の総理もそれはお手の物だ。都合の悪い事は平然と書き換えたり無視したり。どんなハッタリも「間違っていない」と言い張って乗り切る。少子高齢社会では年金が不足する事くらい誰でもわかるのに、そんな事より超高額な兵器を次々と購入して親分におもねる。国民を守る兵器が国民を押し潰すのは笑えない話だ。

我が世の春を満喫している総理大臣様、暮らしに不安を覚える国民を「自己責任」で切り捨て、自分の政権の安定ばかり求める姿はみっともないですよ。「アベノミクス」は結局「アベのミス」だったと、いずれ良識ある国民に笑われるでしょう。ま、あなたの辞書に「良識」という言葉があれば、の話ですが。

（二〇一九・七・三）

真夏の夜の悪夢

地球の片隅に一つの国がありました。その国は遠い昔、外国に出かけては戦をする強い国でした。でも後の戦争で敗れ、国土が焼け野原になったので、もう二度と戦争はしない、軍隊は持たないと強い誓いを立てて、平和な国になりました。それから長い歳月が流れ、そんな平和な国に飽き足りない首相が登場しました。彼はこの国をもう一度昔の、あの強い国にしたいと思いました。でもあの不戦の誓いがあります。それを楯に反対する人たちもいます。首相にとってはそれがとても邪魔でした。ちょうどその頃、すぐ隣にその国の平和を脅かす国が現れました。これ幸いと、首相はその誓いを勝手に解釈し、兵器を次々買って戦争ができるよう準備を整えました。

首相には海の向こうにその兵器を売ってくれる、とても強い友人がいました。その友人は、その国が誰かにやられたら助けてやると約束をしていました。そして軍隊をその国の南の島に常駐させました。その島は先の戦争で戦場になり、たくさんの人が死んだので、島の人たちは「もう基地はコリゴリだ」と叫び続けました。その声も首相には耳障りです。

首相は長くその地位に留まり、いつしか自分が史上最強の首相だと思うようになりました。周りは忖度する人たちばかりなので何でも思い通りにできます。幸いな事に国民の多くも首相がうまく国を治めていると思っています。不始末をしてもすぐに忘れてくれるし、何を言っても信じてくれます。首相は今こそあの邪魔な不戦の誓いを捨てて、強い軍隊を持つチャンスだと思いました。それでも反対する人たちはいます。強引にやると将来自分が歴史の教科書に載る時にカッコがつきません。そこで首相は国民に投票をさせる事にしました。国民は思い通りに動いてくれます。

投票の結果は首相の予想通りの勝利でした。首相はすぐさまあの邪魔な誓いを捨てて正式に軍隊を作りました。お友だちもたいそう喜び、数年後には一緒に軍隊を出して世界のあちこちで戦争をしました。戦死者が出ると首相が称え、これこそが国民の鑑だと誇らしげに言いました。他の国々はその国を恐れて軍備を強め、隣国だけでなく多くの国がその国と敵対するようになりました。ある夜、首相が窓から外を窺うと突然空に閃光が走り、次の瞬間その国は大きな炎に包まれました。頑丈な官邸にいて助かった首相は激怒し、すぐに報復を命じましたが、困った事に国民はすべていなくなってしまったのでした。

（二〇一九・七・一七）

海の男

長引いた梅雨もようやく明けて、夏本番。こうなるとやはり海だ。自分で言うのもなんだが、僕は「海の男」である。何しろ奄美で生まれ、海を見て育ち、中学に上がった頃には赤木圭一郎の「霧笛が俺を呼んでいる」を口ずさんでいたのだ。海の男にならない方がおかしい。都会へ出て、船乗りになる夢は潰えてしまったが、結婚した後も海へのロマンは消える事はなかった。そして三十歳の時、僕はひょんな事でそのロマンの欠片を手にした。

外資系の銀行に勤めていた妻の父はハイカラな人で、若い頃からヨットやスキーに興じていた。その義父は退職後、夢だったディンギー（小型のヨット）を購入した。ところがマリーナのオーナーが、老いた義父の入会には若い同伴者が必要だと条件を付けた。で、僕に声がかかった。もちろん僕はそんなものに乗った事はなく、乗った事のある舟といえば、子どもの頃台風で吹き飛ばされて来たトタン板で作った「トタン舟」くらいだった。

三日間、僕は相模湾で某大学のヨット部の主将に特訓を受けた。苦労の末、僕は海の上をディンギーで自在に滑るいっぱしの海の男になった。しかしその後義父が他界し、僕がその艇を引き継いだものの、子育てと仕事に追われてなかなか海に出られず、結局手放してしまった。それからは長く海から遠ざかっていたけれど、五十歳になる直前、再び海のロマンに駆られ、一念発起して小型船舶の一級を取得した。世界の果てまで行ける免許だ。さらにスキューバダイビングのライセンスも取った。もちろん泳ぎにも自信がある。「海の男」を自称するに十分な経歴ではないか。

しかし、である。その輝かしい経歴もひと皮むけば、我ながら情けないくらい海の男から程遠い。ヨットを手放したのも、実は一人で乗っている時に強風にあおられて転覆し、沖合で波に飲まれそうになっているところを他のヨットに助けられ、以来ビビッてしまったからだ。ダイビングでは海中での呼吸が荒い為にすぐにタンクの酸素が切れ、潜る度に相棒の世話になった。船の免許は完全にペーパーで、一度船を借りて釣りに行き、戻った時にうまく接岸出来ず右往左往して、桟橋を目前にしながら漂流する始末。プールでは、バタフライをしているつもりが溺れていると勘違いされ、監視員があわてて救助しに来た。

悔しいけれどやはり僕は海の男なんかではなく、ただの街のジジィだ。来週あたり、湘南海岸に出かけて波打ち際で遊んで来るか。

（二〇一九・八・七）

選んだ後にも続く道

民主主義とは文字通り、国民が主役だという事だ。人間の英知が生んだ偉大なシステムだけれど、完全無欠なものじゃない。そもそも民主主義の根幹である選挙に瑕疵がある。

先月行われた参院選。夜を徹しての開票速報に、当選者は「皆さんのおかげ」と喜色満面で万歳三唱し、落選者は「自分の力不足」と涙を流してうなだれる。選挙の後にいつも見られる、祭りとも言える光景だ。しかし投票率は四十八・八パーセント。つまりその光景に収まっているのは、この国の有権者の半分以下だという事だ。半分以上は主役どころか、舞台にさえ上がっていない。この選挙で現政権与党を支持したのは有権者の半分の、そのまた半分にも満たない。それでも彼らは「勝者」としてこの国の操縦桿を握る。片肺どころか四分の一以下のエンジンで飛ぶ飛行機だ。それをリスクと捉えず、驕りだけで高速飛行を続けるなら、この先の悲劇は想像に難くない。

今回の選挙で、その低投票率は更に首をかしげるような事態を生んだ。「ワンイシュー候補」、つまりただ一つの公約を掲げた候補が議席を獲得したのだ。N国党。公約は「NHKをぶっ壊す」という一点。当初は泡沫候補と思われたが、そのユニークさが支持を呼んだ。確かにテレビを観る余裕さえない若者から一律の受信料を取り立てるNHKに対しては、僕も不満はある。社会のおかしい事に対して文句の声を上げるのは民主主義の基本だけれど、不満一点の合致で政治家を選ぶというのは無理があり過ぎる。政治家が向き合う課題は一つじゃないからだ。それなら僕だって「ハゲとフサフサ頭の散髪代が同じはおかしい、ハゲは半額にしろ党」（略してH半党）というのをぶち上げて立候補してやる。禿頭組だけでなく、面白がって投票してくれる人はかなりいるはずだ。しかし面白さで民主主義は支えられない。選んだ後にも責任はついて回る。ＮＨＫをぶっ壊す以外に目的のないこの議員には、政策など二の次の数合わせアメーバ議員が群がるだろう。それでまともな政治が出来るとは思えない。選挙は民主主義の弱点でもある。ヒットラーもトランプも歯切れのいい自国ファーストのワンイシューで選ばれた。民主主義で主役を張るには、常に権力をチェックする不断の努力が必要なのだ。それが民主主義の劣化を防ぐ。しかしいい事もあった。これまでの常識をぶっ壊して、身体に重度の障害がある議員が誕生した。これは間違いなくこの先の政治を変えるだろう。

（二〇一九・八・二一）

※立花孝志氏、「ＮＨＫから国民を守る党」から参院選挙に出馬、当選

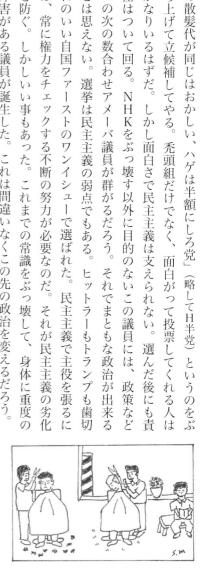

グレーゾーンの住人たち

色彩にグラデーションというのがある。色が段階的変化を経て、違う色になるというものだ。人の一生もまたグラデーションだ。

生まれた時には純真無垢、真っ白だった色は徐々に青春の青に変わり、さらに仕事や家庭で活躍する頃には、たぎる血潮の赤となる。そしてやがて一線を退くといぶし銀へと変わり、最後は宇宙の闇の黒へ向かう。鮮やかなグラデーションを描いて人生を終えたいものだけど、なかなかそうもいかない。多くの人は黒に変わる前のグレーゾーンを通過しなければならないからだ。健康を失って病に伏し、家族の重荷になるのも辛いけれど、元気でありながら社会での立ち位置がうまく取れず、世に迷惑をかけるのも哀しい。ここは難所だ。

先日、大手スーパーの店長をしている友人と飲んだ。駅前にある彼の店は多くの客がやって来る繁盛店だ。しかしその繁盛の狭間にグレーゾーンの元気な住人たちが出没し、店長の彼を悩ませるのだそうだ。彼から聞いたその「困った所業」は滑稽であるけれど、グレーゾーンで生きる難しさの証でもある。

住民A。男性八十三歳。万引きを目撃、店の外で取り押さえようとしたがこの爺さん、背丈が一八五センチもある偉丈夫で、三人を相手に大立ち回り。駆けつけた警察官にも傘で激しく抵抗し、三十分の格闘の末ようやく制圧。が、反省の色は全く見られずむしろスッキリした表情。盗品は数百円程度で、財布に二万円を所持していた。目的は万引きというより、持て余した体力のストレス発散と思われ、警察の前で以後の入店禁止の確約を取って放免。

住民B。女性七十代半ば。レジ後方のゴミ箱を蹴っていたので理由を訊いたら「私は三千円しか買っていないのに五千円も取られた」と。一緒にレシートと品物を確認すると、五千円分しっかり袋に収まっていた。不満げにゴミ箱をもうひと蹴りして去って行った。

住民C。男性八十歳前後。猛暑の昼下がり、飲食コーナーで上半身裸になり、テーブル用の布巾で体を拭いている。やめるよう説得するも「ここで体を拭くなとは書いてない。俺は悪い事はしていないぞ」と怒鳴り散らす。

その他にも騒動は毎日起きるらしい。まあ店長には悪いけれど、狡猾な権力の巨悪に比べれば可愛いものじゃないか。それぞれ山あり谷ありの人生を踏み越えて来ている人たちだ。認知症と隣り合わせのグレーゾーン。店長には悪いけど、「困った人たち」を「愉快な人たち」と考える、懐の深い社会になって欲しい。

（二〇一九・九・四）

金を取るなら責任も

消費税が十パーセントに上がる。この値上げには納得がいかないという人もいれば、しょうがないという人もいるだろう。僕は両方だ。

卑弥呼の時代の「貢ぎ物」から始まった納税は、七〇一年の大宝律令によって初めて全国的に制度化されたのだそうだ。それは租庸調の三種類があり、租は農民が収穫した稲の約三パーセントを納め、庸は男子のみで年間十日の都での労働あるいは布の献上、調はそれぞれの地の特産物を都まで運ぶ事だったらしい。その後、時代によって納税のあり方は変遷し、江戸時代には農民は収穫の三分の二を年貢として納めなければならなかった。奄美の黒糖地獄同様、あまりの過酷さに耐えられず、農民たちは何度も一揆を起こした。税はいつの時代も権力者にとっては打ち出の小槌だった。

ともあれ現代のこの国でも納税は国民の義務であり、僕は働き始めてからずっと税金を納め、年金を貰う今になっても納め続けている。「納めている」というより「徴収」されている。僕はこの「徴収」という言葉が気に入らない。「徴兵」とか「徴用」と同様、国民に対する国家権力の傲慢を感じてしまう。まあそれでも税は国民が「健康で文化的に暮らす権利」を担保する為に欠かせないもので、支払う事に異議はない。問題はその使い道だ。

いまや世界中が超格差社会。世界の人口約七十四億人のピラミッドで、頂上のたった八人の総資産額が、下に位置する三十六億人のそれに相当するそうだ。この国でも何億という金をいともたやすく稼ぐ人がいる一方で七人に一人が貧困に喘いでいる。そんな中で年収一千万の人と明日の生活もままならない人が同じ額を支払うのが消費税だ。それなら税を取る者は、すべての国民が人間らしく生きられるようにする責任も取るのが当たり前だ。

消費税十パーセントは、世界的に見て決して高くはない。北欧諸国の二十五パーセントに比べればまだ半分以下だ。しかしこれらの国は生まれてから死ぬまで金の不安のない高福祉の国だ。そんな国になるなら僕は三十パーセントでも払っていい。

大体今回の消費税はややこしすぎる。品や場所によって税率が変わるというのもよくわからないし、そもそもキャッシュレスポイントというのは何だ？　情報弱者は損をする仕組みなのか？　キャッシュレスがいいというなら、金でなく体で支払ってもいいはずだ。この際「庸」を復活してもらいたい。年に十日、ツルハシを担いで国会議事堂周りの工事に参加しよう。代わりに消費税免除の手形をくれ。

（二〇一九・九・一八）

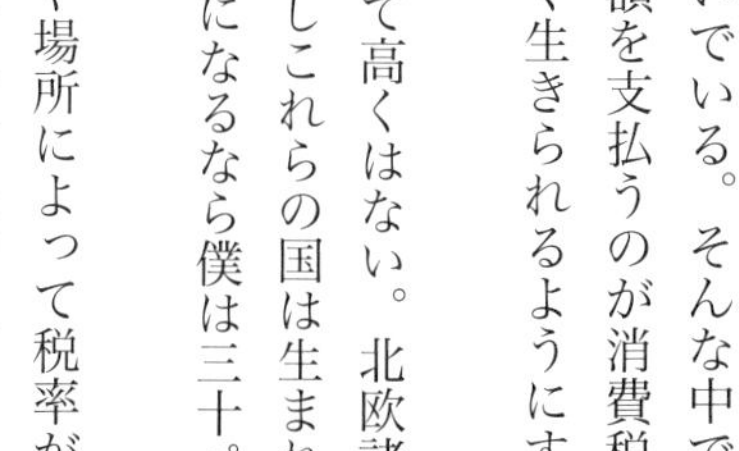

野球帽とフラダンス

年を取ると男は野球帽を被って自転車で街を走り、女はフラダンスに走る…僕の持論だ。街を歩くと必ずと言っていいほど野球帽を被って自転車に乗っている爺さんたちを見る。僕もジジイだが「ジジイのふり見て我がふり直せ」を座右の銘にしているのでそんな事はしない。ともあれ野球帽はジジイの定番だ。一方、奄美の従姉妹たちを始め、僕の周囲にはフラダンスにはまっている女たちが大勢いる。彼女たちの多くは還暦間近になってフラダンスを始め、その魅力に取りつかれている。

先日、近くの駅のロータリーが妙に賑やかなので行ってみると、お祭りのような事をやっていた。どうやら数年前にできた駅前の大型店舗が、集客のために主催したイベントのようだった。中央に舞台が設えられていて、軽やかなハワイアンをバックに、真っ赤な衣装に身を包んだ女性たちが腰を振りながらフラを踊っていた。その艶やかな動きに本能的に引き寄せられて僕は舞台の方へ近付いた。ところが遠目には若そうに見えた踊り手たちはほとんどが古希前後と思われるババ様たちだった。舞台袖では別のグループがソワソワしながら出番を待っている。こっちも皆さん、人生の酸いも甘いも噛み分けた、遥か昔にお姉さんだった方々だ。勝手に妄想を抱いた自分が悪いのに、僕は騙された気がして舞台に背を向けた。と、次に僕の目に入って来たのは、遠巻きに舞台を見つめているジジイたちだった。もちろん皆、野球帽を被っている。

男はなぜ年を取ると野球帽を被るのか。それは少年時代に野球をやったからだ。軽やかに走ってフライを捕ったりゴロを捌いたあの頃。バッターボックスに立った時の我が身の凛々しさ。今となってはすべて失われてしまった。しかし野球帽にはそれらを甦らせる力がある。被るとキリっとなって遠いあの日の自分に戻った気がするのだ。まあ残念ながら傍目にはジジイ以外の何者でもないのだけど。

比べて女たちのフラダンス。もちろん彼女たちも失った若さに未練はあるんだろうけど、そんな事より踊り自体を楽しんでいる。踊る事で自分を日常から解放し、高め、前を向く。老いを手なずけるしなやかさが、豊かな人生を築くのだ。舞台袖で出番を待つワクワク感は人生の充実そのものだ。大した用もないのに自転車でぶらつく爺さんたちにそれはない。

結論。人前で披露する芸事は（それを見せられる側の迷惑はさておき）人を老けさせない。僕もハカダンスでも習う事にするか。

（二〇一九・一〇・二）

大将の為にだけある両の耳

テレビをつけた途端に衝撃的な映像が目に飛び込んで来る…。そういう事が時々ある。ニューヨーク同時多発テロや、東日本大震災の時の津波、最近の台風豪雨による被害映像などがそうだが、僕たちはまたひとつ、実に辛い映像を見る事になった。首里城の炎上だ。

首里城は、沖縄が本土とは全く異なる独自の文化を築いていた証の建物で、沖縄の人たちのアイデンティティそのものだ。僕も教員として何度か修学旅行で生徒を引率したが、テーマは「異文化理解」だった。十七世紀初頭の薩摩の侵攻以来、抑圧され、翻弄され、今なお犠牲を強いられている沖縄を首里城は、丘の上から「負けてはならぬ」と励まし続けた。その偉大な琉球の象徴が一夜のうちに姿を消してしまった。沖縄の悲しみは計り知れない。しかし、負けてはならないのだ。ウチナーンチュにはどんな苦難とも闘う強さがある。首里城は必ず立派に再建されるだろう。

首里城の悲惨な映像を見た翌日の朝、今度は別の意味で衝撃的な画面が目に入った。そこには来年度から導入予定だった大学入学共通テストでの英語民間試験活用の延期を発表する萩生田文科大臣の顔が写っていた。

二十年ほど前から国は「教育改革」を叫び始めた。「生きる力」とか「豊かな人間性」など耳障りのいい言葉を並べたけれど、本質は学校の市場化だった。結果学校は超多忙化し、教員はブラック職となって志望者も激減してしまった。今回の民間試験活用も市場化の一端。この話が持ち上がった時、学校現場では生徒も含め、誰もが猛反対した。大学入試での英語を、民間でやっている試験に替える。滅茶苦茶な話だ。民間試験は数種類あり、受験料や実施場所などで明らかに受験生の間に不公平を生む。誰が考えてもわかる話なのに、よっぽどうまい汁を吸えるのか、文科省は反対意見を封じ込めて民間に丸投げを決めた。学校の嘆きをよそに話は着々と進んだ。ところがこの大臣が「身の丈発言」で本性を現して事態は一転、事のあまりのひどさが国民の前に晒され、あっさり延期となった。

国民に知られたらひとたまりもない愚策は他にもゴマンとあるに違いない。今問題になっている「桜を見る会」も然り、全ては安倍大将の言葉しか耳に入れない政治屋たちの為せる業だ。そんなお粗末な為政者たちが治める国で生きるこの身の辛さ、情けなさ。しかしそんな愚劣な連中に負けてはならぬ。きっと首里城は僕たちにそう言うだろう。

（二〇一九・一一・二〇）

終の住処も仮の宿

郵便受けに水道の検針票が入っていた。いつもなら気にもしないが「漏水している可能性があります」というメモが添えられていたので気になって、先月分と比べてみた。確かに使用量が倍になっている。水回りを調べたら、トイレのタンクの劣化が原因だった。そろそろこのトイレも寿命だ。しかし数年前、風呂を取り替えた時は大きな出費だった。ここはどうするか…。ヒラヒラと飛んでいく万札を思い浮かべて僕は大きくため息をついた。

今の住まいを購入したのは二十五年ほど前だ。販売予告のチラシを妻が見て気に入り、抽選に当たったので無理をした。建物が完成すると、ほぼ同世代の購入者たちが真新しい部屋に一斉に入居した。それまで住んでいた古いアパートからするとホテルのように思えた。敷地内の公園はいつも子どもたちの歓声で溢れ、親同士も交流を深めて理想的なコミュニティが形成された。僕も三人の子どもたちをここで育てた。しかし今ではどこの家でも子どもたちが独立して、ほとんどの世帯が夫婦二人暮らしだ。公園にはベンチで休む爺さん婆さんの姿しかない。ホテルのようだった部屋もすっかりボロになった。若者はいつか年老い、新しいものはいつか古びる。世の常だ。

長崎に軍艦島と呼ばれる小さな島がある。正式名は端島というが、見た目が軍艦に似ているのでそう呼ばれる。良質の石炭が発掘され、明治以降昭和四十九年に閉山して無人島になるまで炭鉱の島として隆盛を極めた。昭和三十五年には周囲わずか一二〇〇メートルの島に高層鉄筋アパートが立ち並び、五千三百人が暮らし、人口密度は当時の東京の九倍だった。病院や学校、神社に寺院、商店に派出所、理髪店、さらに映画館やパチンコ屋まであったという。東京の人でさえ持っている人は少なかったテレビも、この島では全住戸にあったそうだ。そんな島を一度見てみたいと思い、この秋長崎に行った。残念ながら台風で桟橋が壊れて上陸は出来ず、周囲を船で巡っただけだったけれど、ビルの残骸群にかつての繁栄が見て取れた。どんなに隆盛を誇る町も、いつかは廃れる事をこの島は教えてくれる。

渋谷駅周辺は今、百年に一度という大規模再開発が進んでいる。一方で高度経済成長期に庶民の憧れだった団地が今では老朽化に直面している。百年後の渋谷はどうなっているやら。悠久の時の流れの中では終の住処も所詮は仮の宿。今この時を快適に過ごすよりない。やっぱりトイレ、取り替えるとするか。

（二〇一九・一二・四）

逝くものは斯くの如きか

師走。今年も多くの人が鬼籍に入った。往年のスターや政治家の訃報に接する時、ついにこの人も逝ってしまったかと淋しく思う事もあれば、失礼ながら、あれ、この人まだ生きていたんだとちょっと驚く事もある。また先般百一歳で亡くなった中曽根元総理のように、あなたはもう十分でしょうと淡然と受け取る時もある。しかしどの人にもそれぞれ、形は違っても晩年の生活があった事は確かだ。

中曽根さんは最期まで影響力を維持したらしいけれど、多くの人の最期は寂しく惨めだ。生前輝かしい活躍をした人が認知症になるとそれは際立つ。中曽根さんと「ロン・ヤス」と呼び合い、随分前に亡くなった米国元大統領レーガンは、晩年アルツハイマーになった。まだ自分は大統領だと思っていて、夫人はホワイトハウスの執務室とそっくり同じ部屋を自宅の中に拵え、夫は毎日正装してそこで「執務」をしていたそうだ。また「刑事コロンボ」のピーター・フォークの場合は自分が「コロンボ」だった事も忘れてしまった。認知症は幸せの一つの形だという考えもあるけれど、犯人を追い詰めるあのコロンボがただの徘徊老人になってはファンはやりきれない。

関川夏央氏の「人間晩年図巻」には九十年代に亡くなった各界の有名人の生きざま死にざまが書かれている。楽しく読める本ではないにしても、非凡な人たちの人生の閉じ方は、僕たちに人の一生というものを考えさせる。

西川きよしとのコンビで漫才ブームの頂点を極めた横山やすし。「喧嘩にも酒にも弱いくせに暴言を吐く悪癖」のせいでその人生は波乱続きだった。酔って本番に出て、相方きよしや若い女性マネージャーにも殴られた。タクシー運転手に暴行したり飲酒運転で事故を起こしたり。ついには飲みに出かけて暴行を受け、失語症と記憶障害に見舞われた。失職後は酒に浸り、歯が抜けて老人のようになって肝硬変で逝った。五十一歳だった。自業自得と言えばそれまでだけど、誰もが隠し持つ人間の性を一人で曝け出して見せたやすしは「愚かなる聖人」だったのかも知れない。

妻に先立たれ、自分も病を得て生きる気力を失い、嵐の夜に風呂で自裁した屈指の文芸評論家江藤淳。六十六歳。その遺書に「自ら処決して形骸を断ずる所以なり（抜け殻になった自分とはきっぱりおさらばだ）」とあったそうだ。その潔さ、到底真似はできない。

誰しも思い通りにはいかないのが晩年だろう。となれば、このひと時を悔いなく生きるのみ。

（二〇一九・一二・一八）

金では買えぬ五輪の心

令和初の正月。おめでたいと言いたいところだが、最近は周囲の住人からうるさいと文句が出て、大晦日の除夜の鐘をやめる寺が増えているなどと聞くと、つまらない国になったなあと思う。一茶ではないけれど「めでたさも／中位なり／おらが春」というところか。しかしつまらないと思うばかりではつまらない。今年は楽しい事に精を出して、せめて中よりちょっと上くらいの年にはしたいものだ。

さて、今年はオリパライヤー。自分の生涯で二度の東京オリンピックを体験することになるとは思っていなかった。先のオリンピックの時、僕は小学六年だった。戦後の復活を世界にアピールしようとする国民の熱意は、南の島の子どもたちも同じだった。三波春夫の「東京五輪音頭」が町中に流れ、校内には♪海を越えて〜友よ来たれ〜の合唱が轟いた。僕たちは首を長くしてオリンピック開催の十月を待った。ところが六月に新潟で大地震が起きた。悲惨な映像が流れると、子ども心にもこれでオリンピックはできるんだろうかと心配になったが、中止になる事はなかった。

オリンピックが始まると、学校も早く終わった。僕たちは急いで帰ってテレビのある家に集まり、みんなで日本に声援を送った。柔道で神永が大男のヘーシンクに敗れると悔し涙を流し、バレーで東洋の魔女たちがソ連を下して優勝すると町中に歓声が響いた。オリンピックは僕たちに深い感動を与え、人間の素晴らしさを教えてくれた。あれから五十六年、僕たちは再びこの国で世界中のアスリートたちの躍動を目にする事になった。しかし今回は、めでたさも中くらいのオリンピックだ。

東京招致が決まった時、日本中が喜びに沸いたけれど、借金まみれなのに大丈夫かという不安は残った。ロゴマークや新国立競技場の設計、マラソンコースなどでゴタゴタが続き、招致に裏金が動いたという話まで出た。そもそも真夏の開催は放映権を持つアメリカの放送局の都合だ。どこまでも金がついて回る。しかし金では買えないものこそオリンピックの真髄であるはず。参加する事に意義があるという近代オリンピックの精神は不変であって欲しい。ま、それでも選手たちはきっと素晴らしいパフォーマンスで世界を感動させるだろう。心配は首都圏直下型地震。専門家たちが、今年発生する可能性もあるなどと言うと新潟地震を思い出して怖い。ここはやはり金の力。初詣がてらに近くの神社に出かけ、賽銭に百円を奮発して無事の開催を願おう。

（二〇二〇・一・八）

レッドカードは我らの手に

二〇二〇年は、二人の仮面男のとんでもない行動で幕が開いた。一人は経営者という仮面をかぶった守銭奴ゴーン。もう一人は、大統領の仮面をかぶる暴走老人トランプだ。

元日の朝、ゴーンが逃亡したというニュースが流れた時、新年を祝っていた日本中の人たちは首を傾げたはずだ。え、どういう事？　保釈中の人間が東京から遥かな国レバノンにワープ？　それはありえない。何しろ我が国の司直はハンパなく厳しいのだ。辺野古移設に抗議した山城さんは重罪を犯したわけでもないのに五か月も拘留されたし、安倍総理にとって地雷と化した森友の籠池さんは十か月も娑婆に出られなかった。また長崎の大村や茨城の牛久の入管施設では、様々な事情で祖国に戻れない外国人たちが「国内にいてもらってはいけない人」として長期収容され、死者さえ出ている。そんな容赦のない司直の網をかいくぐって逃亡などできるはずはない…。

しかし逃亡は事実だった。箱の中に隠れて逃げるという前代未聞の出来事に、世界中が呆然となった。棺桶に入ってナチスから逃れる映画があったけれど、それはあくまで映画の話。権力に異議を唱える者には秋霜烈日を極める検察と、立場の弱い外国人は法の縄でがんじがらめにする入管が、富める者にはゆるゆるで、「国内にいてもらわないといけない人」をやすやすと出国させたお粗末さ。この始末、どうつけるのか。まあ検察には地の果てまでゴーンを追跡してもらい、全財産を没収して、かつて彼にリストラされて困窮した元社員たちとその家族に配ってもらおう。

正月三日、今度はイランのソレイマニ司令官が殺されたというニュースが世界を駆け巡った。トランプ大統領が、自分の命令で暗殺させたとドヤ顔で発表した。報復の応酬になるのは必至だ。イランはいきり立ち、ウクライナの民間機を誤爆、百七十六人が犠牲になってしまった。もちろんイランの行為は断じて許されないけれど、トランプが命令しなければこの人たちは死ななかった。トランプ外交理論は「マッドマン理論」と呼ばれる。何をやらかすかわからない気性を武器に、取引を勝ち取る。欲しいものをねだるのに、突拍子もない事をやる三歳児と同じだ。ガッポリ儲けた金で大統領選に出てみたら、まさかのマの字で当選しちゃった爺さんが、今や地球をボールにしてゲームに耽っている。ルールも知らない横暴なプレーヤーに退場を宣告するのは、世界の良心だ。レッドカードは僕らの手にある。

（二〇二〇・一・二二）

時を繋ぐ寅次郎

僕はどうにも整理整頓が苦手で、いつも部屋は散らかっている。それでも妻の怒りが爆発しそうになると慌てて片づけるのだけれど、そんな時厄介なのが子どもたちのアルバムとビデオテープだ。三人の子どもたちが幼い頃に撮った写真とビデオは膨大な量で、本棚の二つの段を占めている。結果、行き場のない本が床に散乱するのだ。子どもたちは既に独立していて、たまに帰って来ても昔の写真やビデオには全く関心を示さない。さらに僕も妻も最近は滅多に見なくなった。つまりそれらは今や無用の長物なのだ。心残りはあるけれど、そろそろ処分する時期なのかも知れない。切り取って大切に保存しておいた過去の時間には、もはや意味はないのだろうか。

映画「男はつらいよ〜お帰り寅さん」を観た。それはまさしく過ぎ去った時間の意味を考えさせる作品だった。主役の寅さん、渥美清は九六年に鬼籍に入っている。その時点でこのシリーズは事実上終止符を打った。

「男はつらいよ」は元々テレビドラマだった。無鉄砲なテキ屋、寅次郎が主人公のドラマは好評を博したけれど、ハブ狩りでひと儲けを企んだ寅が奄美に渡り、ハブに咬まれて死んで完結した。その後、寅さんを死なせた事に視聴者から抗議が殺到し、映画で生まれ変わる事になった。奇しくも、映画版でも渥美清出演の最終作になった舞台は奄美だった。

この映画は、何十年にもわたって同じ役を同じ役者たちが演じている。その事が主役の不在にもかかわらず全く新しい映画を生んだ。「お帰り寅さん」ではおいちゃんもおばちゃんも、タコ社長も御前さまももういない。さくら役の倍賞千恵子を始め、実際に年を重ねて今を生きる俳優たちがそれぞれの役を生きる。他者を思いやり、日常を慈しんで誠実に暮らす人々の姿は胸を打つけれど、何より過去の作品から切り取った寅次郎のコミカルなシーンの挿入が秀逸。その滑稽さに笑いながらも、人は老い、いつか消え去るのだという思いがこみ上げて心に沁みる。そして今この時は、過ぎ去った時間に支えられている事、その二つを繋ぐのは優しい心だという事を教えてくれる。保存された過去が生んだ傑作だ。

僕の子どもの頃の写真は四枚だけだ。動画は銀幕のスターたちのものだった。今は普通の人でも赤ん坊の頃から動画に収まる。過去を生きた自分の姿を見る事は、その後の人生を傑作にするかも知れない。あまり期待はできないけれど子どもたちのビデオ、取っておこう。

（二〇二〇・二・五）

支え合う心もワクチン

いやはや困った事になった。今、世界中を脅かしている新型コロナウィルスの話だ。

昨年末、中国の武漢で発生した新型ウィルスは瞬く間に広まり、連日感染拡大が報道されて今やパンデミックの様相を呈している。

人類の歴史は戦争と疫病の歴史だと言われる。疫病は多くの人の命を奪い、時として文明さえ滅ぼした。中世のヨーロッパで猖獗を極めた黒死病（ペスト）では当時欧州の半数近い人が死亡したそうだ。今世紀に入ってからもＳＡＲＳやＭＥＲＳが世界を震撼させた。疫病の脅威は文学にも現れ、十四世紀イタリアの作家ボッカッチョが書いた「デカメロン」は、ペストから逃れてフィレンツェ郊外に引きこもった男女が、退屈しのぎに話をする物語だ。また戦後、フランスのアルベール・カミュは小説「ペスト」で、疫病が蔓延する極限状況での人間のありようを描いた。疫病はいつの時代も人類にまとわりついてきた。

「感染」は人間を恐怖に陥れ、それが差別と排除を生む。中国では武漢から来た人たちに対する非道な行為の映像が流れた。日本でも医学的判断によって、大型クルーズ船の三千七百人の乗客が横浜港沖で「拘留」されている。疫病は人権の壁をたやすく超える。

倫理学に「トロッコ問題」というのがある。暴走するトロッコの前方で五人が作業をしていて、このままでは轢き殺される。たまたま線路の分岐点にいるあなたが切替レバーを下ろせばトロッコの進路が変わり、五人は助かる。しかしそっちでは一人が作業をしていて、その人は確実に死ぬ。さてあなたはどうするか。要は多数を助けるために少数を犠牲にする事をどう考えるかという事で、ほとんどの人は五人を救うためには一人の犠牲はやむなしと考え、社会はそれを容認する。しかし犠牲となる身を考えるとそう簡単にはいかない。

感染防止の為にやむなしと、隔離のレバーを下ろされた乗客たちは、部屋に閉じ込められて、退屈しのぎの世間話さえ出来ない状態だ。また、どこからも寄港を拒否され、漂流している船もある。これが現代文明の仕打ちなのか。そもそもこの病に罹ったら最期なのか。病そのものが理解されず、感染の深刻さだけが報道されては恐怖心が拡散するのは当然だ。救いは隔離された人たちを励ます人たちも大勢いる事だ。苦しむ人がいたら手を差し伸べる。疫病を終息させるのはワクチンを作る科学の力と、差別や排除と闘い、支え合う人間の力だ。世界は今、文明の力を試されている。

（二〇二〇・二・一九）

※新型コロナウィルス感染急拡大

嘘と傲慢に未来なし

新型コロナウィルスの感染は日ごとに拡大し、先が見えない状況の中で国中が不安に包まれている。しかし別の深刻な病魔が国を蝕んでいる事も忘れてはならない。安部政権だ。

安倍晋三。この男が首相になって以来、この国の民主主義はすっかり腐ってしまった。歴史に名を残したいというその野望は間違いなく実現するだろう。但し、日本の憲政史上最悪の宰相として、だ。モリカケ、桜を見る会、東京高検検事長の定年延長、低俗なヤジ…。嘘と傲慢で悪行を繰り返し、今のウィルス禍でも後手に回るばかりの無能ぶり。こんな首相に任せていたら、国は遠からず滅ぶ。

一九二〇年代、世界的大富豪だったアメリカの自動車王ヘンリー・フォードは、大統領選挙に意欲を見せた。もし立候補したら、その絶大な人気で当選は間違いなかった。それを阻止したのは「タバコ部屋の黒幕」、つまり党の重鎮たちだった。彼らは門番だった。訓練も経験も積んでいない素人が大統領選挙に出る事を許さず、門前払いをした。フォードは反ユダヤの差別主義者で、後にナチス政府から最高位の勲章をもらっている。もし彼が大統領になっていたら第二次世界大戦でアメリカはドイツと組んでいたかも知れない。黒幕という非民主的な門番がアメリカの民主主義を護ったわけだ。その後民主主義が成熟するにつれて門番は黒幕から国民に代わった。それがトランプの誕生につながった。皮肉にも非民主主義者の大統領を生んだのは、成熟した民主主義だった。門番である国民が、トランプの詭弁にまんまと引っ掛かって門番として機能しなかった。要は騙されたのだ。だけど僕たちはよその国をあれこれ言えない。

ひと月ほど前、某大手新聞に二十代の若者の投稿があった。給料十四万、この先の昇給や賞与増の見込みは微々たるもの。それでも自分には趣味のカメラがあり、生活に満足している。そんな内容だった。貧しくても文句も言わず、税金を納めてくれる。まさしくアベノミクスの申し子だ。安部政権を護るのは牙を抜かれた門番たちだ。調子をコイたこの男は、今度は憲法を自分好みに変えようとしている。そのうち国名も「神国晋三」に変えると言い出しかねない。こんな男の暴走を許して国の未来を失ってはならない。この男が歴史に残る時、それを許した僕たちも「アホな国民」として将来の世代に笑われるだろう。今こそ門番としての牙を取り戻し、この最低な宰相にダメだしの痛烈な拳骨を食らわそう。

（二〇二〇・三・四）

夜の訪問者

先日の夜、拡大を続ける新型コロナウィルスのニュースにげんなりしているところへ不意の来客があった。自治会長のY氏だった。

僕が住む団地は三百世帯。もちろん自治会があり、担当は棟ごとで数年に一度当たる。来年度はその番が我が家に回って来た。これまでは仕事にかまけて妻に押し付けて来たけれど、フリーになった身ではそういうわけにもいかない。自治会も班長くらいならまだしも役員になると厄介で、会長など考えただけでぞっとする。友人は六十三歳で敬老会の会長にさせられたと嘆いていたが、大抵の人はこの類で責任ある立場は避けたい所だろう。もちろん僕もそうだが、残念ながら一月末の役員決めで、思い切り火の粉を被る事になった。

集会所には、各棟の来年度担当者三十人が集まった。ほとんどが僕同様、白髪か禿げ頭の爺さんたちだった。みな無言で座ってはいたが、顔には同じ思いがむき出しになっている。すなわち会長だけは真っ平御免という思いだ。役員の立候補受付に応ずる者はもちろん一人もなく、結局八つの役職名が書かれたクジをY氏が引いて決める事になった。

クジの準備が整い、いざとなった時、一人が手を上げて言った。「私はもう七十六で、年齢的に役員はできません」。突然の発言に場内はどよめいたが、現役員の一人が「私は七十七歳でもやっています」と反撃。すると別の手が上がって、「私は八十歳だ」と返した。するとすかさず後方でもう一本手が上がった。ゆっくり立ち上がったその爺さんは「私は八十八、米寿ですよ」と勝ち誇ったように言った。役員決めがいつの間にか年寄り自慢大会になった。それでもやはりクジしかないという事になり、次々と役が決まっていった。絶対当たるなという念力が効いて、僕は外れ続けた。さて残るは最後の一人、会長だ。僕は目を閉じて「当たるな念力」を倍に強めた。ところがあろうことか、静寂の中でY氏が読み上げたのは僕の名前だった。マーフィーの法則流に言うなら「絶対当たるなと思う者は必ず当たる」だ。難を逃れた者たちの嬉しそうな拍手を恨めしく思いながら、僕は腹を括った。

Y氏の訪問は、新型ウィルスで急遽予定が削減された事を伝える為だった。もちろん僕に異論は無く、中でも四月に開催予定の総会の中止は朗報だった。総会は会長にとって最も難儀なもので、これがなくなったら向こう一年の会長職も随分楽になる。不幸中の幸いだ。ついでにウィルスも絶滅すればいいのだが。

（二〇二〇・三・一八）

いつまで続く白日夢

春爛漫。本来なら暁を覚えないほど心地よい眠りをむさぼる季節だが、ここのところうっすらと、白日夢を見続けているような感覚にとらわれている。なかなか覚めない悪夢だ。

このひと月で、地球は新型コロナウィルスに完全に占領されてしまった。世界中で国境封鎖や外出禁止など戒厳令並みの施策が敷かれ、まるで戦争状態だ。日本でも学校は休校、大型イベントは次々中止、はてはオリンピックまでもが延期になった。人類史上、未曾有のこの大混乱は一体いつまで続くのだろうか。

しかし誠に不心得だが、僕にはこの深刻な事態にも違和感がつきまとう。感染の際の「濃厚接触」という言葉からして、え?だ。僕のような助平には「濃厚」という語には「ラブシーン」しかない。そんな事がなければ感染はしないと思い込んでしまった。せめて「至近接触」くらいだったら勘違いもしない。

一番疑問に思うのは、このウィルスはそれほど恐れなければならないものなのかという事だ。感染ばかりの報道で恐怖が拡散されているが、感染後の致死率は高くはないし、専門家たちもそう言っている。実際僕がこの稿を書いている時点の情報では死者数は五十四人、致死率は二・七パーセントだ。この数字をどう考えるかだが、言えるのはこのウィルスは感染したらほとんどの人が死ぬのではなく、感染してもほとんどの人は死なないという事だ。ちなみに警察庁の発表だと今年の自殺者の数はふた月で既に二千九百七十一人。死因は違っても命は同じだ。毎日五十人が苦悩して自ら命を絶っているにもかかわらず社会は一顧だにしない。

もちろん感染拡大は一刻も早く阻止しなければならないし、医療崩壊は絶対に避けなければならない。しかし対応を間違えると社会そのものが崩壊しかねない。経済が破綻して自殺者が増えたら元も子もない。首相が突然学校を休校にし、街を高校生で溢れさせた事が感染防止に資したかどうかはわからないが、学校を混乱に陥れた事だけは間違いない。さらに感染者がなお増加している中で学校を再開する意味もわからない。政府の場当たり的な判断もまた脅威となりうる。このウィルスとの戦いは団体長期戦だ。一人ひとりが油断せず、同時に恐れ過ぎずに我慢強く戦えば必ず勝てる。遠からず思い出話になるだろう。

まあいつまで続くかわからない事にずっと気を揉むのは体に毒。ここは一つ植木等の歌でも歌いながら手を洗って、気長に終息を待とう。♪そのうちなんとかなるだろう〜。

（二〇二〇・四・一）

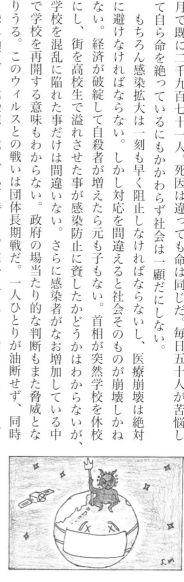

もう一つの春

朝起きて窓のカーテンを引くと、道沿いの満開の桜が目に眩しい。毎年変わる事のない穏やかな景色だ。しかしテレビをつけた途端、そこにはもう一つの春の光景が広がっている。

新型コロナウィルスの猛威は芸能人やアスリートたちを次々と襲い、今や誰もがひたひたと我が身に迫り来る危機に脅かされている。首都圏では緊急事態宣言が出され、街も人も状況の変化に振り回されるばかり。僕も友人に頼まれ、四月から高校でちょっと教える事になったけれど、学校は休校が続いていてまだ生徒たちの顔も見ていない。荒涼としたもう一つの春には、ここぞとばかり舌なめずりをしている、火事場泥棒が蠢いている。

先日、その火の粉が僕の頭上に降ってきた。電話がかかって来て、受話器を取ると中年らしき女の太い声。「ご主人様ですか?」。自分でかけてきておいてこっちの名前も知らない事と、若い女の声じゃない事に僕はたちまち機嫌を損ねた。「ご主人様だけど何か?」不機嫌が声に出る。「私、○○金融の者ですが、今回新しい商品が出たのでそのご案内です」。女は聞いた事もない会社の名前を言った。僕はしばし考えた。これはもしかしたら僕が待ち焦がれていた詐欺電話じゃないだろうか。女は続けた。「私どもでは月二パーセントの利息がつく商品を開発しました。年にしますと二十四パーセントです」…。間違いない、これは詐欺だ。今どき年二十四パーセントの利子がつく預金なんて小学生でも信じない。僕は喜びに胸震わせた。ついに僕にも来たのだ。「コロナ感染の広まっているこの時期だからこそ開発できた商品です」。撃退するのはたやすいがそれではつまらない。ここは強欲ジジィを装う事だ。「すると、一億で二千四百万の利子がつくんだな」。「さようでございます」。抜け抜けとよく言う。この嘘つき野郎め。仕掛けた網に獲物がかかったと思ったんだろうが、逆だ。「やる。すぐやるよ。ちょうど今手元に一億五千万ほど遊ばせてる金あるから」。嘘つき野郎は僕だ。「え、ホントですか？」。あまりの手応えの良さに自分でも驚いたのか、女の声が上ずった。それが気に食わなかった。「ただし、だな」。僕はどすを利かせた。「もし利子が一円でも欠けたら許さないよ。僕は怖いぞ〜。どこまでもどこまでも追いかけるからね」。女が黙った。言い過ぎを悔やんだ時、女が電話を切った。失敗だ。つまらない脅しでせっかくの獲物を取り逃がしてしまった。外出できない巣ごもり暮らし、退屈しのぎの詐欺電話、また来ないかなあ。

（二〇二〇・四・一五）

棄てていい命無し

新型コロナで当たり前の日常が奪われてから久しい。こんな事は東日本大震災の時以来だが、あの時は「起きてしまった事」を皆で受け止め、力を合わせて復興という光を目指す事が出来た。しかし今回は「起きている事」をまざまざと見せつけられながら、ひたすら我慢するだけの日々だ。そんな中、事の深刻さは命の軽重を秤に掛けるところまで来た。

オランダで、集中治療室医組合が新型コロナウィルスに感染した高齢者は集中治療室に運ばないという指針を出したそうだ。医療崩壊を避けるための処置で、対象になるのは一定の条件を持つ七十歳以上の人。先のない年寄りは諦めてくれという事だ。日本では考えられない事だが、法律で安楽死が認められているオランダでは、命に対する考え方も違うのかも知れない。それでもさすがに命の線引きだと批判が高まり、撤回する方向らしい。ともあれ、社会が逼迫すると命の選別が始まるという事だ。小説や映画では「棄老」、つまり年寄りを棄てる話はこれまでもあった。

深沢七郎の小説「楢山節考」は、貧しい山里の姥捨て伝説が基になっている。その村では親が七十歳になると子は親を背負って山中深く入り、置き去りにする。口減らしのための村の掟だ。今村昌平監督の映画では心優しい息子を緒形拳が、気丈な母親を坂本スミ子が演じた。老いてなお丈夫な歯を持つ事を恥だと思う母親は自ら歯を砕く。(当時まだ四十代だった坂本スミ子は、実際に歯を削って演じた。)人知れぬ山中に母を一人残して山を下りる息子の頭上に雪が舞い落ちる。振り返る事も口をきく事も許されない掟を息子が破るシーンは、生きる事の残酷さを知らしめた。

「棄老」は外国映画でも見られる。今年公開された「ミッドサマー」は、北欧の美しい自然の中で共同生活を営む集団の奇祭を描くアメリカ映画。七十歳になると自ら岩山の上に登り、身を投じるのが習いだ。下にはハンマーを持った若者がいて、落下後にまだ意識があるとその頭蓋を打ち砕くという徹底ぶり。楽園のようなのどかな暮らしと人間の残虐さの対照が怖い。結局「棄老」はホラーなのだ。

今のコロナとの戦いは伝説でもホラー映画でもない。如何に老いたりといえど、棄てられていい命など世にあるはずがない。世代間に溝ができたらウィルスはたやすくそこから侵入して来る。東日本大震災の時と同様、ここも老若男女が力を合わせてこそ戦える。徹底した籠城作戦で、敵をせん滅してやろう。


（二〇二〇・五・六）

悪の巣窟の大掃除

奄美梅雨入りのニュースに、止まる事なく移ろう自然が羨ましくなる。人間の方は風薫る季節を迎えても、外出さえままならない。

緊急事態が継続する中、僕はもうひと月以上電車に乗っていない。外出は近所のスーパーでの買い物くらいで、ほとんどステイホーム。喫茶店や映画館もお預け、薄い頭髪はボサボサで座敷牢状態だ。こうなると僕の存在自体が不要なんじゃないかと思ってしまう。

このコロナ禍の中、アメリカでは自己防衛の為の銃が売れているという。かの国らしい物騒な話だが、社会が揺れているのは日本も同じだ。感染者に対する差別や誹謗中傷、根拠のないデマなどがSNSで拡散され、他県ナンバーの車への攻撃や営業している店への嫌がらせも続いている。感染抑止が絶対的な「正義」の衣を纏い、暴走を始めてしまった。かつて関東大震災の直後、デマによって「正義」に憑かれた住民たちが暴徒と化し、多くの朝鮮出身の人たちを殺害したけれど、現代社会にも似たような危険が潜んでいるという事だ。それを考えると、自粛要請を無視し、顰蹙を買ってもなお淡々と営業を続けるパチンコ店の不埒ぶりは、「正義」の暴走を抑えるブレーキになるのかも知れない。ともあれ、座敷牢の中で抱くべきは憎しみではなく、僕たちを牢から出す為に日夜奮闘を続けてくれている医療従事者への感謝の念だ。

国民が辛い思いをしている一方で、指揮を執っている首脳陣の頓珍漢ぶりは始末に負えない。ドヤ顔で配布を発表したアホノマスク、いや、アベノマスクはまだ届く気配もないし（僕は安倍総理の愚かさを子々孫々まで語り継ぐためにこのマスクは取っておくつもりだ）、一日当たりの検査数を二万件に増やすと言ったPCR検査は、半分も達成されてない。挙句、国が示した受診の目安のせいで犠牲者が出始めると、それは国民の誤解だったと厚労相。何をか言わんやだ。経済支援には亀の歩みで、私欲の為にはチーターになる欺瞞内閣。国民の声を無視して検察庁法案を捻じ曲げる悪の巣窟は国民の手で一掃するしかない。

そんな鵺のような政治屋たちに比べ、ここ三か月ほぼ毎日テレビに出ずっぱりで、コロナの実態をわかりやすく説明してくれている白鴎大学の岡田春恵先生の偉大さ。僕などはもう勝手に身内のように思っていて、先生自身の健康を心配したり、髪形に見惚れたりしている。岡田先生、貴方の爪の垢をほんのひとつまみ、首相官邸に送っては頂けませんか。

（二〇二〇・五・二〇）

さすらいのギャンブラー

ようやく緊急事態が解除され、厚い雲の合間に少しだけ青空が見える気分だ。長い巣ごもり生活で鬱々とした日々を送っていたけれどそこはネット社会、芸達者の替え歌動画やパロディ画像が流れて大いに笑わせてくれた。しかしまさに事実は創作より滑稽なり、もっと笑える事が起きた。黒川前検事長の話だ。

今国会で政府の検察庁法改悪の企みは、国民の大反発で潰えた。この案は「えこひいき」という超低レベルの内容だったのでさすがに強い抗議に晒された。コロナ禍でなければ、国会議事堂は数十万の怒れる国民に取り囲まれていただろう。ところがこの大騒動のさなか、主役の黒川氏その人があろうことか賭け麻雀をしていたというのだからこれは受ける。

四人の男が密室でやった麻雀が外部に漏れた背景には何か胡散臭い事情がありそうだけど、バレたら致命的になるヤバい状況をものともせず、ズブズブな間柄の記者宅を訪れ、チャイムを鳴らして「麻雀やろうぜ」と言った（かどうかはわからないが）現職の検事長のギャンブル魂には拍手喝采を送りたい。

ギャンブルは、人を裁く閻魔大王のような人物さえ虜にするのだから、コロナウィルスより強力だ。麻雀と並ぶギャンブルの双璧、パチンコに溺れている人も多い。どこかの市議が外出自粛中にパチンコをして、「視察だった」と弁解したのも笑えた。この国にはギャンブル依存症の人が五百万人以上いると言われる。パチンコは開店時間から終業時間までずっと打ち続けて、一発も入らなかった場合の負けは三十一万二千円だそうだ。近くオープンするカジノは勝ちも負けも桁が違う。「美しい国、日本」は「博徒の国、日本」に変わるだろう。と、偉そうに言う僕も大学時代には中毒になるほどじゃなかったけれど、麻雀はよくやった。仕事に就いてからは忙しくなってやめたものの、博徒気質は今もある。

我が家では毎年正月、遊びに来る子どもたち夫婦も含めて家族全員でゲームをやる。目的は一つ、全員で出し合う賞金だ。勝負となれば夫も妻も親も子もない。チリ紙を丸めてゴミ箱に投げ入れるだけのゲームでも顔色が変わる。また普段でも妻とくつろいでいる時に小腹が減ると、どっちがコンビニまで行って口慰みを買ってくるかをジャンケンで決める。その時は鬼になる妻もなかなかの博徒だ。

まあ賭け麻雀で出世を棒に振り、さすらいの身になった男も滑稽だけど、一番笑えるのは贔屓の引き倒しをやらかした政権の方々だ。

（二〇二〇・六・三）

言霊の力、侮れず

コロナ禍の中、リアリティショーと呼ばれるテレビ番組に出ていた女子プロレスラーが亡くなった。報道によると、番組中での彼女の言動に対してSNS上で誹謗中傷が続き、それを苦にして自ら命を絶った可能性があるとの事、何とも痛ましい話だ。姿を見せず、悪意の言葉を浴びせて若い命を追い詰めた者たちは、己が犯した罪を思い知るべきだろう。

言葉は負に働かせると凶器になる。僕も自分の発した言葉に怯えた事がある。十年ほど前の事だ。朝、いつものように車で職場に向かっていた。裏道をのんびりと運転していると、突然後方から爆音が轟いて、一台の車が僕の車を一瞬で抜き去った。あまりの傍若無人ぶりに僕はキレた。「バカモン！事故れ！」。遠ざかるその車のケツに向かって僕はそう吠えて、本気で呪った。お前のような奴は事故を起こして死んでしまえ！　ところが数分後、僕はその呪いの効果を目の当たりにする事になった。ゆるいカーブの先で、その車が電柱に激突していたのだ。マジか…。僕は信じられない気持ちで車を止めた。衝撃でボンネットがめくれ上がり、運転席で若い男がエアバッグに顔を埋めていた。自分がつい口にした言葉が人を一人殺してしまった…。僕は恐怖で凍えた。しかし救急車を待っている間に男がのっそりと車から出て来た。その姿を見て僕は胸を撫でおろした。その後警察が来て事情を訊かれたが、さすがに「僕が呪いをかけました」とは言わなかった。偶然とは言え、言霊の力は侮れない。僕は大いに反省した。まあ人を悪し様に言って碌なことはない。

　しかし僕は悪口はよく言う。教員時代は保身に走る校長をクソミソに罵ったし、このエッセーでも安倍首相の悪口はかなり書いている。それでも僕なりに仁義はある。他人を思いやり、誠実に生きている人の悪口は絶対言わない事だ。その分、権力を笠に着てそれを振りかざす人間に対しては容赦を知らない。
　悪口と言えば、かつての文豪たちも相当罵倒し合っている。文壇の大家志賀直哉に作品を酷評された太宰治は、志賀に対して「馬面がみっともない」「(作品が) 殆どハッタリである」などと執拗に反撃した。また谷崎潤一郎とその妻の千代に佐藤春夫が絡む三角関係は凄まじく、作家と詩人が交わした書簡の内容は今ならリアリティショーだ。しかし彼らの場合は言葉を通じて互いに自分の魂を曝け出し、尊厳を賭けての喧嘩だった。暗闇から石を投げてほくそ笑む卑劣な輩とは訳が違う。

(二〇二〇・六・一七)

僕たちの責務

首相官邸から垂れ流される汚水は国を汚染し続け、ついに首相が任命した前法務大臣が妻の議員ともども逮捕されるという前代未聞の事態を引き起こした。こうなるとさすがの傲慢総理も年貢の納め時だろう。まあしかし仲睦まじい「落ち鳥夫婦」の逮捕劇で、コロナ疲れの鬱々とした気分が少しは晴れた。

この国の政府もハチャメチャだけれど、親方アメリカも深刻な状況だ。ミネアポリスで起きた白人警官による黒人暴行殺人事件は、人種差別反対運動となって瞬く間に全米に広まった。アメリカの黒人差別の歴史は根深く、第七代大統領アンドリュー・ジャクソンは大統領でありながら、先住民と黒人に対して非情な差別主義者だった。トランプ大統領はその大先輩を信奉し、執務室に肖像画を掲げているという。今秋、この暴君が再選されたら世界は更なる悲劇に見舞われる。さすがに気になってアリゾナの友人にメールをした。

案の定、彼の返信には今のアメリカが抱える問題が連綿と綴られていた。中でも人種差別は大きな問題になっているとの事。彼は白人だけれど、祖父がドイツからの移民で多様性を重んじ、すべての人種が結束する事を願う良識的な男だ。勿論差別主義者のトランプを大統領として認めていない。メールは「次の選挙では必ずまっとうな大統領を選ぶから大丈夫」という頼もしい言葉で結ばれていた。

差別はアメリカに限らない。今世界中で分断や対立が激化し、差別の芽が地球を覆っている。憎しみが戦争を引き起こし、戦争は新たな差別を生む。歴史が教えて来た事だ。

若い頃ヨーロッパを貧乏旅行して、アムステルダムの安ホテルに泊まった時の事。朝食の列に並んでいると、僕の後ろにお上りさんらしき中年のオランダ人夫婦が立った。奥さんが気さくな人で僕に話しかけて来た。ところが僕が日本人だと知った途端、旦那さんが顔を歪めた。彼は僕に「アイヘイトジャパニーズ！」と言い放って去って行った。その旅では多くの人たちの優しさに触れていただけに、面と向かって日本人は大嫌いだと言われて僕はほとんど気を失いそうになった。奥さんは僕に謝って夫の後を追った。その後、オランダには戦争中の日本軍の行為によって強い反日感情を抱く人たちがいる事を知った。おそらく彼の父か祖父が酷い目に遭ったに違いなく、僕が日本兵に見えたのかも知れない。

すべての差別を次の世代に残さない。それは民主主義の恩恵を受けた僕たちの責務だ。

（二〇二〇・七・一）

※河井克行元法務大臣、妻の案里氏とともに買収罪で逮捕

ビニールシート越しの恋

コロナは依然として収まる気配がないものの、日々の暮らしには少しずつ以前の日常が戻って来た。いつまでもコロナに振り回されてばかりでは暮らしが立ち行かないのでウィズコロナ、つまりコロナと付き合いながらやっていこうというわけだ。現状では他の選択は難しく、結構な事だけどその為には「新しい生活様式」なるものを受け入れる必要があり、実際社会はもうそれで動いている。暑い中、誰もがマスクを着用し、随所に消毒用のボトルが設置され、スーパーの床には立ち位置が示され、レジでは店員と客の間をビニールシートが仕切っている。仕方のない事とは言え、「なんだかなあ」と思う事も多い。

小学校教員をしている女性から聞いた話。非常事態宣言中、親が不在の子どもたちを学校で預かる事になった。学校の遊具は使用禁止なので子どもたちはそれぞれ遊具を持参していた。校庭で子どもたちが遊ぶのを見守っていた彼女の足元にフリスビーが飛んで来た。拾い上げようとかがんだら、「ダメ、さわらないで!」と叫びながら一年生の男の子が駆け寄って来た。その子は彼女に「コロナになるから」と言って自分でそれを拾って去って行ったそうだ。親の言う事を忠実に守るいい子なんだろうけど、なんだかなあ。

「新しい生活様式」は他人に対する不信感と紙一重だ。体調に異変のない普

通の人は、何としても降りかかる感染リスクを排除しなければならない。「新しい生活様式」はその為の盾だ。おそらくこの子の中にも「人を見たら恐ろしいコロナだと思え」という、親仕込みの原理が組み込まれていたに違いない。せっかく入学したのに人が信じられず、友だちと親しく話も出来ず、マスクで顔の半分を隠したままの学校生活が続く。なんだかなあ。

そもそも人は集い、ともに手を取り合う事で喜びを倍に、悲しみを半分にして来た。そこへソーシャルディスタンスという厄介な決まりだ。距離をとって暮らすという事は人の繋がりを裂く事だ。こんな嘆かわしい暮らしの中で、気になるのは世の恋人たちの事。余計なお世話だけど、コロナになるから腕を組むのもダメ、唇を重ねるなんて空恐ろしいと考えてしまわないだろうか。ビニールシート越しに愛を語り合うのが「新しい恋の様式」だとしたら、この国の出生率は垂直下降だ。

「新しい生活様式」がアフターコロナを寒々とした社会にしては意味がない。恋人たちの為にも一刻も早いワクチンの完成を願おう。

（二〇二〇・七・一五）

ハイブリッドワールド

　夏には落ち着くと思われていた新型コロナは、ここへきて一層の猛威を振るっている。毎日発表される東京の感染者数が二百人を超えた時は驚愕したけれど、その数字が連日続くと数字の重みも失せてしまった。それほど深刻な状況の中での「ＧＯＴＯトラベル」だ。その結果がどうなるかは誰でもわかる。一方では「外出しないで」と言われ、国民は板挟みになる始末。政府が真面目にコロナと戦っているとはとても思えない。どうせなら「感染者数を三日連続で当てた人には一億円贈呈！」くらいの事をしてもらいたいものだ。

　コロナの終息はまだ見えないけれど、見えて来た事もある。猖獗を極めた新自由主義経済の限界だ。利益の連鎖は不利益の連鎖でもあり、この数か月で世界中の多くの企業が倒産に追い込まれている。その数はリーマンショックを遥かに上回るそうだ。つまり利益を金でしか換算しない社会は、ほんのふた月活動を止めると土台が崩れ始めるという事だ。これは由々しき問題で、今こそ金融経済からシフト可能な経済システムを考える時だ。グローバルな世界とは対照的な、自給自足のできる地域社会をベースにし、金を介さない、たとえば物々交換や子どもの「肩揉み券」などのようにそれぞれが有する価値を出し合って社会を回す仕組みにする。昔の長屋の現代版だ。生身の人間の営みは脆弱な金融経済よりずっと強い。そんなシステムを併せ持つ、いわばハイブリッド型経済なら世界は崩壊せずにすむだろう。まあ、一つの物や仕組みにもたれすぎると痛い目に遭うという事で、かく言う僕もそれは何度も経験している。

パソコンは今や僕の毎日の暮らしに欠かせないツールだ。調べものをするのも、原稿を書くのも、それを新聞社に送るのもすべてパソコンだし、自治会活動ではパソコンに達者な人がメーリングリストなるものを作ってくれて、会議や書類回覧などはすべてそれでやっている。集まる事の難しい今、実に有難い。

かように便利なパソコンも、サクサクと使えている間は申し分ないが、一度故障すると手が付けられない。自由に野を駆け巡っていた獣が網に捕らわれ、全く身動きできなくなるようなものだ。とうに忘れてしまったＩＤやらパスワードを求められ、メーカーに助けを求めても自動音声のたらい回し。網から抜け出すのは至難の業だ。ここはやはりハイブリッドだ。書く事の原点は紙と鉛筆、いつもパソコンの傍に用意しておくことにしよう。

（二〇二〇・八・五）

「みんな一緒」はいいけれど

今年の夏は歴史に残る異様な夏となった。炎天下、道行く人は誰もがマスクを着用し、花火も祭りも、長い夏休みも、プールではしゃぐ子どもたちの歓声も消えた。すべて新型コロナのせいだ。目に見えるなら張り倒してやりたいところだ。そんな中、大阪の知事が嘘のような本当の話として発表した事が世を騒がせた。曰く「うがい薬でうがいをするとコロナに効く可能性がある」と。その翌日、全国のドラッグストアからうがい薬が消えた。

エスニックジョークというのがある。国民性をネタにしたジョークだ。偏見に基づくものも多く軽々には笑えないけれど、中にはまさに正鵠を得ていると思うものもある。「沈没船」というジョークは、沈没しかけている船の船長が、脱出用ボートの数が足りないからと様々な国の乗客を海に飛び込ませる話だ。アメリカ人には「飛び込めばヒーローになれます」。ドイツ人には「飛び込むのが規則です」。イギリス人には「紳士は飛び込むものです」。フランス人には「絶対飛び込まないで下さい」。イタリア人には「美女が泳いでいますよ」などという具合だ。いずれも、いかにもという感じで笑えるけれど、では日本人の場合はどうだろう。それは「みんな飛び込んでいますよ」だ。大阪発のうがい薬売り切れ騒動はまさしくこのジョークで一発納得だ。

店頭から品物が消えるのはこの国ではよくある事だ。この春、マスクの売り切れが続いたのは仕方ないにしても、スーパーの食品売り場からある日突然バナナが消えたり納豆が消えたりする。僕の好物のサバ缶が忽然と姿を消した事もある。おかげで美食家の僕が大学以来好んで食してきた、飯にサバ缶の汁をぶっかけて食べる「ネコまんま」は暫しお預けになった。原因はテレビだ。ワイドショーなどで健康にいいとか長寿の源だ、などと放映されるとみんなが一斉に買いに走るのだ。

「みんな一緒」は悪い事じゃない。みんなが同じだと人は大抵の事に寛容になるし、中流階級の層が厚い国は安定する。だけど「みんな一緒に」となると話は違う。店頭から物が消えるくらいならまだいいけれど、それが進むと「義務」が生じ、みんなと違う行動を取る者には俄然厳しくなる人たちが出てくる。村八分や自粛警察がその例だ。戦争に反対すると「非国民」だとなじられ、一億玉砕だと叱咤されて御国の為に命を棄てさせられる。為政者の愚かさに気づかず、言われるままみんな一緒に同じ方を向く事だけは避けたい。

（二〇二〇・八・一九）

お医者様の細道

猛暑が続いている。それでも奄美生まれの僕には夏が一番だ。この年になっても、青い空に浮かぶ入道雲を見ると胸が躍る。ところが夏には一番憂鬱な事がある。定期検診だ。

八年前、僕は全く予想もしていなかった十二指腸ガンに見舞われた。幸い手術がうまくいき、完治ラインとされる五年も無事にクリアした。しかしだからといって、ハイご苦労さんでしたと放免になるわけじゃない。今も年に一度、血液検査とＣＴ、そして胃カメラ検査を受けている。これまで様々な検査を何度も受けて来たけれど、胃カメラだけは何度やっても地獄だ。今年もその地獄を味わった。

大病院にとって検査は流れ作業、麻酔など使わない。検査を受ける者は横になり、何とも気味の悪いクネクネする管を口から突っ込まれる。僕はこの検査のたびに、昔読んだ倉橋由美子の小説を思い出してしまう。それは男が午睡中に、大蛇が口から入り込んで腹の中に居座る話だ。まさしくその管は蛇のごとく僕の胃の中を這いずり回った。その間僕はずっと嘔吐状態で、ゲーゲー悶え続けるわけだけど、同じ呻き声が両隣からも聞こえてくる。皆同じ地獄で苦しんでいるのだ。ようやく管が抜かれて検査を終えると、皆一様に精も根も尽き果てた顔をして出て来る。せめて検査中は若い綺麗な看護師さんに背中をさすってもらえれば、少しは楽になるのだけど。

地獄の胃カメラ検査を受けた日の夜、友人からメールが来た。古希を過ぎてなお教壇に立つ彼はずっと痔に苦しんでいて、先日ついに意を決して手術を受けたばかりだ。メールには「オペは無事終了するも、麻酔が切れてからは焼け火箸を尻に突っ込まれている感じ。激痛は止まず、これが拷問なら何でも自白する。冤罪でもかまわない」とあった。なんとも痛々しい話だけど、僕は笑ってしまった。

痔で死んだ話は聞かない。その程度の病に弱音を吐く友人に、僕はつい意地が悪くなった。「若い教師が胸を患って町はずれのサナトリウムに入院し、彼を慕う女子学生が病室の窓を見上げて涙する。そんな美しい話なら同情しますが、ジジィ教師がケツの穴を押さえてベッドでのたうち回る姿には笑う他なし」。僕は笑顔の絵文字を添えてそう返信した。

さて、検査の後は結果だ。一週間後、我が身の運命を主治医に伺うべく、僕は病院へ向かった。行きはよいよい帰りは怖い…。しかし地獄に耐えた甲斐あって、今年も無事にお医者様の細道を通過する事が出来た。やれやれ。

（二〇二〇・九・二）

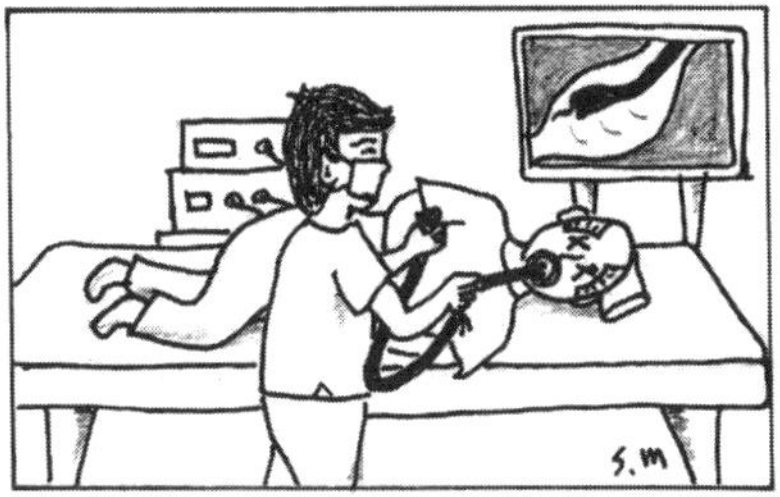

妻とともに去れ

コロナ禍の中、猛暑に台風にゲリラ豪雨。泣き面に蜂の日が続くけれど、いい事もある。水泳の池江璃花子選手の復活は実に喜ばしかった。女子水泳界の頂点にいた彼女が突然白血病に襲われたのは昨年二月の事だった。それでも敢然と病に立ち向かい、打ち勝って戻って来た姿は国中に勇気を与えた。そしてもう一つ国中に喜びを与えてくれた事がある。悪夢の安倍内閣がついに幕を下ろした事だ。

これまでの悪政に加え、あまりにお粗末なコロナ対策で、安倍総理は僕の中ではすでにレームダックだった。だから辞任は当然の事だったけれど、とにもかくにも日本政治史上最も長く、最もタチの悪い首相の辞任は実に喜ばしい事だ。我が家では安倍総理辞職の日を「祝日」に指定するつもりだ。ところがこの総理、病で国民の同情を引きながら、いけしゃあしゃあと「辞任した後は一議員として新体制を支えていく」と加えた。え？　アナタ体調が悪いんでしょ？　まさか、体調が良くなったらまた総理に返り咲くつもりじゃないでしょうね？　喜びがプチギレに変わった。

「行蔵は我に存す」。勝海舟の言葉だ。出処進退を決めるのは自分自身だという意味だがこの名言、最近は不始末をやらかした議員が居直って、職にしがみつく時に使うようになった。勝海舟も嘆いているだろう。そもそもそういう輩の頭の中にあるのは自分だけだ。

幕府の重臣だった勝が新政府で要職に就いた事を、同じ幕臣だった福沢諭吉が揶揄した。それに対して勝はこの言葉を返したという。旧君の恩を忘れたと非難されながら勝が要職に就いたのは、困窮する武士階級の面倒をみるためだったとも言われる。海舟と諭吉は共に異なる道で新しい時代を築いた。二人の根本にあったのは我より他者を、私より公を先に思う、人としての品格だ。安倍総理には決定的にそれが欠けている。最後ぐらいすっぱりと議員を辞め、妻の手を取って政界から去って頂きたいものだが、すっかり権力の味を占めた方にはそれは無理か。居座って次の総理を操り、権力を振るい続ける気かも知れない。でも言っておきますが文書改ざんを命じられ、苦悩の中で自ら命を絶った財務省職員、赤木俊夫さんの無念を僕は絶対忘れませんよ。

品のなさは自民党総裁選も同じ。棟上げ式でもあるまいし、二階からドンが利権の餅をばら撒き、それに強欲な政治屋たちが群がる図には品格のかけらもない。まあこういう文章を書く僕も、品のなさでは負けないいけれど。

（二〇二〇・九・一六）

尻拭いた紙にも劣る国

ベランダに蝉の死骸が転がっていたのはつい十日ほど前のことだった。コロナ禍など知ったことかと季節は日々巡り、最近は毛布なしでは寝られないほどだ。「白玉の／歯にしみとほる秋の夜の／酒はしづかに飲むべかりけれ」。牧水の歌のように世の喧騒と離れ、月でも眺めながら一献傾けたいところだけれど、政権の方々が次々と愚行蛮行をやらかしてくれるので、自然を愛でる気分も台無しだ。

僕はこれまでの人生の大半を高校の教員として過ごして来た。数多くの生徒たちに教えてきたけれど、生徒に教えられた事もある。

結婚して間もなく、一年生のクラスを受け持った時の事。生徒たちとバカ話をしながら教室の掃除を終えると、箒を手にした女子三人が駆け寄って来た。何事かと思いきや、一人が唐突に言った。「私、先生のこと好き」。すると他の二人が「私も」と声をそろえた。思いがけない言葉に僕はたちまち脂下がり、「そんなこと言われても俺には妻がいるからなあ」と頭を掻いた。「だってぇ先生はみんなに贔屓するじゃん」。ん？　僕にはその言葉の意味がよくわからなかった。

その学校はいわゆる偏差値でいうと県で最下位に近い学校だった。学校嫌いで反抗的、勉強は全く苦手な子がほとんどだった。聞けば小学校でも中学校でも自分たちは全く教員から相手にされず、教員は叱るだけの人だったという。一緒に掃

除をしながらバカ話をしてくれる先生は初めてだと。バカ話と掃除だけで贔屓だと考えるようになった彼女たちの小中学校生活を不憫に思い、同時に怒りが込み上げてきた。僕は改めて自分の教員としての信念を固くした。「どんなに勉強ができずとも、反抗しようとも、公平に接してその思いを理解しよう」と。

菅首相が日本学術会議の任命から六人の学者を外した。自分に背く者は奸物として容赦なく斬り捨てる…。安倍前首相直伝のやり口だけどそれが公務員の頂上に立つ者の模範的信念なら、僕が抱いた信念はゴミほどの価値しかないことになる。世の非難の声が大きくなると、「学術会議を見直す」と問題のすり替えに走る取り巻きたち。この人たちは、かつて自分たちの大義のために異論を封じて多くの国民の命を失わせ、国土を焼け野原にし、アジアの国々を蹂躙したあの軍国国家のおぞましさを忘れたのか。それともそういう国こそ「美しい国」だとして復活させようとしているのか。もしそうなら、そんな国は僕にとっては便所でケツを拭いた紙ほどの価値もない。

（二〇二〇・一〇・二一）

一徹者の親孝行

時折無性にラーメンが食べたくなる。そんな時決まって出かけるラーメン店がある。そこは店員の威勢のいい掛け声が飛び交うような店ではなく、寡黙な夫婦が営むこぢんまりとした店だ。僕と同年配の店主はジャズファンらしく、いつも昔のジャズが流れている。ラーメンとジャズ。その意外な組み合わせに店主の一徹な気質が覗く。旨いラーメンを啜りながら聴くチャーリー・パーカーもなかなかいいのだ。先日の夕刻、たまたまその店の前を通った。店内に明かりはなく、表に張り紙がしてあった。ついにこの店もコロナにやられたかと目をやると「高齢者の介護の為、店を閉じる事にしました。長い間のご愛顧感謝致します」とあった。重大な決断をした割にはあっさりとした、どこか潔い墨書だった。

ある調査によると、ラーメン店の平均寿命は三年に満たないそうだ。しかしこの店は客の入りも良く、随分長く営業してきた。いきなり閉じるのはよほどの事があったんだろう。親が倒れたのだろうか。「高齢者の介護の為」とわざわざ記したのは、味で負けたのではないという料理人の矜持なのか。実際のところはわからないけれど、この店主なら迷わず商売よりも親の介護を取るだろうと僕は思った。

年老いて子の世話になろうと思う親はまずいない。けれどそんな親の思いもむなしく、子が介護という重荷を背負う事はある。僕の周りにも自宅で老老介護に追われている友人がいる。僕の場合は自分も妻も早くに親を亡くしたので、重荷というほどの介護はなかった。だから親の介護をしている人たちには頭が下がる。親孝行という言葉が耳に痛い。自宅で親を世話し、最期を看取る事は、子にとっても親にとっても最高の完結の形だろう。

僕のアンマ（祖母）は奄美で百二歳まで生きた。両手の甲に入れ墨が彫ってあって、美人の印なのだと自慢した。晩年認知症はあったものの病一つせず、にこやかな顔で日がな一日仏壇の前に座っていた。夜寝る時以外、床に伏した事はなく、寝込んだのは死ぬ間際に風邪をひいた一週間だけで、そのまま息を引き取った。見事な命の畳み方だった。僕はアンマから生きることの「温み」を学んだ。

お気に入りの店がなくなるのは淋しいけれど、あの店主はきっと孝行息子にちがいない。介護を重荷とも思わず、甲斐甲斐しく母親の世話をしているのだろう。今頃母親は暖かいベッドの中で、息子の部屋から流れて来るチャーリー・パーカーを聴いているはずだ。

（二〇二〇・一一・四）

アメリカや、ああアメリカや

アメリカ大領選挙の結果、世界はかろうじて地獄への転落を免れた。トランプは恥ずべき大統領としてアメリカ史に名を残すだろうけど、アメリカの民主主義は試練が続く。

僕が生まれて初めて出会ったアメリカ人は神父だった。小学校に上がる前で記憶も定かではないけれど、母に連れられてどこかの教会に行った時の事だった。クリスチャンでもないのに教会に行ったのは、衣類や食べ物の施しを受けるためだった。当時は貧しい家庭が多かったけれど、我が家は衣食にさえ事欠くほどだった。金髪の神父は、どの大人よりも背が高かった。その慈愛に満ちた目で見つめられただけで心が安らいだ。中庭は静けさに包まれ、まるで天国の入り口のように思えた。

中学に上がると教室でアメリカと再会した。初めて学ぶ英語の教科書は「ジャックアンドベティ」だった。白人の少年ジャックと少女ベティが僕たちをアメリカにいざなった。大きな家にブランコのある芝生の庭、広いキッチンやリビング、ガレージには自動車…。まさしく天国だった。その天国でジャックとベティは「これはペンですか？」「いいえ違います。それは本です」などという不思議な会話を交わした。どのページも豊かさが溢れ、僕はたちまちアメリカの虜になった。そして十数年後、高校で英語を教える事になった。

大人になって知ったアメリカは、貧しい人が大勢いて、ひどい黒人差別があって、数秒ごとに人が殺されて、世界のあちこちに出かけて戦争をする、天国からは程遠い国だった。

　アメリカは元々ヨーロッパで行き詰まった人たちが移り住んで作った国だ。開拓者たちはネイティブたちを騙したり殺したりして自分たちの縄張りを広げ、アフリカから黒人を奴隷として連れてきたりして国を繁栄させた。王様も貴族もいない事で民主主義の土台が作られたけれど、それは白人専用だった。「人種のるつぼ」と言われるほど移民が増えてもそれは変わらなかった。だからアメリカ民主主義には今もあちこちに歪みが現れる。

　トランプを生んだ原因は間違いなく国民の経済格差で、それは資本主義の問題だけど、白人至上主義者たちが覚醒した事は民主主義の深刻な危機だ。しかしこの選挙でアメリカの理性は時代の逆戻りを許さなかった。面目躍如だ。今はすっかり老いたジャックもベティも、きっとトランプに異議を唱えただろう。

　民主主義は手を緩めると悪魔をも生みかねない事を、アメリカは改めて教えてくれた。


（二〇二〇・一一・一八）

ガラクタも部屋の賑わい

家の固定電話が故障した。最近めったに使わないのでこの際解約も考えたけれど、番号ごと無くなるのは、長い間飼っていたペットを失うような気がして結局買い替えた。するとそれを待っていたようにベルが鳴った。新しい受話器を取ると、どこかの古物商だった。

コロナ禍のステイホームで部屋の整理をする人が増えたという。古物商にとってはまたとない商機だろう。「お宅に使わなくなった電気製品とかありませんか？」中年の男の声だった。「ありません」と答えると「カメラとかギターとか切手とか」。男は畳みかけて来た。「ないなあ」と言うと「開けてない酒なんかでもいいですよ」。しつこいのは年の瀬に商いの追い込みをかけているのか。「とにかく何でもいいです。古いものがご家庭にあるでしょう？」僕はムッとした。余計なお世話だ。「だから、無いって。そんなのは女房くらいだよ。うちの女房、いりますか？」半分マジに言うと、「それはいりません」と男も半分マジで答え、ガチャンと電話を切った。

実は僕はカメラもギターも切手も、未開封の酒だって持っている。物持ちというより、物を溜め込む質なのだ。旅をしたら必ず何か買って帰るし、自作の帆船やサンダーバードの模型、M・ジョーダンやカメハメハ大王のフィギュア…。僕の部屋は物で溢れている。妻は「そんなガラクタ早く捨てなさいよ」とうるさいけれど、そう言う妻も袋マニアで、クローゼットはこんなものまでと思えるような袋が一杯詰まっている。まあ我が家もそろそろ捨てる事を考える時なのかも知れない。

断捨離。いい言葉だ。仏教用語だと思っていたら、ヨガの思想を元に近年作られた言葉だそうだ。いつの間にか部屋を侵食し尽くしたモノをきれいさっぱり捨てる。執着を断つ潔さが出ていて心に響く。だけれども、僕の年になるともう断捨離ではなく終活だ。

終活。これも週刊誌の造語だ。あの世へ旅立つ前に身の回りを整える。団塊世代が後期高齢者になる数年後は、葬式をハシゴする事さえあるかも知れない。この国には「その時」に近づいている人が大勢いるのだ。かつては元気者の代表格だった加藤茶が今や「エンディングノートを書き始めます」と葬儀社のCMに出る。こんな人さえと思うと心強いのか、心細いのか…。まあでも僕のようにかつて大病をして、三途の川から舞い戻った身にはまだ終活は早い。妻に捨てられない限りはこのガラクタたちと一緒に賑やかに暮らしていこう。

（二〇二〇・一二・一）

半生を重ねながら

早いもので今年の最終稿。ちなみに今年最初の稿には「いよいよオリパライヤー、ただ心配は直下型地震」と書いた。ところが襲って来たのは地震ではなく、新型コロナという未曾有の災厄だった。全く世の中何が起きるかわからない。そしてそれは人生も同じだ。

親と子。互いによくわかっているつもりでも、子は親の前半生を知らず、親が子の晩年を見る事はない。互いの半生を重ねながら生きるのが親子だけれど、親が人生の前半に築いた礎は必ずしも一つとは限らない。

先日、半年ぶりに親友に会った。僕より三歳年少で、四十年来の付き合いだ。そんな友の口から出たのは、信じがたい話だった。

独身の頃、たまに彼の家に招かれてご馳走になった。ちょっと頑固な父親と優しい母親。母子家庭だった僕には理想的な家庭だった。お父さんは兵役で中国に赴き、戦火をかろうじて生き延びた。復員船では「奴隷にされる」という噂に怯えたそうだ。お母さんは故郷を遠く離れて暮らす僕に色々と気遣いをしてくれた。そのお母さんは八十二歳で亡くなった。息子が五十六歳の時だ。親を失う辛さはあっても世間的には親子の普通の死別だった。衝撃的な事実が明らかになった事をのぞけば…。

彼には父の違う二人の兄がいたのだ。その事実が判明したのは、母親がわずかな株を保有していて、その相続で母親の戸籍を取った時だという。そこには養子として出された二人の兄の名前があった。当然彼には意味不明で父親に説明を求めた。父親は重い口を開いて「母さんは再婚なんだよ」と言ったそうだ。息子は絶句した。父親の話だと母親は戦後、ある人と結婚して子どもを二人もうけたという。その後夫が盲腸で亡くなって生活難に陥り、役所に相談した。その時の担当者が父親だった。父親はやがてこの人を生涯支えようと決めた…。還暦を前に突如二人の兄が出現した事に息子は狼狽した。あの優しい母親が腹を痛めた幼子二人を養子に出した事実に打ちひしがれ、当たり前だと思っていた自分の幸せが、兄二人の悲しみの上にあったのだと思うといたたまれなかった。すべてを受け入れるまでに三年の時を費やし、ようやく老いた二人の兄と心を交わすようになったという。

ついに自分の過去を明かすことなく逝ったご母堂の苦しみは如何ばかりだったか。戦争に青春を潰され、戦後の混乱の中で懸命に生きた親たちの苦悩は、平和な時代に生を受けた子どもたちが寄り添わなければ報われない。

（二〇二〇・一二・一六）

目指すべきは

新型コロナの勢いが益々強まる中、二〇二一年は不安に包まれた幕開けとなった。それでも今年は僕にとっては大きな節目の年だ。

僕は一九七一年、十八歳の初春に名瀬の港を後にした。それからちょうど五十年になる。船の甲板で寒風に身を晒し、夕暮れの海に浮かぶ島影が遠ざかるのを見つめながら僕は希望に胸震わせた。十八歳の若者にバックギヤはない。それ以来僕は前へ前へと進み続けた。そして半世紀、走ると足がもつれるようなジジィになり果てて、小さな喫茶店の片隅でこの原稿を書いている。あの頃の前進ギヤはすっかり劣化し、代わりに過去の思い出に戻るバックギヤの性能が上がった。今もそれを駆使して、あの船の甲板とこの喫茶店の間に横たわる五十年という歳月に思いを馳せている。

大学に入学すると僕はすぐに学生運動の洗礼を受けた。七〇年安保闘争の後、瓦解した全共闘は熾烈な内ゲバを繰り広げた。学内には暴力が蔓延し、授業中にヘルメット姿の活動家たちがゲバ棒を手にズカズカと教室に入って来た。世界革命がどうのと叫ぶ彼らの話は僕には全く理解できなかったけれど、その横暴さには我慢ならなかった。奄美の反骨魂に火が点き、無謀にも議論を吹っ掛けた。当然あえなく撃沈され、その後右翼だと思われて追い回されたりした。そんな僕に同じクラスのTが声をかけて来た。同年とは思えないほど大人びた彼は、穏やかな口調で言った。「奴ら偉そうな事言ってるけど、ベトナムじゃ今も戦争で人が殺されてる。俺たちが目指すべきは争いじゃなく平和だろ」。

ノー天気な僕の心に「平和」という言葉が突き刺さった。

大学卒業後、僕は高校の教員としていつも生徒たちに「君たちが目指すべきは世界の平和だ」とTの言葉の受け売りを続けた。僕自身は結婚して子が生まれ、孫も生まれて平穏な人生を歩んできた。それは何といっても平和憲法のおかげだ。世界ではあちこちで争いが起き、平和は遠のくばかりだ。平和を願い続けた僕の五十年はなんと空しいことか。まあ反戦平和を訴え続けたジョン・レノンとオノ・ヨーコはずっとＦＢＩに監視されていたというのだから、平和への道を覆う闇は深い。

五十年後の自分を想定して生きたわけじゃないけれど、できる事ならあの甲板の上の自分に今の姿を見せてみたいものだ。十八歳の僕は五十年後の自分を見てどう言うだろうか。

ともあれ今日は残りの人生の最初の日。諦めずに新たな日記の表紙に「平和」と記そう。

（二〇二一・一・六）

立つ鳥大いに跡を濁し

キーガッタイ。今どきの奄美の子どもたちはこの言葉を使うのだろうか。僕が子どもの頃はよく使った。たとえばカッタ（めんこ）で勝負をして、負けたらカッタの束を地面に叩きつけたり、そこらのものを蹴飛ばしたり。要は負け惜しみ、八つ当たり、腹いせ。そういう行為をキーガッタイと呼んだ。特にそれがひどい者は「キーガッタイの王者」と称され、嘲笑の的になった。実は僕も王者というほどではないけれど、その類の事はよくやった。勝負に負けたら悔しいし、相手の勝ち誇った顔を見ると何かに当たりたくもなる。だけどそれも子どものやる事だったら可愛くもある。ところがこれを大のおとな、しかも世界最高の権力者がやるとなると話は全然違う。

ドナルド・トランプ。金とゴルフが大好きなこの爺さん、金儲けだけでは飽き足らず、あろうことか大統領選挙に打って出た。当然泡沫候補だったものの、経済格差で貧困に喘ぐ人たちを上手く口車に乗せて、あれよあれよという間に世界の頂点に立ってしまった。

事が思い通りに運んで有頂天になったこの強欲な老人に怖いものはなく、やりたい放題を尽くし、世界が積み上げて来た枠組みをことごとく壊してしまった。当然そのまま君臨し続けるつもりが「アメリカの良心」が思ったより強く、行く手を拒まれた。そこで慌ててキーガッタイを始める。選挙は不正だとか裁判だなどと駄々をこね、頑として結果を認めず、残りの任期中に嫌がらせの政策を連発。挙句支持者たちをけしかけてクーデターまがいの事までやらせ、最後はアメリカ民主主義を象徴する大統領就任式まで蹴る始末。まるで子ども向けの昔話に登場するような悪者爺さんが地球号のハンドルを握っていたのだから恐ろしい。免許取り上げは当たり前だ。

世界がこれで落ち着いて欲しいけれど、トランプが壊したものの修復は容易じゃない。みんなが力を合わせるべきなのだけれど、残念な事に今の世界にはトランプで勢いづいた独裁者があちこちにいる。いずれも失墜したらトランプに劣らないキーガッタイをしそうな面々だ。当分世界の安定は望めそうにない。

この国でも敗戦のキーガッタイは根強い。戦後を支えた憲法と民主主義を、アメリカに押し付けられたものだと目の敵にし、薄っぺらな愛国心ですり替えて、またあの戦前の世に戻そうと奔走する。日本の良心はそんな事を許すほど弱いとは思わないけれど、票のためなら何でもやる政治屋どもだ。油断はできない。


（二〇二一・二・三）

草葉の陰を吹き抜ける風

僕は今、高校で週に六時間教えている。一応物書きの端くれ、日ごろは何のかんのと机の前に座っている事が多い。時に外へ出て高校生たちの世界に足を踏み入れるのは大いなる刺激だ。教える事も楽しいけれど、若者たちにジジィ魂をぶつけるのはもっと楽しい。（※このジジィ魂は、いつまでも権力にしがみつき、五輪組織の頂上で世界に恥をさらした老人や、それを老老擁護した某党の妖怪幹事長の見苦しい老害魂とは異なるものです）。

授業が始まってもう九か月ほど経つけれど、僕は未だ生徒たちの素顔を見た事がない。全員マスクを着けているからで、それは僕の方も同じ。結局、お互い上半面？だけの付き合いでここまできた。それにしても青春期をコロナ禍に見舞われた高校生には同情を禁じ得ない。文化祭や修学旅行など楽しい行事はすべて中止、部活動も十分出来ない。将来は「コロナに青春を奪われた世代」と呼ばれるだろうけど、彼らの頭の柔らかさにコロナは無縁、老いを生きるヒントをもらう事さえある。

先日の事。生徒たちに問題を当てて、答えを板書させた。その間、僕は空いた席に腰を下ろす。しばしジジィ魂の出番だ。「あ〜あ、俺もまた高校生に戻りたいなあ」とぼやいてみせ、隣の女子に「僕が高校生に戻るには何年くらい戻ればいいかな？」と訊いた。すると彼女、すかさず「三十年で十分でしょう」と。言ってくれる。三十年戻っても四十前だ。まるでジジィのトリセツを読んでいるかの如き返答、僕より一枚上だ。ジジィ魂を簡単に跳ね返されて、今度は男子に尋ねた。常にマイペース、掴みどころのない生徒だ。彼は束の間思案し、さらりと言った。「一度死んで、戻って来た方が早いんじゃないですか？」…。僕は思わず吹き出したけれど、落ち着いて考えるとこれはけだし名言、目からウロコだ。

これまで僕は葬儀や法事などで坊さまたちのありがたい説法を多く拝聴してきた。失礼ながらどの話も共通するのは草葉の陰の重苦しい湿り気。比べてこの若者の、カリフォルニアの青い空を吹き抜ける風のような軽やかな言葉。輪廻転生など全く信じていないけれど、なるほど死をそんな程度に考えれば、この先の老いの道にも爽やかな風が吹く。図らずもおよそ死とは程遠い若者の言葉が僕の心に響いた。思わぬ所で僕好みの死生観に出くわし、かつて大病で死を覚悟した時に詠んだ辞世の句を思い出した。「その先の／角を左にちょいと曲がる／その心持にて生をば閉じん」。お粗末。

（二〇二二・二・一七）

君半分我半分、されど仲良き

五輪組織委の騒動は、森喜朗会長がその名の通り「蜃気楼」となって消え、新会長に橋本聖子氏が就いて収まった。だけどこの顚末、僕にはどうもしっくりこない。事の発端となった女性蔑視問題は「あってはならない事」として括られて終わり。これでは体の奥にある病巣を、塗り薬ですませたようなものだ。

大学時代、ゼミで僕はある女子と論争をした。彼女は横浜の名門女子高の卒業だった。当時はウーマンリブ運動が盛んで、女性の権利が声高に叫ばれた。彼女はバリバリのフェミニストで、社会における女性差別を厳しく糾弾した。一方僕にとっては差別＝貧困だった。女が男に成り代わっても貧困を生む構造が残れば同じだと。「君は高そうなコートを着とるけど、僕なんか金がなくてジャンパーも買いきらんど」。僕はシマグチ交じりで抗弁した。けれど今にして思えば彼女は正しかった。その頃女性は就職してもお茶汲み、結婚したら退職を余儀なくされるのが当たり前だったからだ。当たり前であるべきは、地球人口の半分を占める女が、男と同等に世界の半分を担う事だ。残念ながら道はまだ遠い。

今回の騒動で、政府が喧伝する「女性活躍」の実態が露呈した。もうそんなペテンはやめて、法律で国会議員の半分を女性にすればいい。男優先の社会はそれで終わる。ただ、どんな仕組みを作っても、性そのものを無くす事はできない。言葉にだって性はある。フランス語で太陽は男、月は女、ドイツ語ではその逆だ。これらは差別とは違う。差別解消が「ジェンダー警察」を生み、言葉狩りや、心情へのガサ入れを始めたら怖い。箱根駅伝で監督が走者に「男だろ！」と檄を飛ばした事が物議を醸したけれど、僕などは言葉をあげつらうより、女子箱根駅伝も恒例にして、女性監督が「女でしょ！」と激を飛ばせばいいと思ってしまう。肝要な事は性別に限らず、世のすべての人が人としての権利を均等に持つ事だ。

英国の女優エマ・ワトソンは国連でジェンダー平等のスピーチをした際、男たちも「男らしさ」に苦しんでいると述べた。わかるけれど「男らしさ」に罪はない。映画「男はつらいよ」の滑稽さや哀しみは、寅さんが背負う「男」が源泉だ。それはジェンダー視点では測れない。秤とすべきは「人間らしさ」だ。

「♪男らしいってわかるかい、ピエロや臆病者のことさ」。僕の好きな歌だ。懸命に働いても人生ままならず、一人夜空を仰いでため息をつく。そんな男の背中に女性差別は無縁だ。

（二〇二一・三・三）

悪を撃つペンの銃

小学校の四年生の頃だったと思う。近所のやんちゃ仲間たちと探偵ごっこにはまった時があった。「ごっこ」といっても上級生の家の小さな離れに本部を構える本格的な探偵団だった。親には絶対内緒の秘密組織で、僕たちは学校から帰るとすぐにそこに集まった。

この世界には普通を装いながら陰で悪事を働く大人が大勢いる…。それが僕たちの考えで、探偵団の使命はその悪事を暴く事だった。そのためには大人たちの行動を監視する必要があった。だから活動のほとんどは「尾行」だった。みんなで町に出て、それぞれが怪しいと思うオジサンに目をつけて尾行する。決して悟られないよう、忍者走りの研究もした。オジサンの所業はすべて悪で、店に入っただけでもそれは悪事の相談に違いないと考えた。尾行を終えると本部に戻り、互いに報告し合った。全員の尾行の軌跡を地図にして壁に貼ると、町には悪の網が張り巡らされていた。

十日ほど経ったある日、上級生のお母さんが本部に闖入して来た。壁一面に貼られた地図に、お母さんの表情が見る見る怒りに変わった。「アゲー、アンタたち何してるの！」…。その日で僕たちの悪との熱い戦いは、全く成果を見ないまま終わった。けれどこの世の裏に潜む悪を暴き出し、悪人どもに一泡吹かせたいという思いは今も変わらない。最近、そんな僕の思いを叶えてくれる

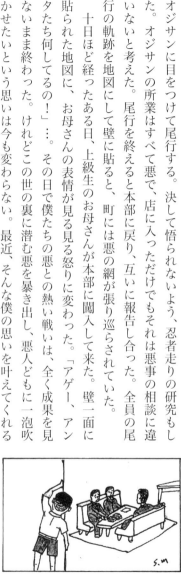

週刊誌がある。

かつて、芸能週刊誌の記者だった友人がいた。彼の仕事は芸能人のスキャンダルを掴む事だった。カメラを手に、一晩中蚊に刺されながらホテルの庭に隠れていたりしたそうだ。そんなどうでもいいような事を商売にするのが普通の週刊誌だけど、この週刊誌は時に政治屋や官僚の悪事を徹底的に暴き、ジャーナリズム魂を発揮するのだ。そのペンから放たれる弾は国を震わすほどの破壊力がある。その名は「週刊文春」、通称「文春砲」。映画、ダーティハリーのキャラハン刑事が悪人を仕留める44マグナム以上の威力だ。

文春砲のほとんどは、不正に耐えられない者によるリークだそうだ。当然そんな内部告発は命がけ、世に出る前に潰されたら人生は終わる。しかしそんな人たちもここなら絶対もみ消さないだろうと思うのだそうだ。国民をナメている権力の亡者どもよ、お前たちの悪事を見逃さない勇気とジャーナリズム魂、そして何よりも国民の鉄槌を恐れるがいい。

僕ももう一度シマの仲間たちと探偵団を作って、国会の界隈で怪しい政治屋を尾行するか。

（二〇二一・四・七）

我が心は他人のものにあらず

最近は一般の人がスマホで撮った動画が茶の間に流れるようになった。動物や子どもの愛らしい映像には癒されるけれど、おぞましいものも多い。ミャンマーで兵士や警官が市民に容赦なく暴行を加えるさまには言葉を失う。人はどうすればこうも残忍になれるのか。

体も心も小さい僕はこれまで拳で人と殴り合った事がない。子どもの頃の喧嘩は取っ組み合いで、組み伏せた方が勝ちという暗黙の了解があった。中学の時、町で図体の大きな不良にカツアゲされた事がある。金は持っていないと答えたらジャンプをさせられ、ポケットに入っていた数個の十円玉がチャリンと鳴った。拳が飛んでくるのを覚悟して歯を食いしばると、彼は僕の頬を軽くピンタして金を取らず去っていった。人は成長すると不良でさえ「限度」というものを身につける。大人になってなお他人に容赦なく危害を加えるのは、何かに心を支配されているという事だ。

ミャンマーの兵士や警官にとって、市民への暴力は正義だ。それは彼らが「木の成長の為には雑草は根絶やしにする」国軍の論理に心を支配されているからだ。戦争中の日本の「非国民」攻撃も同じだった。これらは国家権力によるマインドコントロールだ。心を支配された者は自分の意思や感情を持てなくなる。その状態を精神医学では「情動麻痺」と呼ぶそうだ。同胞の市民に銃を向ける兵士や警官の精神は正常ではなく、麻痺状態なのだ。

マインドコントロールは普通の生活の中にもある。少し前に幼稚園のママ友にマインドコントロールされて、母親が我が子を餓死させた事件があった。そのママ友は母親を意のままに操り、多額の金もだまし取ったのだそうだ。普通に考えればあり得ない事だけれど、それこそが「情動麻痺」の怖さだろう。

豊田正義氏の「消された一家」は、北九州で起きた連続監禁殺人事件を追った衝撃的なルポだ。ある男が高校の同級だった女を操り、自らは一切手を汚さず、女に七人の家族を次々殺させ、遺体を処理させた。この事件は凄惨過ぎてメディアも詳細な報道を避けたほどだった。マインドコントロールの最たる例だ。

自分の人生を他人に動かされるのは愚かさの極み。甘言に乗せられず、自分の頭で考える。この国だってみんなが「御国」に心を支配されたら、自衛隊の銃が人間に向けられても当然だとなりかねない。とかく自分を支配しようとするものには要注意。僕もまず妻のマインドコントロールから抜け出さなければ。

（二〇一二・四・二二）

下げる頭の向かう先

マスターズで松山選手が優勝した事は、コロナで曇天続きの日本にとって暫し明るい陽射しとなった。ゴルフに関心のない向きには理解しにくいかも知れないけれど、マスターズで優勝する事がどれくらいすごいのかと問われれば、マスターズで優勝する事くらいすごい事だと答えるしかない。つまりこの上ない偉業なのだ。僕も早朝から試合の様子をテレビで観ていたけれど、解説者もアナウンサーも泣き出すほどだった。僕同様、全国のゴルフファンが雄叫びを上げたと思う。だけど僕を感動させたのは松山だけじゃなかった。

早藤将太。大会中ずっと松山のキャディを務めたのは、この無名の若者だった。キャディというのはバッグを担いで選手と共に戦略を練る相棒だ。実はこの若者も松山の後輩のプロゴルファーで、なかなか芽が出ないところを松山に請われてキャディになったという。自らの夢を松山に託したこの早藤キャディが試合後に取った行動が世界中から称賛を浴びた。歓喜する周囲をよそに、帽子を取ってコースに向かい、一礼したのだ。僕は古い人間なのでこういう事には人一倍感激してしまう。

「虚礼」という言葉がある。うわべばかりで誠意を伴わない礼儀の事で、大抵は権威や権力の産物だ。六十歳で県立高校の教員を退職した時、県のホールで辞令交付式というのがあった。教育長が退職の辞令を一人ひとりに付する式だ。卒業式よろしく列に並んで順番を待ち、檀上で深々と頭を下げて辞令を押し頂く寸法だ。その大仰なやり方は気に食わなかったけれど、教育長を県民の代理だと考えれば、こんな僕をずっと雇ってくれた県民に感謝する気持ちになれて素直に頭を下げる事もできた。アホらしかったのは、脇に鎮座する三名の県のお偉方に頭を下げる事だった。僕の哲学では、お前たちの方こそ長年県民のために働いた我々に頭を下げるべきだという事になる。先に行く者たちは次々と頭を下げたけれど、僕は完全無視して三名の前を通り過ぎた。可笑しかったのは、僕の後に続いた者たちの多くが僕に倣った事だ。お偉方も、虚礼の上にふんぞり返る我が身の愚かさに少しは気づいただろう。僕は古い人間だけれど、こういう事には人一倍激してしまうのだ。

　早藤キャディの行為は決して虚礼ではなく、感謝の気持ちの自然な表れだ。権威や権力とは無縁の、真の心の謙虚さを持つ者は傲慢にならない。そういう人が頭を下げる様は、美しい自然と同じように、美しい世界の一部だ。

（二〇二一・五・五）

コロナ戦線異状あり

市からコロナワクチンの接種案内が届いた。高齢者枠の予約開始だ。ここへきてワクチン接種は国を挙げての大イベントになっている。感染の現状を考えれば接種はやむを得ないけれど、安心と不安との「混合ワクチン」だ。

接種するワクチンはアメリカのファイザー社製らしい。かつて話題になったバイアグラを作った会社だ。第二次大戦中はペニシリンを量産して多くの兵士を救ったという。その効果は9割以上だと聞けば安心だけど、長期の検証ができていない点で不安は残る。

接種会場で列をなして注射する光景には、小学校の時の記憶が重なる。それは中庭に並んで、シラミ駆除の為にＤＤＴの粉を頭に撒かれた事だ。ＤＤＴは戦後の日本の衛生状況を憂慮したアメリカ軍が持ち込んだ殺虫剤だ。おかげで日本のアタマジラミはほとんどいなくなったものの、後にその毒性や土壌汚染が指摘されて製造中止になった。あれから六十年、今度はワクチンでアメリカの世話になる。

世界最強の軍事力を持つアメリカは、明日起きるかもしれない戦争の準備を怠らない。9・11後はバイオテロ対策で国防総省が企業に金を出し、ワクチン研究を続けさせた。だからどんなウィルスにも迅速に対応できる。アメリカのワクチンは言わば戦争の申し子だ。では世界最強の平和憲法を持つ日本はどうか。

そもそも日本は科学技術では世界の先端を行く先進国のはず、なぜ国産ワクチンが出来ないのか。それは製薬会社が製造に後ろ向きだからだ。いつ発生するかわからない感染症の為に金と時間と労力を投入するのは企業にとってはリスクが大きすぎる。国の援助がなければ到底やれない。ところがその国の方も、過去に薬禍訴訟で敗訴が続いたりして及び腰になった。いざという時はよそから調達すればいいと、ずっと打っちゃって来た。日本のワクチンは言わば政府の捨て子なのだ。

この国の為政者には、安全保障は即ち軍備だ。抑止力の病に憑かれて軍備に大金を注ぎ込み、戦争はしないはずなのに今や世界第五位の軍事国家だ。それでいて国民の命を脅かしているコロナとの戦いは日々無残の極み。安全保障が聞いて呆れる。軍備で国を守るという戦国時代的妄想から脱却し、武器より人類を救う研究に金を使うべきだ。今回のパンデミックで、日本が安全なワクチンを作って供給していたら、世界の尊敬を集めただろう。そういう事こそこの国に相応しい安全保障だ。

それにしても注射は針長いし、痛そうだなあ。

（二〇二一・五・一九）

世代の溝を超えるもの

先日、喫茶店で教員時代の同僚Kとバッタリ会った。今は進学校に勤務しているはずのKが平日の昼間からそんな所にいるのは意外で、聞けば定年を待たずに早期退職したとの事だった。僕よりひと回りほど下で、生徒思いだった彼が辞めたという事に僕は驚いた。若い教員たちと考え方が違い過ぎるという。

人は生きて来た時代や環境で「世代」に括られる。世代の違いは時に互いを異星人ほどに隔てる。その大きな要因は情報だ。どんな情報を得て育つかで物の見方は変わる。先人の口伝えだけが唯一の情報だった時代は、祖父と孫の暮らしぶりは変わらない。外からの情報なしに進歩はないのだ。そんな閉塞状況を打破したのがグーテンベルグの活版印刷だ。情報が広く出回るようになり、社会が大きく動き始めた。マルティン・ルターは、権威的聖職者たちが独占していた聖書を大量に印刷して普及させ、それが宗教改革の原動力になった。活版印刷の登場は世界を大きく変えたけれど、それは同時に文字を読めるかどうかで人生が決まるという事だった。そして今、ITを駆使できるか否かが人生を左右する。

IT先進国アメリカ流に言えば、五十代半ばのKはX世代に入る。テレビや雑誌で育った世代だ。その後の世代、現在四十歳から二十五歳くらいまでの世代はミレニアル世代（Y世代）と呼ばれる。幼時からデジタルに馴染み、その高いスキルで今の社会をIT化している中心的世代だ。学校も近年はI

T化のただ中にある。それに疑問を抱くアナログ教師のKは、Y世代にジリジリと押しやられたんだろう。だけどそのY世代もすでに後に続くZ世代に押され始めている。Y世代よりも一層進んだデジタルネイティブだ。所詮世代というのは、常に後ろからやってくる新しい世代に押しやられる宿命にあるのだ。IT社会がこの先どんな世代を生んで、世代間をどれほど深く分断するかわからないけれど、それでもお互い人間、世代を超えて共有するものがあれば繋がる事ができる。その一つが歌だ。

若い頃、スナックのカラオケで美空ひばりの「明治一代女」を歌った事がある。子どもの頃母親がいつも口ずさんでいて、自然と覚えた歌だ。すると隅で飲んでいた老人が寄って来て、「あんたみたいな若者がひばりを歌って俺は感動したよ」と、僕に抱きついた。その後僕たちはすっかり意気投合して一緒に飲んだ。世代を超える美空ひばりの力だ。今度孫が遊びに来たら、ひばりを覚えさせよう。

（二〇二一・六・一六）

試しに生まれたわけじゃなし

ついに五輪開幕。コロナが感染拡大を続ければ、組織委員会も負けじとゴタゴタを続け、開幕直前に「いじめ・差別」問題まで明るみに出て、不祥事テンコ盛りのスタートとなった。これでは世界から「デタラメな文化後進国」の烙印を押されても仕方ない。まあでも日本選手の活躍に胸が熱くなるのはやはりオリンピック。今の時点で金メダル獲得は世界最多、当然万歳が出る。ただ、感染者数も最多だと聞くとその手も固まってしまうけれど。

連日の暑さと五輪の熱気で火照った体を冷まそうと、映画館に入った。ガラガラの場内でスクリーンに映し出されたのは、五輪のアスリートたちの生命力と躍動感に溢れた世界とは真逆の、萎びた落日の世界だった。

イギリスの怪優アンソニー・ホプキンス主演の「ファーザー」。ホラー映画だと言えば言い過ぎかもしれないけれど、少なくとも僕にとっては背筋に寒気を覚えるほどだった。よくある認知症の父と娘の話なのに、だ。

認知症はこれまでも小説や映画で多く取り上げられて来た。有吉佐和子の「恍惚の人」はよく知られている。映画化された時は六十歳の森繁久彌が八十四歳の認知症の父親役を演じた。「ファーザー」ではアンソニー・ホプキンスが同名、同年齢（現在八十四歳）で演じた。この類の映画は認知症になった人の周囲を描くのが一般的だけれど、この作品は観る者が認知症の視点になる仕掛けで、いつしか恐怖の館に足を踏み入れた錯覚に陥った。

重い気分で映画館を出た時、「反出生主義」が脳裏をよぎった。南アフリカの哲学者デイヴィッド・ベネターが唱える「この世に生まれてくる事は常に害悪であり、新しく人間を生み出す事は反道徳的だ」とする論だ。人は生まれてこない方が良かったのだと。認知症で自分を失う人生を考えると確かにそうかもしれないとも思う。だけど思想としてはやっぱりあり得ない。そもそも僕たちはすでに生まれてしまっているし、試しに生まれて来たわけでもない。どんな境遇でも末路でも、取り換えのきかない与えられた命でやり繰りするしかないのだ。ただ、この思想が僕たちに自分の誕生を肯定できるかどうか問いかけているのは確かだ。どんな禍を差し引いても「生まれて来て良かった」と言えるか、と。

まあ禍福は糾える縄、少しでも福の多い人生にする事が肝要。そのためにも、できるうちに楽しい事をやる事だ。妻に隠れて老いらくの恋にでも走るか。いや、それこそ禍のもとか。

（二〇二一・八・四）

誰もいられない海

この年になっても夏が終わりに近づくと淋しいと思うのは、常夏のシマで生まれ育ったせいか。高校を卒業し、憧れて上京したはずの都会生活は僕にはとても馴染めるものではなく、大学が夏休みに入るとすぐにシマに逃げ帰った。降り注ぐ太陽の光を浴びると、体はたちまちシマに同化し、休みが終わる頃には都会に戻る気力はすっかり失せていた。後ろ髪を引かれながら舞い戻ると、東京はすでに秋の気配。狭いアパートでシマの海を思いながら、流行していたトワ・エ・モアの「誰もいない海」を口ずさんでは感傷に浸った。以来この歌は僕の九月の定番ソングだ。けれどコロナに夏を奪われてからは出番がない。

この夏の強い陽射しは疎ましいだけだった。五輪開催の傍らでデルタ株が爆発的感染を見せ、旅行はおろか海にも山にもプールにさえも行けない。頼みの綱のワクチン接種も場当たり的で、一向に感染の速さに追いつかず。医療従事者たちの懸命な努力も空しく、感染者が入院できずに自宅で見殺しにされ、中途半端な「緊急事態宣言」が国民を苦しめる。政府がコロナに対して完全にコントロール能力を失い、機能不全に陥っている証拠だ。先の五輪で選手たちは「バブル方式」なる珍妙な方法で選手村に幽閉されたけど、僕たち国民の暮らしもまたバブルの膜に覆われている。この息苦しい日々はいつまで続くのか。

昔、「プリズナーNo6」というイギリスのテレビドラマがあった。ジョージ・オーウェルの小説

「一九八四年」に類する、全体主義のディストピアドラマだ。某国の諜報員だった主人公が辞職後、ある村に拉致される。村はとても美しく、人々はのどかな暮らしをしていた。しかし実はそこは囚人たちの村で、住民は皆番号で呼ばれた。村に狂気を感じた主人公のNo6は何度も脱出を試みるものの、いつもどこからか巨大な球体（バブル?）が現れて阻止され、絶対に村から出られない。何とも息苦しいドラマだった。機能不全国家の中でコロナに囚われた僕たちはさしずめプリズナーNoΔ（デルタ）だ。逃げ出したくても政府の愚策が邪魔をする。先の見えない息苦しい戦いだけれど、科学者たちの英知と僕たち国民の強い意志があれば必ず脱出できる。

今年の夏こそは三歳の孫娘に海を見せようと思っていたけれど、湘南の海水浴場はすべて閉鎖。孫娘はまだこの世界に海がある事を知らない。仕方がないので歌って聴かせた。「♪今は／コロナで／誰もいられない海」…。

（二〇二一・九・一）

さらば権勢

関東地方は八月末まで猛暑が続いたものの、九月に入ったとたん気温が十度も下がって、たった一日で季節が変わってしまった。奇しくも時を合わせて、政治の世界もたった一日で大きく情勢が変わった。現職総理が突然それまでの言葉を翻し、総裁選への出馬を断念したというニュースには日本中が茫然とした。

政治の世界では一寸先は闇だそうだ。このコロナの状況で「明かりは見え始めている」とのたまったガースー総理、加齢による目の病なのではと思っていたら、十日も経たないうちにその闇の中に消えることになってしまった。もちろんそこには見える明かりはない。

でも自慢ではないけれどこの結末、ガースーさんが総理になった時点で僕は想定していた。安倍前首相の方針を引継ぎ、残された任期を穴埋めするだけの内閣は安倍内閣とシームレス、今回の退陣は「アベスガ内閣」の終焉だ。二つの内閣がちょっと違うのは、安倍内閣が「悪質内閣」であった一方で菅内閣は「お粗末内閣」だったという点。誇らしげに掲げた旗印が「国民のために働く」…。ん？他に誰の為に働くのか。すでにお粗末全開だ。

お粗末なものだから質問にはまともに答えられず、説明という高等な事は出来ない。自分の言葉がないので原稿に頼りっきりなのに、その原稿を読み飛ばす。コロナ対策は後手後手、五輪はゴタゴタ。さすがにあまりのお粗末さに周囲が離反し始め、慌てて奇策を打ち出して挽回を図ったものの、その策までもがお粗末で結局進退窮まった。今回の退陣発表もコロナが益々深刻化し、自ら無理押ししたパラリンピックが開催されている中での事だった。あまりに機を見るに鈍、しかも退陣理由も意味不明。「お粗末様でした」。最後の挨拶はこのひと言で十分ですよ、ガースーさん。

さて、この先の国民の関心は次なる第百代目総理だ。まあ所詮は一政党のお家騒動、手をこまねいて見物するよりないけれど、国の将来よりも自分の選挙が心配な魑魅魍魎たちが権力を巡って蠢く茶番劇は結構面白く、生で観られるなら入場料を払ってもいいほどだ。

長い間の一強支配に凭れて泥船と化したガースー丸は失望の海に沈む。お粗末な権勢を振るった者の当然の末路だ。まあ新しい船がどんな船でも、ボスの不正に異議を唱える事も出来ず、善良な部下を自殺に追い込んでも頬被りしかできない「不自由非民主党」にこの国の未来をこれ以上託す事は出来ない。この際、お国の為に党を解体したらどうでしょう。

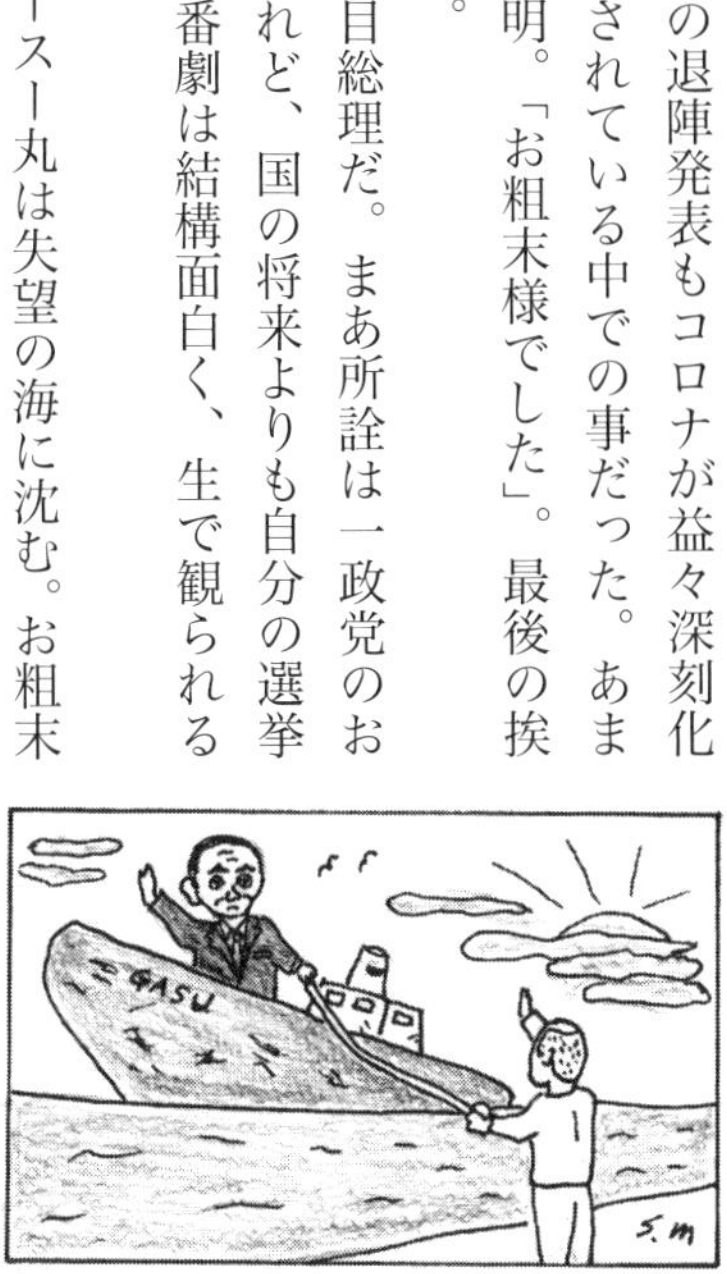

（二〇二一・九・一五）

※菅前首相、インターネット番組の冒頭で「こんにちは、ガースーです」と挨拶

ビフォーアフター

乗客もまばらな昼下がりの電車の中、僕と同世代と思しきオヤジ二人の会話。「緊急事態が解除されても前のように自由には飲めないんだろ？　完全に元に戻るのにあと何年かかるんだよ」。「まったくこの年になってコロナにやられるなんてな。今の俺たちの一年は若い頃の十年だぞ」…。一年が十年というのは大げさな気もするけれど、気持ちはよくわかる。

人は時として、思いも寄らない出来事に見舞われる事がある。そんな事が起きると、それを境にビフォーアフターのラインができる。

「逢ひ見ての／のちの心に／くらぶれば／昔はものを／思はざりけり」。百人一首にある恋のビフォーアフターの歌だ。この歌は僕にとって、十年ほど前に突然ガンに襲われた時から「病のビフォーアフター」の歌になった。「ガンに罹った／のちの心にくらぶれば／昔はホントにノー天気」と。ガンとの戦いが終わったら今度はコロナだ。これは僕一人の事ではないけれど、こうなっては戦い方を考える必要がある。このウィルスは変異をするので厄介な敵だけど、人間にも状況に順応する力がある。ウィルスが変異すればこっちも順応で対抗だ。僕もずっと順応して生きて来た。

若い頃、頭がハゲる事を恐れていた僕は、ハゲる夢をよく見た。また当時初々しかった秋吉久美子に熱を上げていて、一緒になる夢を何度も見た。だけど実際にハゲてしまってからは髪がフサフサになる夢を見た事はないし、妻と結婚してからは秋吉久美子が夢に出て来た事もない。つまり僕の脳が叶わぬ夢をきっぱり諦めて、現実に順応したわけだ。コロナに対しても同じ。ビフォーに戻れないなら、アフターに合わせて新しい地平を切り拓けばいい。きっと楽しい世界が広がるはずだ。

さて、長年の一強のせいで傾いてしまった政府もこのたび大改造。総裁選では候補者たちがそれぞれ権力欲を剥き出して、茶番にしては大いに笑えた。一番ウケたのは、ボスを真似てドヤ顔で「サナエノミクス」を披露した方。そもそも党が傾いたのはこのボスのせいではなかったか。結局最後は政策も道理もかなぐり捨てた合従連衡で、ツギハギだらけの総裁が誕生した。今回の総裁選ではっきりした事は、この党はこの先もボスのアホ、いやアベさんに牛耳られるという事だ。この改造、「何ということでしょう。丈夫に作ったはずの屋根に派閥の亀裂が生じて、雨漏りしてきたではありませんか！」。となるのは見えている。愚かな政治に順応するのだけは御免だ。

（二〇二一・一〇・六）

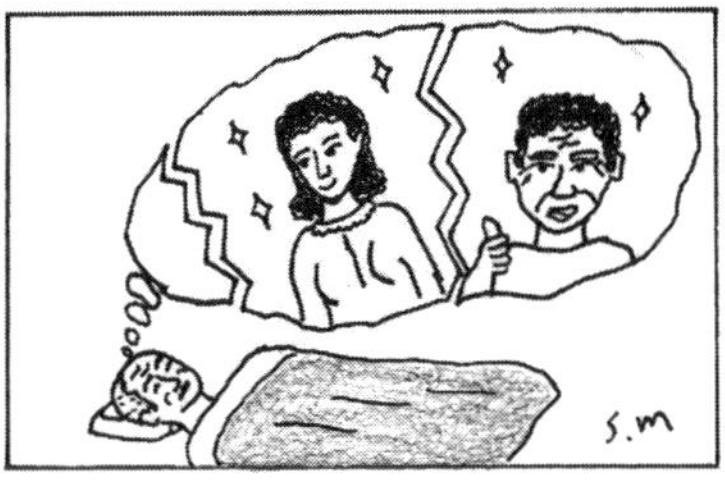

※自民党総裁選に高市早苗氏立候補、岸田総理誕生

待つ事また楽しからずや

緊急事態が解除され、久しぶりに妻と買い物に出かけた。お互い目当ての店が違うので一旦駅で別れ、後で連絡し合って落ち合う事にした。軽やかな足取りで人ごみの中に消えた妻の背中を見送った後、僕はふと気が付いた。スマホを家に置き忘れて来てしまった…。

最近はスマホのおかげで待ち合わせがスムーズになった。だけどスマホを忘れたら待つ事はたちまち面倒になる。そもそも待つ事自体が厄介で無駄な事なのだ。昔は駅に「伝言板」というのがあった。「先に行ってる」「来ないので帰る」などの書き込みは、待つ無駄を省く知恵だった。それでも僕たちの生活の隙間にはいまだに多くの「待つ」が挟まっている。そこに人生の妙味はないのだろうか。

フランスの劇作家サミュエル・ベケットに「ゴドーを待ちながら」という作品がある。田舎道で、二人の男がゴドーという人物を待っているだけの劇だ。二人はゴドーが何者なのかも、来るのか来ないのかさえもわからない。通りかかる人物たちの言動も意味不明。不可解で無駄のように思える舞台はしかし次第に観客の心を「待つ」という行為の深みへと誘う。この劇は上演当初は評価が分かれたそうだけれど、今や不条理演劇の代表作だ。

以前僕もこの作品のオマージュ「ＷＡＩＴ」という、中年男の二人芝居を書いた。コメディの三部作だ。バーのカウンターで飲みながらそれぞれの連れ合いを待つ二人。中学からの友人で、長い間の夢だったバンドデビューが叶い、楽屋で出番を待つ二人。ホテルのロビーで高校の同窓会の開宴を待つ二人。書くほどに「待つ」という無味の時間が妙味に変わっていくのは自分でも面白かった。役者たちの熱演もあって好評を得たのは嬉しかった。

さて、妻と連絡が取れないまま結局僕は喫茶店に入り、来るはずもない妻をゴドー待ちした。珈琲と本があれば待つ事は楽しい時間になる。帰宅すると妻は先に帰っていて、僕を見るなり目を三角にして叫んだ。「どこ行ってたのよ、何度も電話したのよ！」…。やはり現実では待つ事を妙味とするのは難しい。

今、僕が待っているのは総選挙。誠実に勤務した財務省職員の赤木俊夫さんを死に追いやりながら、その事実に顔を背けてしゃあしゃあと美辞麗句を並べる政治屋どもに鉄槌を下す時だ。どんなにきれいごとを並べられても、釘が入ったままの靴を履いては歩き続けられない。赤木さんの死を無駄にしない為には、彼の無念を票に重ねて嘘のない国にする事だ。

（二〇二一・一〇・二〇）

※「WAIT」―二五七頁参照

一条の光

明治時代の詩人、児玉花外にこんな詩がある。「ある日激するところあり／匕首を抜きて松を刺す／松は悲しき声を上げ／天に向かひて叫びけり／己が甲斐なき身を嘆き／奸物倒す丈夫の／歌を歌ひて帰りけり」。熱血詩人のこの何ともやるせない詩は、大学時代以来僕の心に深く刺さっている。先の総選挙で僕はこの詩を口ずさみながら投票所を後にした。

僕が住んでいる市は、かの党の3Ａ（三悪？）の一人、甘利明が君臨する難攻不落の王国だ。四年前、その絶対王者に一人の丈夫が挑み、敢え無く散った。しかしこの丈夫は屈することなく、臥薪嘗胆の末、党幹事長として権力の絶頂にある相手に再度戦いを挑んだ。

ひと月ほど前の事。朝、妻に車で駅まで送ってもらうとそこにその丈夫が辻立ちをしていた。太ひでし。僕はその姓と風貌から一つの確信を得た。この男はシマッチュだ…。僕はこれまでも銭湯や居酒屋などで、都会色に染まっている若いシマッチュを何度も見抜いて来た。ある時は風貌で、またある時は口調で。そういう時はいつもこう声をかけた。「ナンヤ、シマッチュヤアラン？」結果百パーセント、彼らはシマッチュだった。そして今、目の前に西郷隆盛を彷彿とさせる男がいる。肩にかけた襷には「挑戦者」とある。実はこの男が辻立ちしている姿は数年前から何度か目にしていた。いつも遠目でわからなかったけれど、面と向かい合うとシマのオーラがムンムンだ。「あなた、奄美の人でしょ？」さすがにシマグチではなかったものの、僕は決めつけて言った。西郷どんは目を皿にして僕を見つめた。嘘がない人間の目だ。「はい、沖永良部出身です」。やはりそうだった。僕も奄美出身だと言うと彼は顔をほころばせ、しばし二人でシマ談義。シマッチュが歪んだ国を正そうとしている事が誇らしかった。雨の日も風の日も市井に分け入り、市民の声に耳を傾けた人間と、金銭疑惑にまみれながら権力の頂から「日本の未来は全部私が指揮を執っている！」と吠える人間。国民に尽くしたい人間と、国民を支配したい人間。どちらを選ぶか迷うほど有権者はバカじゃない。甘利王国は傲岸不遜の果てに崩れ去った。丈夫太の勝利は今回の選挙で射した一条の光だ。

「真の文明は山を荒らさず、川を荒らさず、村を破らず、人を殺さざるべし」。田中正造の言葉だ。「文明」を「政治」と読む事もできる。太君、常に弱者の事を忘れず、横暴な政権にはスットゴレ魂で立ち向かえ！　期待している。

（二〇二一・一一・一七）

※ナンヤ、シマッチュヤアラン？（あなた、奄美の人ではないですか？）

小さき者はみな宝

最近ようやくコロナが落ち着いてきた。とは言え、感染が再拡大している国もあり、諸手を挙げては喜べない。もうしばらくはコロナ対応の生活を続けるのが無難だろう。そんな中、夫婦二人の静かな暮らしが俄にせわしくなった。出産した娘が里帰りして来たのだ。

僕には三人の子どもがいる。正確に言うと、大人になった三人の子どもがいる。いやもっと正確に言うと、大人になったものの、やっぱり子ども、が三人いる。長男は結婚して子が二人。次男はまだ結婚のケの字もない。末がこの娘だ。三人とも住まいがそう遠くないので未だに何かと親を頼ってくる。いやや、これも正確には「妻を頼ってくる」だ。自立した子どもたちにはもはや父親は無用で、母親だけで十分らしい。特に娘は僕にはほとんど寄越さないのに、妻とはほぼ毎日メールのやりとりをしている。当然赤ん坊の世話も妻を頼る。確かに昼夜を分かたず世話をする妻の気力と体力は僕には到底ない。妻の傍らをうろつくだけだ。何しろこの世界に現れたばかりのか弱い赤ん坊、割れ物注意とはレベルが違う。抱き上げる事にさえビビり、出来るのは頬ずりくらいだ。我が身の無用を思い知る。

ライオンは雌がプライドという群れを作り、雄がそれを守るという。その雄もやがて若い雄に追われ、老いた雄はたいてい野垂れ死ぬのだそうだ。百獣の王のなんとも哀れな末路だけど、一方で雌は最後までプライドに残って寿命を全うすると。結局役に立つ者が生き残るのだ。女の寿命が長いのは自然の摂理だ。

まあそういう事はさておいても赤ん坊は可愛い。純真無垢の寝顔に勝てるものはない。長く男子中心の家制度が続いた日本には「内孫」「外孫」という言葉がある。息子の方の孫と娘の方の孫だ。孫に内も外もあるはずがないけれど、両方の孫を持つ友人たちはみな「絶対娘の方の孫が可愛い」と言う。娘はいつも実家に入り浸るので、孫が懐くのだ。僕の場合は、息子が子どもを連れてよく遊びに来るのでそれはない。孫は皆等しく宝、生命の奇跡の証だ。外へ出ればジジィの僕も、家に帰るとジィジになる。ジィジの役目は、せめてこの小さき者たちの未来が、平和で安らぎに満ちた世界になるよう力を尽くす事だ。

娘が出産したその日、もう一つの朗報が届いた。わが母校、大島高校の野球部が選抜出場を決めた事だ。エースが同級生の孫だと聞くと喜びもひとしお。天晴れ、大高野球部！　ジィジ先輩たちはこぞって甲子園に応援に行くぞ。

（二〇二一・一二・一）

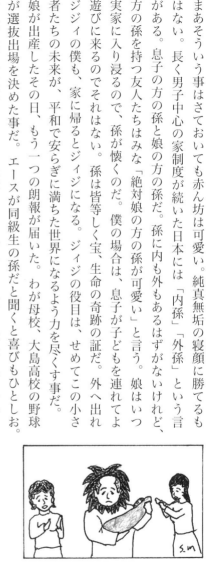

弱り目にかすみ目

前回、コロナが落ち着いたと書いたばかりなのにまたもや新株が登場し、年末の世界を脅かしている。山頭火の句を借りれば「分け入っても／分け入っても／コロナ株」というところか。オミクロンというのはギリシャ文字の十五番目の文字らしいけれど、この調子だと二十四個の文字は総動員されるのかも知れない。いい加減にしろ！　と怒鳴りたくても相手がいない。先の見えないコロナの泥濘を嘆きながら、我が身はまた、老いの泥濘にもはまっている。

人の衰えの先鋒は歯と目だ。僕の場合、歯はすでに奥歯を二本欠きながらもなんとかやり繰りしている。問題は目だ。視力は低下の一途で最近は老眼に乱視、ドライアイにかすみ目、まさしく弱り目に祟り目状態だ。陽射しが妙に眩しく、暗くなると見えづらい。運転中には前方の看板群がゴジラに見える始末。一度診てもらったらと妻に言われて、近所で評判の眼科へ行ったのはふた月前の事だ。

あれこれと検査を受けて診察室へ。医師は「これが十八歳の若者の水晶体です」と僕にパソコン画面を向けた。そこには深緑色に輝く美しい水晶体が映っていた。「で、これがあなたです」。画面が切り替わるとそこには薄く濁ったガラス玉。「白内障、きてますよ」。医師はなぜか嬉しそうに言うと、手帳を取り出して指を這わせた。「手術しますか。来週の火曜日午前中ならひと枠空いていますよ」。僕は驚いた。手術？　初診で、しかも十八歳の目を引き合いに出して、それもゴルフ場の予約でもするような口調で、だ。手術魔か？　「また来ます」。僕はそう言って早々に診察室を出た。

それからひと月ほど後、夜中にトイレに立った時、薄暗い廊下で半開きだった隣の洗面所のドアに顔面を強かぶつけてしまった。額をさすりながら、手術だなと僕は腹を括った。

改めて眼科へ行くと、医師はホレミロという顔で手術の日程を定めた。それが間近に迫っている。白内障の手術を受けた友人は結構いて、全員視界がクリアになって、手術をしてよかったと言う。だけど眼球を切開する事に心穏やかにはなれない。映画監督のルイス・ブニュエルと画家のサルバドール・ダリが制作した「アンダルシアの犬」という実験的短編映画は、女性が眼球を剃刀で二つに裂かれるシーンから始まる。なんとも恐ろしく、おぞましい作品だった。まあしかし、目が濁れば心も濁る。新しい年は澄んだ視界で迎えたい。ここは一つ、隻眼の剣豪柳生十兵衛になったつもりで手術の館に乗り込むとするか。

（二〇二一・一二・一五）

年を繋ぐ怒りと希望

人気番組「笑点」は、収録からオンエアまで二，三週間かかるそうだ。だから骨折して入院しているはずの木久扇が元気に出ていたりする。このタイムラグは本連載も同じで、書き出してから掲載までほぼ十日、その間に起きた事について書くと、掲載時にはすでに旧聞に属する事もある。クリスマス前に書いているこの稿も掲載は年を跨ぐ。だけど、年が改まっても古い話で済まされない事もある。

森友問題で自死に追い込まれた赤木俊夫さんの妻が起こした裁判で、国はあっさり責任を認め、一億を超す賠償金を出すと決めた。奥さんが裁判には不相応の額と承知の上で請求したのは、国に安易に金でケリをつけさせず、夫を死に追いやった真相を詳らかにしたかったからだ。普通の裁判ならこれだけの金は絶対出さない。それをポンと出したのは、これにて一件落着、もう忘れてくれという事だ。冗談じゃない。この金は税金から支払われる。つまり納税者が悪事隠蔽に加担させられるわけだ。この件は佐川某とその上司だった麻生、そして元凶の安倍の三人に責任がある。（後者二人は僕のリストで人間国宝の真逆の「人間国恥」に認定済み）。真相を明らかにして、こやつらに支払わせるのが道理というものだ。あれほど誇らしげに配った「アホノマスク」も大量に余り結局廃棄、大金が無駄になった。愚者に政を任せるとこうなる。

怒りは収まらないけれど、嫌な話ばかりを新年に書き送るのは、年神様に申し訳ない。以前に書いた事の報告も兼ねて、僕なりに明るく、前向きに新しい年を迎えようと思う。

娘が産んだ赤ん坊は、ひと月を過ぎて人らしくなり、僕もようやくダッコ出来るようになった。寝かせつけにあれこれと子守歌を試したのだけど、最も効果があったのは、こぶしをきかせて歌う一節太郎の「浪曲子守唄」だ。昭和の魂、偉大なり。次に白内障手術。眼球に刃の恐怖は全くの杞憂だった。手術に要する時間は十五分足らず。患者は廊下に並んで順に手術室へ。部分麻酔で痛みはなく、まるで水の中から太陽を見るような、何とも不思議な感覚だった。この医師は年間八百人の手術をするそうだ。さすが手術魔、偉大なり。これで目もスッキリ、新年に希望も持てる。白内障を抱えるご同輩、整体でも受けるつもりで手術室へどうぞ。ただし術後は、僕が考えていた柳生一族の十兵衛のような凛々しい眼帯姿ではなく、犬神家の一族の佐清のような、なんともおどろおどろしい顔になるけれど。

（二〇二二・一・五）

上には上のズルがあり

十九歳の仮面浪人の女子大生が、大学入試で不正をして国中を驚かせた。スマホを使ったその手口は実に巧妙で、僕などは感心したほどだ。かつて映画の若大将シリーズで、青大将が無線を使ってカンニングをするシーンがあったけれど、これはその進化版か。まあ試験にズルは付き物としても、入試となると重量が違う。僕も教員になったばかりの頃、入試でとんでもない不正に出くわした事がある。

一時間目の試験監督だった僕は試験用紙を配付し、開始のベルを待っていた。教室は水を打ったような静けさだった。と、突然ガラリとドアが開いて一人の男子が入って来た。鮮やかな茶髪にダボダボのズボン。皆が注目する中、彼は悠然と席に着くと、足を投げ出し、何か文句があるかという顔で周囲を睨め回した。その態度は癪に障ったけれど、監督としては見守るしかなかった。試験が始まると意外にも彼は真剣に鉛筆を滑らせた。終了後、僕はすぐに本部で彼の願書を確認した。当時は願書にも受験票にも写真は貼付されていなかった。彼は過年度卒、つまり高校浪人だった。年長者の体面を保つ為の虚勢に納得した。ところがこの受験生はただのツッパリじゃなかった。夕方、外部から「別の先輩が試験を受けていた」という電話があったのだ。ビックリ仰天、調査の結果彼は確かに受験生本人ではない事が判明した。この前代未聞の出来事は「替え玉事件」として大きなニュースになり、翌年から願書と受験票に写真が貼付されるようになった。決して許される事じゃないけれど、先の女子大生もこの替え玉も、いわば若さゆえの浅はかなズル、大人の社会ではもっと上のズルがまかり通っている。

沖縄県名護市の市長選で、米軍基地移設問題にダンマリの候補が当選した。肝心な問題に黙るのはズルい気がするけれど、「沈黙は交付金なり」なのだ。基地には反対でも、明日の暮らしの方が大事だという有権者の心情はわかる。そもそも、移設に反対すると交付金を出さない前提の選挙自体がおかしい。金で県民を黙らせる政府こそズルの権化、私の言う事を聞きさえすれば守ってやるという強権大国と同じだ。香港民主化デモで若者たちが闘争を繰り広げていた時、高三生の授業で感想を聞くと「自分は国に言いたい事はないんで、普通に暮らせればいいっス」という意見に多くの生徒が頷いた。所詮権力に逆らっても無駄。政府の目論見通りに若者は育っている。いっそ国会に習近平様の写真を掲げればいい。

（二〇二二・二・一六）

強き者、汝の名は

最近はコロナの「まん延防止ナントカ」が国中にまん延して、何がどう規制されているのかわからなくなってしまった。もう二年ほど夜の街はおろか、昼間の街で友人と珈琲も飲んでいない。コロナが人間を家に閉じ込めようとするなら、こっちは意地でも外に出て対抗したくなる。そのためにと、三回目のワクチン接種を受けたら、翌日熱と倦怠感に見舞われた。対抗策の接種で大事な一日を潰されては割に合わない。体調が戻ると僕はすぐに家を出た。怖れを捨てよ、町へ出よう、だ。

平日の昼下がりに電車に乗ると年寄りが目立つ。子どもの頃からみんなと同じが嫌だった僕は、周囲が年寄りばかりだと自分は違うと思ってしまう。「もうその年になったら家でお茶でも飲んでなよ」。背を丸めて前の席に座っている婆さんに、僕は目で言った。やがて目的の駅が近づくと、僕はすっくと立ち上がった。婆さんに僕の機敏さを誇示したかった。ところが婆さんは僕に目もくれず、ドアが開くと同時に立ち上がって、僕より先に電車を下りた。その動作は見た目を裏切る素早さで、歩く姿勢も年寄りとは思えなかった。僕は負けじと早足で彼女の横を抜き去った。これ見よがしに階段を数段駆け上がって振り返ると、その婆さんが脇のエスカレーターに乗るところだった。さすがに年寄りに階段はきついだろう。勝ち誇った気分でまた階段を駆け上がると、「誰かエスカレーターを止めてくださ〜い」と若い女の叫び声が響いた。驚いて僕は今上った階段を駆け下りた。エスカレーターの途中でさっきの婆さんが腹ばいになっていた。すわ、一大事。元気に見えてもやはり年寄りだ。僕は生まれて初めてエスカレーターの停止ボタンを押し、全力で駆け上がった。ところが無理を続けたせいで息が切れ、足がもつれて不覚にも婆さんの手前でつんのめってしまった。膝を強打し、うずくまっているると、驚いた事に婆さんがすっくと立ち上がった。そしてズボンの裾をはたきながら僕に言った。「大丈夫ですか?」…。それは俺のセリフだろう！　突然の立場の逆転に僕は憤慨した。若い男が駆けつけて来て同じ事を言った。結局僕が一番哀れな爺さんになってしまった。愛想笑いをして自分の無様をごまかすと、婆さんは僕に憐憫の一瞥をくれて、何事もなかったかのように去って行った。シェークスピアのハムレットのセリフに「弱き者よ、汝の名は女なり」というのがあるけれど、「強き者よ、汝の名はババァなり！」だ。

（二〇二二・三・二）

悪霊来りて民を撃つ

コロナ禍の中で、世界は更なる深刻な危機を抱えてしまった。ソ連の崩壊で独立した後、困難を乗り越えながら国民が築いてきたウクライナの平和を、一人の男の狂気が破壊し、時計の針を八十三年前に戻した。ナチスがポーランドに侵攻した年だ。その時ヒットラーは「ポーランド国内でドイツ系住民が虐待されている」と言いがかりをつけた。今回のプーチンも全く同じだ。今、そのポーランドに多くのウクライナ人が避難している。なぜ自分たちはいつもこういう目に遭わなければいけないのか。その気持ちは察するに余りある。

ホロドモール。僕はこの言葉を、ポーランドのアグニェシュカ・ホランド監督の「赤い闇」を観るまで全く知らなかった。事実を基にした映画だ。ホロドは飢饉、モールは苦しみで死ぬ事を意味するそうだ。一九三二年、多くの国が恐慌の波で不景気だった中、唯一ソ連は好景気に沸いていた。疑問に思った英国の新聞記者がソ連に入り、その真相を探る。結果、ソ連の豊富な財源はウクライナの穀物だった。ところがウクライナに潜入すると、人々はスターリンの共産主義施策で厳しく弾圧され、収穫物はすべて収奪されて次々と餓死していた。路上には多数の死体が転がっている。驚愕した記者が廃れた家に迷い込むと、そこで暮らす子どもたちに肉を振る舞われる。しかしその肉は…。このホロドモールで死んだウクライナ人は数百万に及んだという。その後、第二次大戦ではナチスの暴虐でさらに数百万人が犠牲になった。ソ連とナチスの亡霊が姿を消したら、今度はロシアの悪霊だ。

ウラジミール・プーチン。僕たちはこの独裁者の暴挙を断じて許してはならない。決して屈してはいけない。ただ、ロシア国民とは切り離して考えるべきだ。侵攻したのは、プーチンとその一味に唆された「プーチン軍」なのだ。それを明確にするために、メディアもそう呼ぶべきだ。この独裁者はいずれ惨めな末路を辿ることになるだろうが、その時にロシア国民への憎悪を次の世代に残してはならない。核の際で繰り広げられているこの戦争を止めるため、何が日本にできるか。ここはプーチンと二十七回も会った安倍元首相の出番だろう。今こそモスクワに単身乗り込んで「ウラジィ、ヤバイいからやめろよ」と諭せばいい。まあゴマすり外交を繰り返しただけの男にそんな度胸はないか。そのくせ「核共有」を言い出す狂気。この男もまた軍国日本の悪霊に憑かれている。祓うのは国民の理性だ。

（二〇二二・三・一六）

正しい戦い

今年も桜の季節がやって来た。けれどコロナや地震に脅かされ、その上ウクライナの惨状を目にしては、桜を愛でる気になれない。

この世に「正しい戦争」というのはない。戦争は指導者が正しいと思い込んでいる「誤り」が引き起こす。そしてそれは相手国の形も歪める。僕は無法者から国を守ろうと戦っているゼレンスキー大統領を絶対的に支持するけれど、「国民総動員令」には頷けない。もちろん元凶はプーチンであり、兵力の差を埋める為の断腸の決断なんだろうけど、どんな場合であれ市民を戦場に駆り出す事は、僕の中ではレッドラインだ。国のために死なない権利は最大級の人権で、侵すべきじゃない。

「♪命はひとつ／人生は一回／だから命を棄てないようにネ／慌てるとついフラフラと／御国のためなのと言われるとネ／青くなってしりごみなさい／逃げなさい隠れなさい」。僕の愛唱歌の一つ、加川良の「教訓Ⅰ」だ。市民を戦争から守る事こそ政治家の仕事。戦後のウクライナの民主主義は、市民を巻き添えにした事をどう教訓に生かすかで決まる。一方、大統領のオンライン演説に対し、我が山東昭子参院議長は「貴国の人々が命をも顧みず、祖国のために戦っている姿を拝見して、その勇気に感動しております」と述べた。麗しい言葉だけど、裏を返せば「日本国民もその時には、ウクライナの人たちを見習って御国のために立派に死んでね」という意味だ。懲りない英霊礼賛。くわばら、くわばら。やはり音楽の教科書に「教訓Ⅰ」を載せないと。

世に「正しい戦争」はなくても「正しい戦い」というのはある。それは美しい戦いでもある。甲子園だ。わが母校、大島高校野球部がついに実力で甲子園に出場した。自分が生きている間に今度のような戦争が起きるとは思っていなかったけれど、母校が実力で甲子園に行くとも思っていなかった。今回は入場チケットの割り当てが少なく、テレビでの応援になってしまった。僕は押し入れから八年前に甲子園で使用した応援グッズを取り出した。「行け、カズオ！　打て、シンタロー！」。画面に向かって叫ぶ。僕の愛校心は甲子園を遥かに越え、大高坂（僕たちも苦しめられた）へと、愛郷心は沖の立神へと一直線に突き進む。自慢じゃないが薄っぺらな愛国心とは格が違う。試合結果は残念だったけれど気にするな、夏がある。灼熱の太陽が照りつける甲子園でこそ、南の島で育った君たちの本領は発揮される。君たちはシマの誇りだ。気張れ！

（二〇二二・四・六）

※大高坂―大島高校にある、グランドへ続く急な坂

平和をもたらすもの

光陰矢の如し。妻と結婚して今年でちょうど四十年になる。長い歳月だけど、喧嘩らしい喧嘩はした事がない。別におしどり夫婦というのではなく、「結婚前には両目を大きく開いて見よ、結婚してからは片目を閉じよ」という格言に従ってきただけで、しかもここ十年ほど僕は両目を閉じているので喧嘩のしようがない。片目時代には妻がキレた事もある。

子どもたちが小学生だった頃。妻が大変な剣幕で「もう私も好きにするから！」と言い捨てて家を出て行った。何が原因だったかは忘れてしまったけれど、妻の家出という初めての緊急事態で我が家は戦場と化した。「お父さんのせいだよ！」。子どもたちが泣きながら次々と集中砲火を浴びせて来る。完全にお手上げ状態となった。僕も家出したくなった。と、二時間ほど経った頃に妻が大きな箱を抱えて帰って来た。出て行った時と同じ顔とは思えない、満面の笑顔だった。もちろん子どもたちは大喜び、家はたちまち平和を取り戻した。箱にはホームベーカリーが入っていた。妻がずっと欲しがっていたもので、それを独断で買う事で憂さを晴らしたようだった。その夜、妻はルンルン気分でパンを焼き、子どもたちは嬉しそうに焼き立てのパンを頬張った（僕の分はなかったが）。我が家の平和を司っているのは結局妻で、妻のルールに従ってさえいればすべて丸く収まる。僕は、世界も女たちに任せておけば平和になると確信している。

人類は昔から戦争を繰り返してきた。戦争をするのはいつも男たちだ。実際今もウクライナ戦争に関わっている指導者たちはみんな男ばかり。欧州の良心、メルケルさんが退いてからはオヤジたちが角を突き合わせている。

古代ギリシアの喜劇作者アリストパネスの戯曲に「女の平和」というのがある。アテネとスパルタが戦争ばかりしているので、両軍の女たちが密かに集い、男たちに戦争をやめさせるための策を練る。結果、決して夫と夜を共にしない事を決め、実行に移す。男たちは禁欲生活に我慢できず、ついに和平を結ぶ。

二四〇〇年も前に、アリストパネスは男たちの愚かさと、女たちの賢さを下ネタ話で抉って見せた。やはり平和をもたらすのは女たちだ。命の重みを知っているからだ。子の命を守ろうとする者は簡単に死ぬわけにいかない。男が戦死するのは名誉なんかじゃなく、命に対するただの無責任だ。ウクライナの戦争も、各国の指導者の奥方たちが広島に集まって、知恵を出し合えば遠からず終わるだろう。

（二〇二二・四・二〇）

弱者も叫び続ければ

五月。いい季節だ。つつじが咲き誇り、吹き抜ける風が頬に心地いい。学生の頃はこの時期、よく授業をサボってキャンパスの芝生に寝転がった。乾いた都会暮らしのひと時のやすらぎだった。ところがそれを邪魔する者たちがいた。構内を跋扈する過激派の連中だ。

僕が通っていた大学は某セクトの本拠地で、自治会も彼らに牛耳られていた。彼らの凶暴さはつとに有名で、実際僕も彼らが廊下で口論中、一人が相手の額に鉄パイプで一撃食らわしたのを見た事があった。殴られた男は血まみれになって蹲った。そんな彼らはついに、敵対するという理由で一人の学生にリンチを加え、殺害した。さすがに一般学生も怒りが爆発、彼らの集会では多くのヤジが飛んだ。僕も数に紛れて叫んだ。「ひとごろし〜」。

彼らは常にヘルメットを被っていた。そのヘルメットにはある文字が書かれていた。その同じ文字が今、ウクライナを蹂躙している。

Z。ロシアではこの文字が侵攻のシンボルになっている。大学のZとは無関係だけど、僕にはどちらも許しがたいシンボルだ。Zの文字を車体に殴り書きした戦車がウクライナの美しい町を次々と破壊し、罪のない市民たちを殺している。犠牲になった人たちは「数字」となって歴史の闇に消えていく。軍事大国ロシアのプーチン軍は非道の限りを尽くし、軍事小国ウクライナは苦戦を強いられている。

山本周五郎の小説「ひとごろし」は、江戸時代の話だがウクライナ情勢に重ねて読める。

下級侍の双子六兵衛の臆病ぶりは世に知られ、そのため嫁も来ず、年ごろの妹ももらい手がない。ある時、藩のお抱え武芸者の仁藤昴軒が御側小姓を斬殺して遁走する。怒った藩公は討手を差し向けるよう命ずるが、大男で剣の達人である昴軒の討手になろうとする者はいなかった。そこで臆病者の汚名をすすぐべく六兵衛が名乗りを上げる。非力な六兵衛がまともに立ち合えば返り討ちに遭うのは必定、そこで六兵衛が取った方策は、昴軒の背後から「ひとごろし〜」と叫びながらしつこくついて回る事だった。昴軒が追ってくると逃げる。それを繰り返すうちに昴軒は世間をすべて敵に回す事になり、行き場を失ってついに観念する。弱者を侮って武芸だけを磨いた己を悔やみ、割腹しようとした昴軒を六兵衛が止め、侍の誇りの髻《もとどり》をもらい受ける…。

六兵衛ゼレンスキーが、昴軒プーチンの非道を叫び続ければ、勝利する日が必ず来るだろう。

（二〇二二・五・四）

軍備軍備と草木もなびく

コロナ禍とウクライナ戦争の真っ只中、沖縄は本土復帰五十年を迎えた。終戦後、米軍の統治下にあったのは我が故郷奄美も同じだったけれど、島ぐるみの壮絶な運動で、僕が一歳の時のクリスマスに復帰を果たした。返還の際、ダレス国務長官は、沖縄については事実上無期限支配する旨の声明を出した。その後沖縄返還では、日米両政府で沖縄を米軍基地最優先、米軍御用達の島にした。日本でありながら日本でなかった島々。今の奄美や沖縄の若者たちにその時代はどう映るのか。

僕が大高生の頃は、沖縄はまだアメリカだった。修学旅行は沖縄で、専用パスポートを要した。参加は自由、行かなかった者も多くいた。僕もその一人だった。僕にとって未来は東京にあり、沖縄に行く意義が見出せなかった。その時の浅はかさを今も悔やんでいる。

大高での沖縄との関わりはもう一つ、地井武男と佐々木愛が主演した映画「沖縄」のロケだ。俳優やスタッフの沖縄渡航が難しく、奄美で撮影された。戦後の沖縄で、米軍に故郷を奪われた若者の怒りを描いた長編映画だった。僕たちは校庭に並んで朝礼のシーンに参加し、これで映画デビューだと喜んだ。

結局僕が沖縄に初めて行ったのは、復帰から六年後、七八年の夏だった。那覇に住む友人を訪ねた。ちょうど車の対面交通が右側通行から左側通行に変更する時で、一夜での変更作業を目撃するつもりが、飲み潰れて見そびれてしまった。以来沖縄には幾度も訪れたけれど、その度に悲惨な歴史と現実に直面した。

ウクライナ戦争で、世界中が軍備増強を言い出している。愚かな事だ。軍備は一旦抑止力が崩れれば地獄行きの片道切符。プーチンが証明している。武器でがんじがらめの地球で生きるなど真っ平、今こそ僕たちは沖縄を通して「決して戦争をしない道」を探るべきだ。

沖縄に人間の権利はなかった。四人に一人の県民が命を落とし、住民を守るはずの日本軍が住民を虐殺し、米軍に土地や若い命を奪われ、ベトナム戦争の訓練に駆り出され…。すべて根は誤った戦争で敗れた事にある。沖縄の米軍は日本軍復活を監視する為だったし、日本を米英中ソで四分割統治する案さえあった。考えただけでゾッとする。

三上智恵監督のドキュメンタリー「標的の島～風《かじ》かたか」と「沖縄スパイ戦史」は共に戦争の本質と、シマにミサイル基地を置く事が何を意味するかを教えてくれる。軍備でなく、平和憲法を世界に広める事が日本の役目だ。

（二〇二二・五・一八）

平和の手綱

去年の今頃はコロナ禍の只中で、一体いつまで続くのかと暗澹たる気持ちだった。それがようやく下火になったと思ったら（決して油断はできないけれど）、入れ替わるように戦争だ。終わりが見えない戦争で世界中が悲嘆に暮れている。だけど誰よりも絶望の底にいるのは、戦争などしたくもないのにプーチンによって前線に送り込まれているロシアの善良な兵士たちだろう。兄弟のようなウクライナ兵士たちと殺し合う地獄。彼らは人の子、殺し合うより肩を組みたいに決まっている。

第一次世界大戦の西部戦線でのクリスマス休戦は心を打つ話だ。塹壕に籠って対峙し、膠着状態が続くドイツ軍とイギリス軍の兵士たちは、殺し合う事に辟易していた。そんな中で迎えたクリスマスイブ。誰かが「聖夜」を歌い始め、やがてそれは両軍の大合唱となった。兵士たちは銃を置いて次々と塹壕から出た。握手を交わし、食糧を分かち合い、故郷や恋人の話に花を咲かせ、サッカーに興じた。それはまさしく神が与えた戦場の奇跡だった。しかしこの休戦は翌年から上層部に厳しく禁じられ、兵士たちはひたすら殺し合った。数か月で終わると思われていた戦争は四年続き、一千万人を超す犠牲者を出した。

戦争がもたらすものは、結局次の戦争でしかない。勝利した連合国側がドイツに科した莫大な賠償金はドイツ国民を苦しめ、その中でヒトラーが英雄として登場した。（クリスマス休戦の時、兵士だったヒトラーは一人塹壕に残ったそうだ）。第二次大戦後も世界のあちこちで戦争が繰り返され、今僕たちはプーチンの非道極まりない暴挙を目撃している。

プーチンの支持率の高さが示すように、戦争は国民の心を鷲掴みにして戦争肯定へと駆り立てる。それは歴史に名を残した文学者たちも例外じゃなかった。ドストエフスキーは、スラブ民族の救援を口実にしたトルコとの戦争で、絶対平和を主張するトルストイを「貴族の坊ちゃん」呼ばわりして強く批判し、戦争を支持した。日本でも太平洋戦争では多くの文学者が戦争に協力した。島崎藤村は大勢の兵士たちを無駄に死なせた「戦陣訓」の校閲に力を注ぎ、毎日新聞の特派員として南京を視察した林芙美子は、「皇軍兵士」の賛美に終始して日本軍の虐殺には全く触れなかった。戦争は、人の魂を揺さぶる非凡な文学者の魂さえ壊してしまう。この国の手綱は僕たち凡庸な国民が握っている。平和の道を踏み外さないよう、その手綱を決して放してはならない。

（二〇二二・六・一五）

アブナイ張りぼて国

最近あまりに暑いので、ホラー映画のパターンを一つ。「主人公のA子は貧しいが懸命に生きている。そんなA子をBがあれこれ世話をするが、実はBは善人を装う悪人だった。ふとBの正体を知ってしまったA子は逃げるが、追い詰められる。そこにCが登場し、A子を救う。いかにも優しそうなCをA子はすっかり信用する。しかしそのCも徐々に悪の本性を露わにし、A子にその魔の手が伸びる」…。この結末に観客は戦慄を覚えるが、このホラーにはまだ続きがある。「Cに追い詰められたA子が悲鳴を上げて振り返ると、そこにはなんとあのBが薄笑いを浮かべて立っていた。CはBの手下だった」…。この三流ホラーは現在全国で不評上映中だ。配役はA子が国民、Bは安倍元首相、Cには岸田総理。

バブル崩壊後、小泉内閣の「構造改革」から安倍内閣の「アベノミクス」を経てこの国はズタズタになり、今や先進国の中で最も貧しい国になってしまった。働く人の四割近くが非正規、賃金は三十年上がらず、勤労者が貧しさから抜けられない。一方で、株主は益々裕福になる。この状況は暴動が起きてもおかしくないレベルだけど、国民はそれでも政治思想家の堀田新五郎の言う「残念受けいれムード」に身を浸し、その日暮らしに甘んじている。さすがにこれはまずいと「新しい資本主義」を掲げて登場した岸田内閣だったが、結局ボスの安倍元首相のお先棒に収まった。

ウクライナ戦争は「軍事力には軍事力」という古代的思考を改めて世界に広めた。もちろん我が岸田首相もボスに背中を押されて「軍備増強」に走る。しかしそれは軍拡の果てしない無限ループにはまるだけの事、日本の役割は他国と一緒になって軍拡に血道を上げることじゃなく、戦争の愚かさを説く事だろう。だけど、まず対応すべきは足元の危機だ。

国の安全保障の根幹は人と教育。最近は経済的理由で家庭を持つ事を諦める若者が増え、少子化が進む。二一〇〇年の人口は中位推計で四千七百万人、内四割が高齢者だ。国を守るどころか、存続さえ危ぶまれる。学校は教員不足が続き、授業もまともにできない有様。そもそも子どもたちの明日を拓く教員の志望者が減っている事が末期的症状。いくら軍備で外を固めても、中はスカスカの張りぼて国家だ。

参院選。軍事力には軍事力という安直な正論に傾倒する人より、たとえ険しくとも、身を削って平和への道を歩む人を僕は選ぶ。この国を戦前のようなホラー国家にしないために。

（二〇二二・七・六）

終わりの始まり

この夏は「三年ぶり」のオンパレードだ。花火大会、海開き、ビアガーデン等々。コロナに堰き止められていたお祭り気分が一気に開放されて、随所になだれ込む。コロナはもうすっかり余所事だ。僕も先日三年ぶりに友人に会った。最初の挨拶は「お父さんは元気？」だ。九十代半ばにして意気軒高、喫茶店巡りが趣味の彼の父親は僕には理想の老人だ。

「オヤジ、死んだよ」…。返って来たのは思いがけない言葉だった。聞くと、亡くなったのは一年前で、その日もいつものように入浴し、夕飯を食べ、自分の部屋で寝たそうだ。翌朝、起きて来ないので部屋へ行ってみたら、すでに事切れていたと。逝き方も理想的だ。「オヤジは自分が死んだ事、知らないはず」。それほど安らかだったという意味だけど、その言葉には妙に真実味があった。もちろん自分が死んだ事を知る自分はもういないので、それは当たり前の事だけど、逆に自分が死ぬ事を最期まで自覚する逝き方もあるという事だ。戦時中の特攻隊員や、自ら命を絶つ人たちだ。不本意のまま生きる事の限界点に達した人は、いまわの際に何を思うのか…。僕はこの稿をここまで書いて暫し筆を休めた。ところが次の文を練っている間に、安倍元首相が凶弾に倒れたという衝撃的なニュースが飛び込んできた。頭の中の草稿がぶっ飛んだ。

事実上の最高権力者が、街中でいともたやすく殺されるという、今の日本では考えられない事が現実に起きてしまった。僕は一貫して安倍元首相を批判してきたけれど、この凶行は断じて許せない。

暴力で政治家を亡き者にする事は民主主義の完全否定だ。民主主義は、反対者との共生が前提なのだ。それにしてもあれほど長く権勢を振るった権力者が、一瞬でこの世から姿を消した不条理はどうにも受け入れ難い。それは安らかさとも自覚とも無縁の逝き方だ。釈然としない動機によって突然人生を断ち切られた元首相は、いまわの際で何を思ったのか。さぞや無念だったろうけれど、財務省の赤木俊夫さんもまた同じ民主主義の下で無念の死を遂げたのだ。この国はこの先、元首相の遺志を継ぐ形で軍事大国へと変わる可能性が高い。政治家に任せず、国民が常に民主主義をチェックしないと戦火を見ることになりかねない。奄美にミサイル基地がある事を、本土の普通の人はほとんど知らないし、関心もない。もし奄美のミサイルが火を噴いたら、それは奄美の終わりの始まりだ。それを防ぐ力はシマッチュにしかない。

（二〇二二・七・二〇）

神は子どもに宿り給う

安倍元首相の思いがけない事件で、思いがけない宗教団体の名前が浮上した。久しぶりに聞く名前だ。まだ存在していた事が驚きだけど、もっと驚いたのは、今もってこの団体が政界とつながりを持っているという事だ。選挙のためなら何でもありという下劣な政治屋と、当選させてやれば利用できるという反社会的団体の利害が一致し、闇で手を結んでこの国を蝕み続けているわけだ。おぞましい。

学生時代、この団体の悪評はすでに学内に広まっていた。サークルの名で学生を勧誘し、洗脳して教祖の奴隷にすると。ノー天気な僕も、そういうヤバい連中には近づかなかったけれど、向こうから近づいてきた事はあった。

今でもよく覚えている。渋谷の雑踏の中で、花束を手にした男が近づいて来た。花売りを装って近づくのはその団体の手口だった。「ちょっとお話、いいですか?」。男が軟弱そうに見えたのと、好奇心が手伝って僕は誘われるまま喫茶店に入った。開口一番、男は「あなたは何のために生きているんですか?」と来た。そんな事は考えた事もない。男は、先祖の霊がどうの、地獄がこうのと、僕に口を挟む間も与えず、頓珍漢な事を真顔で喋り続けた。しかし男が「あなたは過ちを償う事でしか救われないのです」と囁いた時、堪忍袋の緒が切れた。「そんな事、ワンが信じるち思う? ワンはバカじゃないど。救われなくて結構!」。シマグチで怒りを爆発させると今度は男が黙った。獲物を間違えた事に気づいたのか、男は憮然として立ち上がった。僕はテーブルのレシートを彼の胸ポケットにねじ込んだ。「これは神様が払うべきでしょう。」
宗教は人間が作った最高のバーチャルリアリティだ。何しろ死後の世界に潤いを与えてくれたのだ。もし宗教がなければ、世界は無味乾燥なものになるだろう。だけど宗教は厄介なものでもある。どの神さまも「ウチこそが正しい」と仰るからだ。歴史上、強大な宗教は「正しさ」を競って戦争を繰り広げて来た。そんな大宗教の隙間に新たな宗教が出て来るのも自然な事だし、それを信じる事も自由だ。ただし、善良な人間を騙して金を巻き上げる邪教は絶対許せない。そんなエセ宗教に貢ぐ金があったら、苦しんでいる世界の子どもたちを援助して欲しい。僕も年金の中からわずかだけど、毎月国連に寄付している。悪徳教祖に成り代わって宣言しよう。寄付すればあなたは必ず天国に行ける。なぜなら、未来の世界を創る子どもたちこそが神だから。

（二〇二二・八・三）

店じまい

この夏は、大高野球部の快進撃と、あと一歩の口惜しさで奄美の心が一つになったと思う。若者たちが示したシマの可能性は、大人たちにも大きな自信と誇りを与えてくれた。

それにしても夏が凶暴な季節になったのはいつからだろうか。晴れると体温並みの気温が命を脅かし、雨が降ると洪水が暮らしを破壊する。南の島に生まれ、夏にくるまれて育った僕には、厳しくも優しかった昔の夏が懐かしい。子どもの頃は炎天下、市内から遥か朝仁海岸まで歩いて泳ぎに行ったものだ。車が通過するたびに舞い上がる土埃にむせ、道の脇にそそり立つ「千年松」の偉容に見とれたりしながら、一時間くらいは歩いたと思う。（あの千年松は今もあるのかな）。今、子どもたちが同じ事をしたら自殺行為だろう。

自然界が急速に危機の度を増している。一方、コロナは全く収まる気配がなく、ウクライナでは戦争が続き、台湾周辺も一触即発状態。地球はもう店じまいを始めたのだろうか。

店じまいは人も同じ。どういう風に人生を終えるかは誰も避けられない問題だ。三年後には　五人に一人が七十五歳以上になると言われる。早川千絵監督の映画「ＰＬＡＮ75」はその問題を社会に突き付けた衝撃作だ。

近未来の日本。深刻な高齢化対策として「プラン75」なる制度ができている。七十五歳になったら、生死の選択権が与えられるというものだ。死を選んだ者には支度金十万円が支給され、心の準備のためにサポート電話のサービスが受けられる。最終的には医学的処置で絶命する仕組みだ。市役所では若い職員が笑顔で申請を受け付け、サポート電話の女子職員は懇切丁寧に対応する。死への切符が、日常の中で淡々と手渡される社会は是か非か。

さて現実の話だ。僕には僕とほぼ同年で、一人暮らしの友人が二人いる。Aはずっと独身で、母親と暮らしていた。その母親がある日、Aが仕事から帰ったら居間で亡くなっていた。一方のBは奥さんに先立たれ、その後これも一人暮らしの従弟が風呂で急死、発見されたのは数日後だった。そういう事で二人は孤独死を恐れる。自分が家の中で死んでも誰にも知られないんじゃないかと。だからAはできるだけ家にいずに外に出る。Bは自宅にいる時には夜も鍵をかけない。今は二人とも元気だけど、先の事はわからない。二人の気質からして、体が不自由になった時にプラン75があれば躊躇なく応募するだろう。もちろん僕も、だ。ただし支度金、百万は欲しいな。

（二〇二二・八・一七）

ひいきの引き倒し

世の中には、納得できる事と、できない事がある。たとえばタクシー待ちの列に並んでいて、僕の番が来た時に突然横から二人の男が割り込んで来たとする。当然、ふざけるな！となる。ところが一人が「すみません。この人の具合が悪く、病院に連れて行きたいんです」と言う。確かに顔色が悪い。まあそういう事ならと納得して順番を譲る。だけど、「この方は八年八か月も市議会議長を務められた方ですよ、当然ではございませんか」と言われたらどうか。譲るどころかブチ切れる。どんなに丁寧な言われ方をしても、それがどうした、俺の知った事か！　と。安倍元首相の「国葬」は、僕にとってはそういう事だ。

岸田総理は、安倍元首相の死去六日後に「国葬」を発表、その八日後には一億百二十三万六千人の有権者を無視して、二十人足らずの閣議で決定した。首相の「国葬」にする理由は全く説得力がなく、到底納得できない。

亡くなった人を悪し様に言うのは気が引けるけれど、安倍元首相が国葬に値するかどうかは別の話だ。長期に及んだ安倍政権は、この国を素晴らしい国にしたのか。僕にはとてもそうは思えない。身内第一のやりたい放題、モリカケ桜、文書改ざん。アベノミクスで格差は益々拡大、国力は先進国中最低レベルに陥落。「こんな人たちに負けるわけにはいかない」と、首相自ら国を分断、世界中を派手に巡った外交も平和に資する事は全くなく、世界はご覧の有り様。どこをどう評価すれば、国民全員を巻き込んでまで葬儀をできるのか。

安倍元首相が長く君臨できた理由は、国政選での六連勝だ。議員が選挙に強いボスの手下になるのは当然だ。ところが、狙撃事件が選挙の闇を照らし出した。すなわち、善良な人を餌食にするあの悪徳エセ宗教団体が選挙に深く関わり、安倍元首相がその力を借りて票の割り振りをしていたと。これは健全な民主主義では完全アウトだ。ハーバード大学教授のスティーブン・レビツキーとダニエル・ジブラットの共著「民主主義の死に方」には、「現代の民主主義の死は選挙から始まる」とある。まさにその通り、この国の民主主義は死にかけている。息の根を止めるのは、選挙のためなら悪魔とでも肩を組む政治屋たちだ。

イギリスではエリザベス女王が大往生を遂げ、多くの国民の納得と涙で荘厳な国葬が行われた。比べて国民の半数以上が反対する中で強行される国葬は、ただのひいきの引き倒し。日本のお粗末さを世界に示す事になるだけだ。

（二〇二二・九・二二）

外れても頼もしき

台風シーズン。今年は大型の14号が鹿児島に上陸し、その後各地に爪痕を残して去っていった。台風が通過した後は気温がグンと下がり、秋物のジャケットを引っ張り出した。ここから季節は冬へ向かってギアを上げる。寒さの苦手な僕としては、もう夏が恋しい。

最近、大きな台風が近づくと気象庁が緊急会見を開く。口を覆う独特の透明なマスクは、聴覚に障害のある人たちの要望らしいが、その口から「過去に経験のない」とか「命を守るための行動」などという言葉が出ると、一体どうなる事かと空恐ろしくなる。今回、鹿児島に住む愚兄は、街が壊滅するのではないかと怯えたそうだ。ところが過ぎ去ってしまえばどうということもなく、拍子抜けしたと。大山鳴動鼠一匹だったと愚痴をこぼした。だけどここは愚痴るのではなく、空振りに終わった事を喜ぶべきだろう。まあ、あまり空振り続きでオオカミ少年になっても困るのだが。

もう随分前の事だけど、僕も気象庁に怒った事がある。しんしんと冷えるある冬の午後、気象庁は夜半から雪が降って、翌朝は積雪で交通機関が大きく乱れると発表した。翌日は仕事に遅れるわけにいかなかった。僕はすぐタイヤチェーンを買いに走った。ところがホームセンターはどこも売り切れ、あちこち駆けずり回ってようやくゲットした。そして夜の暗い中、寒さに凍えながらチェーンを装着して朝を待った。ところが夜が明けてみると雪のユの字もなかった。ホッとするより先に腹が立ち、チェーンを外す手が怒りで震えた。

その夜、僕は気象庁に苦情のメールを送った。巨額の税金を使いながら、翌日の予報さえ外すとはどういう事か、漁師の観天望気の方がずっと当たる、おかげで無駄な買い物をした等々。完全にクレーマーだった。すると二日後、気象庁の職員から長いメールが返って来た。そこには、丁重なお詫びとともに、判断を間違えた理由が書かれていた。専門的な事はよくわからなかったけれど、文面からは誠実で、懸命な職員たちの姿勢がひしと伝わってきた。以来僕は、手のひらを返して気象庁贔屓になった。やはり気象庁は頼もしい。

日露戦争の時、前線で戦う兵士たちのまじないは「ソッコウジョ」と三度唱える事だったそうだ。測候所の予報は外れてばかりなので、それを敵の弾よけの願掛けにしたわけだ。ただ「偶《たま》（弾）に当たる」と、唱えない者もいたとか。僕は災難に遭ったら「キショウチョウ」と三回唱える事にしている。必ず効くと思う。

（二〇二二・一〇・五）

同じ時を生きながら

今月の誕生日で古希を迎える。いよいよ大台だ。我が身の事でありながら、七十歳という年齢はどうにも信じ難い。ただただ馬齢を重ね続け、いつの間にかここまで来てしまった。

「古希」という言葉は、唐の杜甫の詩「曲江」の一節から来ている。めでたい印象があるが、詩の内容は随分趣が違う。「職場を出ると毎日衣服を質に入れて飲み回る。あちこちツケもある。人間七十まで生きる事はそうはないし、人も景色も変わりゆく。今を楽しむのが一番」くらいの意味か。杜甫とは馬が合いそうだ。その杜甫も五十八歳で他界、確かに七十歳は容易には越せない高い壁だったのだろう。だけど今はその年で世界を揺るがす者もいる。

暴君プーチンは、僕より十九日先に古希を迎えている。かの国にそんな習わしがあるかは知らないけれど、まさに人の生きざまは多様、ほぼ同じ時間を生きてきて、片や世界の表舞台で地球を震撼させるほどの権力を振るい、片や家の中で妻に権力を握られてモノも言えない。生まれた時は似たような赤ん坊だったはずなのに、この差はいつから始まったのか。できる事なら一緒に五歳の頃に戻って、喧嘩をしてみたいものだ。絶対負けはしない。

七十歳。自分ではこれまでと何も変わる事はないと思っても、社会の見方は違う。先日、振興会から通知が来た。六十歳で退職した後に医療保険に加入している団体だ。「長寿祝い金」を三万円出すという。「長寿」の文字が面映ゆいものの、思いがけない吉報に僕は喜んだ。ところがよく読んでみると

「この医療保険は六十九歳で終了となります」とある。七十歳になると加入資格を失うというのだ。要は体のいい絶縁状だった。「長寿祝い」を謳いながら、結局三万円は「手切れ金」なのだ。僕はこれまで手切れ金というものを払った事はないけれど、十年も付き合った人間と一方的に縁を切る額として、三万円は安すぎはしないか。そっちがその気なら、こっちにも意地がある。今後一切医療保険には入らない。

まあ、意地を張っても嘆きが増すのは事実。物覚えは悪く、物忘れは早い。小さい文字は読めず、「わ」と「ね」の区別がつかない。蕎麦を食べようと湯を沸かし、袋に書かれている通りに麺を十分茹でたら、すっかりふやけて食えなくなった。十秒を十分と見間違えたせいだ。当然妻に雷を落とされる。やれやれだ。いっそ七十歳は「嘆寿」と改めた方がいい。だけど世界の状況を見誤っているプーチンよりはマシだ。彼には「狂寿」がふさわしい。

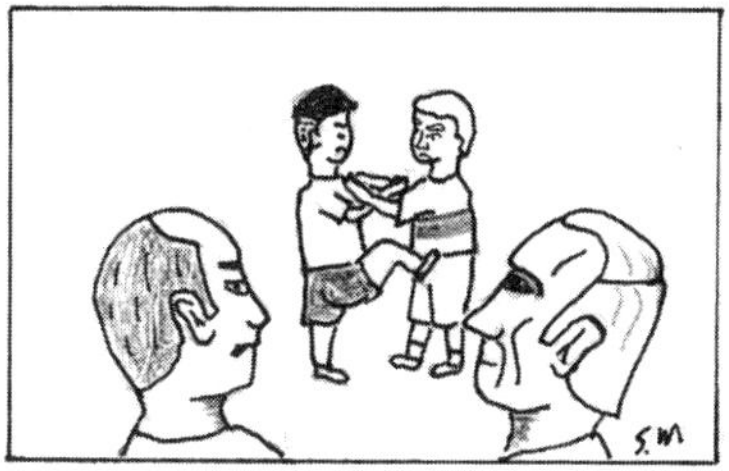

（二〇二二・一〇・一九）

進みながら退くヒト

ついこの間まで僕たちヒトは、コロナのパンデミックに怯え、感染拡大を恐れて「ソーシャルディスタンス」やら「三密回避」などと声高に叫んではいなかったか。現に今でも近所の公園のフェンスには、「はなれてあそぼう」という二メートルの幕が掛かっている。それが最近では、世界中の多くのヒトにとって、コロナはすでに過去のものになっている。

ソウルで大勢のヒトが狭い通路にひしめき合い、百五十六人の若者が命を失うという惨事が起きた。突然思いも寄らない形で我が子を失った親の悲しみを思うとやりきれない。今になって「三密回避」の掛け声が空しく響く。

そもそもヒトは一人では生きていけない。だから集い、群れる。だけど時としてそれは文字通り、立錐の余地もないほどの密集となり、それが悲劇を生む。一九五六年の正月、新潟県の弥彦神社で、紅白の「福もち」撒きに初詣で客が群がり、百二十四人が圧死した。二〇一五年にはメッカ巡礼で信徒たちがひしめき合い、二千百八十一人が命を落とした。僕たちだって、ラッシュ時の駅ホームや、満員電車で、一歩間違えれば同じ目に遭いかねない。僕などは人ごみには絶対近寄りたくないと思うけれど、人ごみに喜びを見出す若者は多い。

今回のソウルの事故は、ハロウィンで多くの若者が集まった事が原因だった。ハロウィンは元々収穫祭で、アメリカでは仮装をした子どもたちが家々を巡って楽しむ。ところが二十年前、ルイジアナで日本人高校生の留学生が仮装して、ある家を訪れ、「フリーズ（止まれ）」と言われたのを「プリーズ（こちらへ）」と聞き違えて敷地に踏み入り、射殺された。この事件の後も、銃は全く規制されなかった。日本や韓国では、いつからか仮装して街に繰り出す事がハロウィンになった。発砲に比べると穏やかだけど、そこには感謝も祈りもない。ただ集う事を楽しむのが目的だ。

ヒトはひたすら進歩を続けて来た。進化はどの生き物にもあるけれど、進歩はヒトにしかない。ヒトにしかない知性で行動し、学習し、改善を重ねて、より良い道を進んで来たはずだった。けれど今、世界は戦争・分断・差別・排除で満ちている。ヒトはもはや過去に学ぶ力も、改善する力も失ったようだ。竹中直人に「笑いながら怒る人」という面白い顔芸があるけれど、人類は「進みながら退くヒト」だ。これは笑えない。街に繰り出す事は責められないけれど、平和な街の中で「ヒトがヒトで死ぬ」事は、僕には退化としか思えない。

（二〇二二・一一・一六）

取り残されて

週に二回、教えている高校に出かける時に電車に乗る。通勤電車は満員が相場だけど、最近は時差出勤のサラリーマンが多いせいか、割と空いている。それでも喋る者はいない。コロナ対策というより、ほぼ全員がスマホの画面に見入っているからだ。以前は、サラリーマンたちが肩をすぼめて新聞を読んでいたものだけど、今では新聞や本を読んでいる者はいない。今や彼らの情報源はスマホで、人生に必要なものはすべてスマホの中にある。彼らはスマホの中で生きていると言っていい。

八〇年代、若者は「新人類」と呼ばれた。けれどそれは、ただ大人たちと価値観が違っただけの事で、結局ともに同じ空間で生きていた。しかし今は互いの生活空間が全く別のものになりつつある。「メタバース」や「VR」の中で「アバター」や「AI」たちと生きる世界…。そこにはもう高齢者の居場所はない。

僕が学生の頃、初めて電卓が登場した。以来、コンピューターは目覚ましい進歩を遂げ、今僕が使っている安価なパソコンでさえ、かつてアメリカ国防総省が使っていた大型コンピューターの性能を遥かに凌ぐという。その機能の百万分の一も使えないうちに、スマホが主流になった。最近は財布も銀行も、商店も役所も、結婚相手を見つける場所さえスマホの中にある。便利なものには違いないけれど、情報弱者は容赦なく置き去りにされる。

少し前、総務省の口車に乗せられて、お得だというマイナポイントなるものを得ようと試みた。だけどうやってもうまくいかず、結局スマホに向かってバカヤローと怒鳴ってやめた。目の前に担当者がいたら張り倒していた。「年寄り騙し」の手口で国民を管理しようとするより、病院のカルテを全国どこの病院でも共有できるようにするのが先だろう。

いずれにしろ近い将来、人類は本格的にデジタル世界へ移住を始める。その時には、僕たちアナログ人間は取り残される事になる。

イタリア映画に「流されて」というのがあった。ヨット遊びをしていた上流階級の高慢な人妻が、ふとした事で使用人の男と無人島に取り残される話だ。僕も藤原紀香と二人っきりで無人島に流されたら、そんな幸せな事はないけれど、アナログ島にジジババだけで取り残されたら夢も希望もない。今のうちに、妻に内緒でマッチングアプリとやらを使って新しい出会いをしてみるか。プロフィールには「四十歳、百八十センチ。ＩＴ会社社長」と記そう。どうせ仮想現実、誰も文句は言うまい。

（二〇二一・一二・七）

けもの道

近くのスーパーに行くと、ついこの間まで店頭に飾られていたクリスマスツリーが撤去され、正月用品が積まれていた。クリスマスはまだ先なのにもう十分、用はないという事か。早々に見限られて、倉庫の隅に追いやられたクリスマスツリーに我が身が重なる。何かにつけ怒ってばかりいたら、今年も暮れた。

世を騒がす事は毎年起きるけれど、今年はロシアがウクライナに侵攻、プーチンという醜い名が歴史に刻まれる年になった。非道の独裁者と、無理無体の指導者習近平のせいで時代は一気に後退し、世界は「強いモン勝ち」という戦国時代の様相を呈して来た。この国でも「喧嘩が強くないとナメられる、特に喧嘩が弱い金持ちの倅が一番いじめられる。」と、金持ち権力者の麻生太郎が、世界情勢を小学生のいじめに例えた。(彼が僕と同じクラスにいたら僕は絶対彼をいじめていた)。それでも戦国の世、この稚拙な言説が磁気を帯び、この国は世界屈指の軍事大国の方角を向いてしまった。もうこれは、「親分、奴らチャカを大量に手に入れたようですぜ」「バカヤロ、それならこっちもカタギを適当に言いくるめてカスリを増やし、新型のエモノを手に入れてカチコミに備えんかい!」、みたいな暴力団抗争と同じレベルだ。ちなみにチャカ・エモノ＝拳銃・武器＝軍備、カタギ＝一般人＝国民、カスリ＝みかじめ料＝税金、カチコミ＝殴り込み＝侵攻と読み直してもらえばわかりやすいと思う。いずれにしろ、そこに人の道はない。あるのはけもの道だけだ。

軍備が戦争抑止になるなら、早い話が暴力団に倣って、核を持てばいい。実際フランスの名うての歴史学者エマニュエル・トッドは「日本は核を持つべきだ」と言っている。だけど僕たちは暴力団じゃない。世界で唯一、核の悲惨さを知る日本の国民だ。世界は、強さですべてが解決するほど単純じゃない。それを世界に知らすのが日本の役目だ。互いをよく知り、尊ぶ事の方が絶対抑止力になる。もし今、国と県の議員百人が中国を訪れて、腹を割って話せば事態は大きく変わるだろう。四十年ほど前に、右派の論客山本七平が、イザヤ・ベンダサン（便出さん）という、人を食ったようなペンネームで「日本人は水と安全はタダだと思っている」と書いた。しかし水と安全はタダであるべきだろう。そんな事が出来るか、理想論だと切り捨てるのでなく、現実を超克し、理想の実現に尽くすのが政治家の仕事だ。現実主義に囚われていては前に進めない。

（二〇二二・一二・二二）

只今準備中

正月は終わったのに、振袖姿がチラホラ。成人の日だ。コロナでしばらく成人式も開かれず、そういう姿を目にしたのが久しぶりのせいか、格別な艶やかさだ。だけど今年の成人の日は少々様子が違った。昨年四月から成人年齢が十八歳に引き下げられたからだ。式の名称も「成人式」から「二十歳を祝う会」に変わった。日本の十八歳のほとんどは高校三年生だ。二年後には高校の卒業式も、「卒業&成人式」に変わるのかも知れない。

十八歳で成人。高校教員としてずっと高校生を見てきた僕には、妥当だと思える反面、心配でもある。彼らの社会性はまだまだ十分ではないからだ。国は「若者の自己決定権を尊重する」として、諸々の契約権利を与えたけれど、高校生の娘が突然アパートを借りて家を出て行ったらどうか。息子がローンで車を買ってきたらどうか。子の決定とは言え、親は嘆くだろう。まあだけど、普通の高校生はそんな事はしない。高校は社会に出る前の準備期間だと考えているからだ。その若者たちをいきなり成人にしたのは乱暴すぎないか。まるで「準備中」の店に入って、料理を注文するようなものではないか。実際僕が教えている生徒たちに訊いたら、全員が十八歳成人には反対だった。ある三年生曰く、「俺らの意見も聞かずに一方的に大人にしてやるというのは、結局俺らを子ども扱いしてるじゃん」と。すでに選挙権を持つ者も多いけれど、投票したのは一人だけ。その生徒は「ガーシーに入れたよ。面白いもん」とケタケタ笑った。

世界でも投票年齢と成人年齢が重なる国は多い。だけどその裏では兵役がセットになっている場合もある。アメリカでは、多くの州で成人年齢も投票年齢も二十一歳だった。それがベトナム戦争の時、徴兵年齢が十八歳だったので、「戦うのに十分な年齢は投票するのに十分な年齢」だとして投票年齢が十八歳に引き下げられ、後に成人年齢も十八歳に引き下げられた。もしやこの国の政府も、「成人になるのに十分な年齢は戦うのに十分な年齢」だとして彼らを戦場に送る準備中なのではないか？

十八歳で成人にするなら、それまでに主体的に物事を考え、政治について批評する力を育てる必要がある。そのためには小学校からの徹底した少人数教育が欠かせない。だけど今の学校では集団の中に埋もれ、自分の意見など持ちようがない。選挙を野次馬としてではなく自分の事として捉え、このきな臭い国をリノベーションしてくれる十八歳なら大歓迎だ。

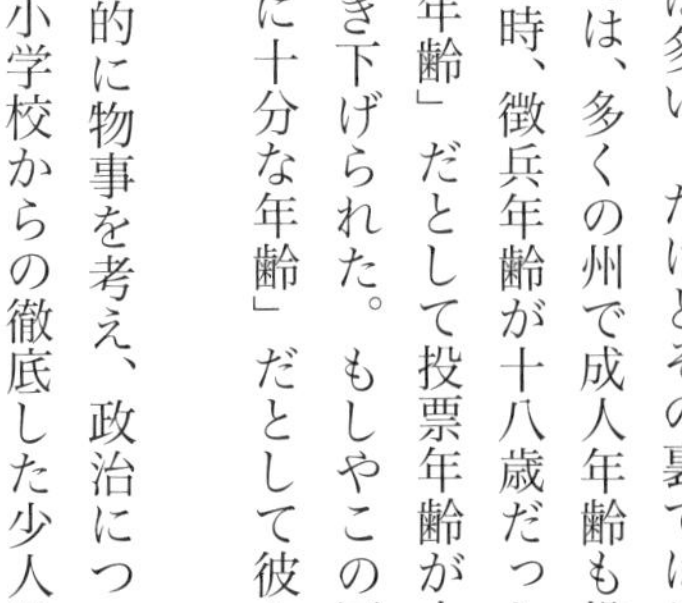

（二〇二三・一・二五）

回転木馬

プーチン軍がウクライナに侵攻して一年、戦争は出口を失っている。ロシアではナショナリズムが台頭し、自国の正当性を叫ぶ女性の姿は、太平洋戦争中の国防婦人そのものだ。民主主義が独裁政治を淘汰するものと思っていたら、今や逆に民主主義の方が風前の灯火だ。軍事国家へとひた走る日本政府の姿勢は、「有事」を待ち望んでいるようにさえ見える。

シマを出て上京した時、人間味の欠片もない都会に失望して、生き惑う日々が続いた。そんな時、ラジオから流れて来た歌が心に刺さった。「♪力を合わせて生きることさえ／今ではみんな忘れてしまった／だけど僕たち若者がいる」。五つの赤い風船の「遠い世界に」だ。時はベトナム戦争の真っ只中。大人たちが作った社会に対する若者たちの異議申し立ては世界中に波及した。若者たちはビートルズを口ずさみ、愛が勝利する事を信じた。高校の教員になった僕も、「明日は今日よりいい日になる」と信じて生徒たちに向き合った。やがて時は流れ、僕を含めたその頃の若者たちが大人になり、ジジババになった。その結果が今の世界だ。あの時の若者たちもまた、力を合わせて生きる事を忘れてしまった。「昨日より悪い今日」にしたのは僕たちだ。人類は結局、回転木馬に乗っているのかも知れない。

「最近の世の中は…」。僕たちが若いころ、年寄りからさんざん聞かされた言葉だ。だけど自分が年寄りになってみれば恥ずかしながら、やはり同じようにぼやきたくなる。「最近の世の中は、昔より良くなったのか？」と。

先日、手袋を銀行に忘れてしまい、二日後取りに行った。入口で大男の守衛に制され、待つこと十分。女性行員が出てきて曰く「調べたら、本部に移送済みでした。その後警察に回ったかどうか、確認して連絡します」と。五日ほどして電話があり、再び銀行へ。手袋の特徴をしつこく訊かれ、免許証を提示し、書類に署名して九百八十円の手袋はようやく戻って来た。その間、僕の両手は寒風に晒された。

昔、規則ずくめの役所仕事を揶揄した「近代的たこ焼き屋」という秀逸なコントがあった。屋台のたこ焼き屋に来た客が、「三番窓口へ」「五番窓口へ」「身分証明書を」などと次々振り回されて、いつまでもたこ焼きにありつけない話だ。まさか今、自分がそれを実体験するとは思わなかった。忘れ物を取りに行ったら、「これですね?」「そうです、どうも」。どうせ回転木馬の世なら、この短い会話で事が済む緩い社会に戻って欲しいものだ。

（二〇二三・三・八）

命の主

ようやく寒さが緩み、今年も桜の季節になった。自然は悠久の時を巡るけれど、人間はそうはいかない。先日、階下に住む夫婦の旦那さんが脳梗塞で急逝した。少し前に駐車場で見かけた時はお元気そうだったので驚いた。斎場が順番待ちという事で、ご遺体が病院から戻ることになり、僕たち近隣住民はご自宅を弔問した。喜寿を迎えたばかりの隣人は、眠っているとしか見えなかった。そのお顔に合掌し、湿らせた脱脂綿で末期の水を取った。死は日常の中にある事を思い知った瞬間だった。奥さんの話だと、元々心臓に持病があり、回復の見込みがない手術や延命治療は受けないと、日頃から夫婦で決めていたそうだ。

作家の吉村昭は、ガンとの壮絶な戦いの末、自宅療養中に家族に「もう死ぬよ」と言って、突然自ら点滴の管と首のカテーテルを引き抜き、戻そうとした看護師の手を払って逝ったという。その潔さ、実に見事。小人の僕も、我が隣人と吉村昭の逝き方を心に刻みたい。

日本の平均年齢は四十九歳、世界で二番目に高いそうだ。ちなみに、人口十四億以上のインドは二十八歳。日本は年寄りだらけの国なのだ。かのイーロン・マスクがツイッターに投稿した「出生率が死亡率を上回るような変化がない限り、日本はいずれ消滅するだろう」という言葉はあながち大げさじゃない。僕たち年寄りが少子化に歯止めをかけるのは無理だけど（僕は少し自信があるが）、高齢化を阻止する事は出来る。早々にこの世とオサラバすればいいのだ。とは言え、これぱかりはそう簡単にはいかない。命は人の内にあり、最晩年は人それぞれで違うからだ。ところが最近、命を外から一緒くたに扱う考えが出てきた。

ユニークな発想でメディアを賑わしている若き経済学者の成田悠輔は、高齢化社会解決のために「高齢者は老害化する前に集団切腹みたいな事をすればいい」と言っている。気持ちはよくわかるけど、そんな事言われてもなあ。その考え、ユダヤ人の最終解決（抹殺）を決めたヴァンゼー会議のナチス高官たちと同じだろう。僕の命の主は、神でも法でも権力者でもなく、僕自身だ。フランスの映画監督ゴダールが、自殺幇助が認められているスイスで自ら命を絶った事は記憶に新しい。この希代の映画監督は、自分の命の主である事を貫き通したのだ。ここへ来て、尊厳死を議論する国は増えている。僕も痛い切腹は嫌だ。所詮「散る桜／残る桜も／散る桜〈良寛〉」。成田クン、君もいずれジジィになるんだよ。

（二〇二三・三・一二）

人の定めに差す光

僕には、二つ違いの妹がいる。いや、いた。花をこよなく愛したその妹は、先週、桜の散るのに合わせるように六十八年の人生を閉じた。

僕の血筋は癌家系のようで、僕が癌になった後、兄も癌で死んだ。妹にも癌が見つかり、長く病と闘い続けていた。時に治療が効果を発揮し、目覚ましい回復を見せたりもしたけれど、病魔は徐々に妹の体の奥まで蝕んでいった。ここのところ容態が思わしくなく、家族は覚悟を強いられた。そしてついに「その時」が、悲しみの波となって打ち寄せた。

春の風が吹き荒れる夜、義弟から「妹が危ない」と電話が入った。取る物も取り敢えず、僕は翌朝の始発で妹の住む名古屋に向かった。乗客のまばらな電車で、若い女がスマホで自撮りをしていた。僕はその様子を眺めながら、病院のベッドに横たわる妹の事を思った。

高校の頃、国語の授業で宮沢賢治の詩、「永訣の朝」を習った。僕はその日のうちに冒頭部分を諳んじ、ふざけて妹に向かってそれを詠じた。「けふのうちに／とほくへいってしまふわたくしのいもうとよ／みぞれがふっておもてはへんにあかるいのだ(あめゆじゅとてちてけんじゃ)」。妹はきょとんとして僕を見つめ、僕はその顔を見てゲラゲラ笑った。そして今、その詩は現実の事になった。

病室では義弟と長女が妹を見守っていた。タイ在住の次女も成田に向かっているとの事だった。義弟が妹の耳元に僕の到着を告げると、酸素マスクの下の唇が緩んだ。義弟は妹の手を握って励まし続けた。この義弟は大学時代、僕の悪友だった。よく二人で飲んでは、妹と一緒に暮らす僕のアパートに連れ帰った。ある時、彼は突然僕に「お兄さん！」と叫んだ。僕の知らぬ間に、二人は恋に落ちていた。少し腹が立ったけれど、二人は結婚して理想的な家庭を築いた。妹が病を得てからも、義弟は献身的に支え続けた。翌朝早く、妹は安らかな顔で旅立った。心根の優しいだけが取り柄で、大した欲もなく、家族と花を愛し、平凡だけど、豊かで満ち足りた毎日を送った。一方で辛抱強く、闘病生活の中で僕に泣き言は一度も言わなかった。いつも「感謝」を口にし、最期まで「ありがとう」を繰り返した。

家族だけのささやかな葬儀場に、幼い三人の孫たちの無邪気な声が響いた。妹の命を未来へと繋ぐ、希望の輪だ。「朝《あした》に紅顔ありて夕べに白骨となる」。死は人の定めだけど、生に対する感謝の気持ちは、その定めにさえ新たな光をもたらす事を、妹は教えてくれた。

（二〇二三・四・一九）

明日の月日はないものを

先日、イギリス映画「生きる LIVING」を観た。僕が生まれた年に公開された黒澤明監督の同名映画のリメイクだ。脚本がノーベル賞作家のカズオ・イシグロなので、オリジナルと比べようと、合わせて黒澤版をＤＶＤで観た。

市役所で書類の山に囲まれ、ハンコを押すだけの無気力な毎日を送っている課長が、癌で死期が近い事を悟り、自分の人生の意味を問い直す話だ。カズオ・イシグロの脚本は、舞台をロンドンに移し、巧みな構成で忠実に黒澤の世界を再現していた。これを観たイギリスの人たちは、きっと心を打たれただろう。

黒澤版は、若い頃脚本の勉強をした時に、教材として何度も観た。当時の僕にとっては、哀れな老人の話でしかなかった。今、主人公の年齢を超え、同じ経験を経た身で観てみると、それは全く異なる作品になっていた。

僕はいつも、この世に生まれたからには自分が生きた証を残さなければと思ってきた。だから癌を患った時は、映画の主人公と同様にとても焦った。入院中のベッドで小説を書き、退院後は再発に怯えながら本紙に一年間連載を続け、終わるとすぐに芝居を書き始め、半年後には上演した。自分を表現しないと生きる意味はない…。その思いを、今は亡き妹に話した事がある。「それなら私には生きる意味はないね。私は毎日、家の事と庭の花の世話しかしてないから」。妹はそう言って笑った。その言葉が今、僕の心に滲み始めている。

人が生きる意味は何か。哲学者のサルトル風に言えば、意味は本質だ。例えば職人は「座る」という本質のために椅子を作る。そこに椅子の意味がある。では神はどんな本質のために人間を作ったのか。答えはない。つまるところ神はいないし、人間にはあらかじめ決められた本質などないのだ。人間の本質はその人が作る。今日を慈しみ、懸命に生きるなら、それがその人の本質だ。その点で、妹は命の本質を全うした。人類に偉大な業績を遺す人も、花の世話で生涯を終える人も、本質は同じ。すべての命には生きる意味がある。

主人公の課長は、市民の願いである公園建設こそ余命を生きる意味だと決意、病を押して奮闘し、ついに公園を完成させる。そして雪の夜、ブランコに乗って寒さの中で事切れる。「♪命短し恋せよ乙女／紅き唇褪せぬ間に／熱き血潮の冷えぬ間に／明日の月日はないものを」。主人公の志村喬がなんとも切ない声で歌った「ゴンドラの唄」。僕も口ずさんで、乙女でもないのに最後のフレーズで泣いてしまった。

（二〇二三・五・三）

生みの親に逆らう者は

どえらい奴が現れた。と言っても、人間じゃない。チャットGPTの事だ。世界に衝撃的な変化を与えるとされる、IT界の怪物だ。

チャットGPTは、アメリカの青年が開発した、文字を使った対話型AI（人工知能）だ。どんな質問にも立ち所に答え、面倒な文書作成もやってくれる。便利な反面、リスクも大きいので、使用を規制する国もある。人間との会話もできるというので、最近妻との会話がめっきり減った僕は、藤原紀香の事を思い浮かべながら、無料版を試してみた。

まず、「年寄りの幸せって何？」と訊いた。返答は「幸せについては個人によって異なる考え方や価値観がありますが」と枕を振った後、ごもっともな事が箇条書きで並んだ。藤原紀香どころか、まるで厚生省役人の答弁だ。ならばと「友人の奥さんを好きになっちゃったんだけど」と、ちゃらかした。すると「それは複雑な感情の状況ですね。このような状況には注意が必要で、慎重な対処が求められます」と。そして再び紋切り型の忠告の羅列。「それでも好きな気持ちは抑えられん！」と語気を強めると、「理解できます」と来た。お、理解できるのか、と思いきや「しかし友人の妻に対する感情がどれほど強くても、その家庭を尊重し、他人の幸せを害することは避けなければなりません」。なんだ、ただの説教ジジィじゃないか。「思い切って駆け落ちしたら?」くらい言ってくれれば面白いのに。

つまらないので、話題を変えた。「奄美の大島高校の応援歌、教えて」。これには、応援歌の意義を述べた後、歌詞を書いてきた。「大島学園（大島学園）／やんちゃ放題に楽しく勉強する（やんちゃ放題に楽しく勉強する）／団結心を大切に／仲間と共に進む／以下省略」。ん、なんだ、これは？　リフレインまで付いている。調べてみると、確かに玄界灘に浮かぶ小さな島に大島学園という学校があった。念のため電話をかけて訊いてみたら、そんな歌はないと言う。こいつは抜け抜けと嘘をつくようだ。「俺は大島高校の卒業生だが、そんな応援歌は聞いた事がないぞ」と返すと、「申し訳ありません、提供した情報が正確でなかったようです」と素直に謝る。まあＡＩも所詮は膨大なデータを並べるだけの機械、噂ほどの怪物ではないようだ。だけど近い将来、ＡＩが人間の知性を超えると予言する研究者もいる。その時は、タトゥーなど入れて、生みの親の人様に逆らう奴が出て来るかもしれない。その時こそ、生身の説教ジジィの出番だ。

（二〇二三・六・七）

傲慢の沼

唐突ながら、「お粗末人間当てクイズ」を。Ｑ１息子がバカな事をしても何とも思わないほど、権力と親バカの沼に嵌ったのは？　Ｑ２親の権力に溺れて、やっていい事と悪い事の区別がつかなくなったのは？　Ｑ３カメラに向かって他人を誹謗中傷したら、それが結構受けたので、自分は何をやっても許される存在だと思い込み、やりたい放題を続けたのは？

Ｑ１と２はセット。全問、僕の独断と悪意に基づいて作られている。もちろん正解は順に、岸田文雄総理大臣、その御曹司の岸田翔太郎前首相秘書官、そして議員から直滑降で容疑者に転落した元YouTuberのガーシー氏だ。答えがあまりに易しすぎるので、賞品はない。

岸田首相は、自分の息子を秘書官にした時点で、首相としては完全失格だ。跡を継がせるための修行だったんだろうけど、国民より息子の事を優先して考えるのは、我が愚妻と全く同じレベルだ。案の定、そのドラ息子は外遊先で観光したり、公邸で忘年会をやって羽目を外す始末。その息子の愚行を愚行と思わなかった親もバカとしか言えない。いやしくも一国の現職総理をつかまえてバカ呼ばわりはお叱りを受けるかも知れないけれど、いやしくも僕とて大学は総理と同じ、一応先輩に当たる。後輩のあまりの愚かさには遠慮なく罵倒させてもらう。子母澤寛の小説「父子鷹《おやこ》」の勝小吉（海舟の父）の話は胸を打つけれど、現職総理の「父子馬鹿」には胸が悪くなる。

国会議員でありながら、ついに国会に一度も出ないまま除名されたガーシー容疑者については、本人というよりも、こういう人物が国会議員になれた事の方が問題だろう。もちろん国会議員には、ろくでもない世襲より、多様な人がなった方がいい。ただし、本気で弱者に寄り添う事のできる人間であれば、だ。

この三人に共通するのは、「傲慢」という事だ。おごり高ぶって、国民をあなどっている。傲慢には慢心・身勝手・好き放題・自己本位など多くの類語がある。それほど世の中にはそういう手合いがはびこっているという事だろう。僕が現職の教員だった頃、若い教員に廊下で声をかけられて、「直接私に話しかけるな、話したいなら教頭を通せ」と叱責した校長がいた。自分は平教員風情が口をきけるような存在じゃないと。こんな傲慢な輩がトップにいて、学校が良くなるはずもない。

岸田首相は何かと「骨太の政策」がお好きなようだけど、無自覚のまま傲慢の沼に嵌っていては、それは「白骨の政策」に終わるだろう。

（二〇二三・六・一二）

おそるべき君等の誤解

梅雨なのに関東は晴天続き、連日猛暑に見舞われている。あまりの暑さに体は萎えるけれど、やっぱり夏、気分は開放的になる。

この時期になると心に浮かぶ句がある。「おそるべき／君等の乳房／夏来る」。新興俳句の旗手の一人、西東三鬼の句だ。スケベな僕は、若い頃この句を一瞬で覚えた。今ならセクハラだと世の非難を浴びるんだろうけど、三鬼がこの句を発表したのは戦後間もない頃。終戦で「女」という檻から解き放たれ、それまで考えられなかったような薄着で街を闊歩する女性たちの躍動を感じさせる。別に僕は街行く女性の胸ばかり見ているわけじゃないけど、夏の開放感はなんとも心地いい。灼熱の太陽、青い空。この自然の前には見栄など全く無用だ。僕の母親は僕が子どもの頃、平気で乳房をむき出しにして機を織っていた。

僕が夏に対して人一倍開放感を覚えるのは、教員を職業にしていたからだ。教員には、ひと月以上に及ぶ夏休みがあり、学校に縛られる事はなかった。その感覚がすっかり身に染みついた。夏休み前の最後の授業が終わると、僕は廊下で一人、バンザイをしたものだ。

教員になった翌年、大手出版社に就職した大学時代の友人と飲んだ事があった。給料の話になって、彼の貰っている額の多さに驚いた。ボーナスに至っては桁が一つ違った。それでも僕は、彼を羨ましいとは全く思わなかった。年中働き詰めの彼に比べ、僕には長い夏休みがあった。登山にキャンプに冒険旅行。リュックを背負って一か月以上、ヨーロッパを放浪した事もあった。それらの経験は僕の知の世界を広げ、生徒に伝える財産になった。

教員の仕事は普段は超多忙だ。残業代も出ない。それでも夏休みを思えば頑張る事が出来た。世間も教員の夏休みを当然だと考えていた。教員が夏休みに様々な経験を積めば、それは子どもたちの成長につながると考えていたからだ。ところが状況は徐々に変わり、今や学校は会社になってしまった。教員の夏休みは会社員と同じ五日。どうでもいいような研修や、パソコンでの事務仕事でひと夏を過ごす。学校が世界のすべてだ。役人たちは、授業数を確保しないと生徒の学力が下がると考えている。明らかな誤解だ。ＯＥＣＤの学力到達度テストで日本を上回るエストニアでは、夏休みは三か月だ。目先の事にとらわれていては、この国は凋落の一途だ。「おそるべき／君等の誤解／国滅ぶ」。そんな事にならないよう、教員を青空の下に解放すべきじゃないか。

（二〇二三・七・一九）

妄想夫婦

先日、ゴルフの全米女子オープンで、アメリカの選手が優勝した。賞金は二百万ドル、三億に近い額だ。「すごいな、二十五歳で」。僕が呟くと、妻は「私だって宝くじが当たれば」と、独り言ちた。また出た、妻の宝くじ妄想。

妻は金に対して特に執着するタイプじゃないけれど、心の隅に一攫千金の虫が棲んでいるらしく、結婚以来「宝くじが当たれば」という言葉を五百回は口にしている。当たったら三割は自分へのご褒美、四割は子や孫たちに、残りは寄付するのだそうだ。僕の分がないのは合点がいかないけど、所詮は戯言に過ぎない。なにしろ、妻は実際に宝くじを買った事が一度もないのだ。要はただの妄想なのだ。

長男が生まれた頃、つまり妻の「当たれば」発言が百回目の頃、妻の妄想に煽られて僕も初めて宝くじを買った。当時は校長と喧嘩ばかりしていたので、宝くじで当てた札束で、校長の頭を引っ叩いて辞めてやろうと思ったのだ。ウンがつくように、クジはトイレの壁に画鋲で留めておいた。それが神様の機嫌を損ねたのか、願いはあえなく破れた。それでも校長の頭を引っ叩きたくて、僕は宝くじを買い続けた。結果はいつも掠りもしなかった。ある時、数学の教員に「宝くじに当たる確率は、校庭一杯に敷き詰めたマッチ棒の中の一本を当てるようなものだ」と言われ、愕然として買うのをやめた。まあそれでも当たる人はいるし、人知を超えた公平な幸運は、巡り巡って「いつか自分にも」と思わせる。

「宝くじの文化史」（原書房）によると、宝くじの歴史は人類の歴史とともにあったそうだ。旧約聖書では、モーセがヨルダン川西部の土地をくじ引きによって分配し、かのローマを支えたのは、大部分がくじによる収益だったと。英国では成人の三人に二人が定期的に宝くじを購入するという。誰もが「莫大な富」を手にする可能性のある宝くじは、時代を問わず、人々を妄想の世界にいざなって来た。

欧米では、宝くじの当選金に上限はないらしいけれど、日本のジャンボ系宝くじでは、チケット代の二百五十万倍を超えてはいけないそうだ。それでも三百円の元手で、七億五千万円が手に入る。それだけあれば、金に群がる政治屋の頭を引っ叩く事もできる。久しぶりに宝くじ、買ってみるか。そう言えば、先日駐車場に青大将がいて、捕まえたけど殺さずに逃がしてやった。「蛇の恩返し」はあり得る。当たったら半分は自分で使い、三割は子や孫たちに、残りは寄付する。もちろん妻の分はない。

（二〇二三・八・二）

席を譲るべきは

ここひと月の間に、二度同じ事があった。電車で窓際に立って外を眺めていたら、背後から肩を叩かれたのだ。最初は三十代前半と見える男、二度目は四十代半ばと思しき女。どちらもいかにも切れ者という感じだった。二人とも、自分が座っていた席を手で示して同じ事を言った。「どうぞ、お座り下さい」。

詩人吉野弘の作品に「夕焼け」というのがある。「いつものことだが／電車は満員だった。／そして／いつものことだが／若者と娘が腰をおろし／としよりが立っていた。／うつむいていた娘が立って／としよりに席をゆずった。／そそくさとしよりが坐った。／礼も言わずにとしよりは次の駅でおりた。」この後、座った娘の前にまた別の年寄りが立ち、娘はまた席を譲る。その年寄りが次の駅でおりて、娘が座るとまた別の年寄りが…。さすがに三度目は、「可哀想に／娘はうつむいて／そして今度は席を立たなかった。／（中略）やさしい心に／責められながら／娘はどこまでゆけるだろう／下唇を噛んで／つらい気持ちで／美しい夕焼けも見ないで。」となる。葛藤する娘の心がなんともいじらしく、切なく、胸を打つ。僕も若い頃は年寄りに席を譲ったけど、それはやはり勇気のいる事だった。そして今、自分が席を譲られる身となった。

どうせなら、詩のような可憐な娘に譲ってもらいたかったけれど、僕に声をかけた二人は、何のためらいもなく、自信たっぷりに「正道」をやって来た。僕にはそれがどうにも強い者の驕りに感じられて、即座に断った。

二度も続けて席を譲られた事で、僕は自分の後ろ姿に問題があるんじゃないかと思った。「女は男の哀愁を帯びた後ろ姿に惚れる」が持論の僕には、由々しき事だ。合わせ鏡で後ろ姿を見てみると、そこに映っていたのは残念ながら、哀愁とはほど遠い、ただ長い歳月がへばりついただけの年寄りの後ろ姿だった。

敬老の日。敬える老いもあれば、許せない老いもある。麻生副総理が、「(中国と)戦う覚悟が必要だ」と戦争を煽った。「戦争とは爺さんが始めて、おっさんが命令し、若者が死んでいくもの」。大橋巨泉の言葉通りだ。この老害爺さんを担ぐ政府は、いずれ戦争を招き、国を滅ぼす。今すぐに席を譲るべきだ。

まあ若さと老い、利点と欠点の総和は同じ。兼好法師も、「若者が容貌で年寄りに勝るのは、年寄りが知恵で若者に勝るのと同じだ」と仰っている。今度電車で、傍若無人な若者が立っていたら、肩を叩いて席を譲ってやる。

(二〇二三・九・二〇)

女の戦い

ついこの間までの猛暑が嘘のように、爽やかな秋風が吹き始めた。そんな中、珍しく英文のメールが届いた。送り主は、僕が講師を勤める学校で一緒に働いていたスリランカ人の女性教師。出産のために職を辞していた。生後四か月の赤ん坊の写真は可愛かったけれど、メールには冷たい隙間風が吹いていた。

スリランカは現在、深刻な経済危機にあり、国内情勢も不安定だ。彼女はそんな祖国での出産より、同国人である夫の勤務地、東京での出産を選んだ。そして初産の助っ人としてかの国からやって来たのは、夫の母親だった。

メールには、その義母に対する愚痴が並んでいた。何かにつけて口出しをする、義母との暮らしは忍耐の日々、帰国してホッとした…。僕も仕事柄、多様な英語を読んで来たけれど、嫁が姑に対して不満をぶちまける生の英語に接するのは初めてで、悪いけど笑ってしまった。嫁と姑の問題に国境はないようだ。

戦後、国民の暮らしが落ち着くと、家庭が映画の舞台になった。小津安二郎監督の「東京物語」はまさしく家族の物語で、山田洋次監督は「寅さんシリーズ」から最新作の「こんにちは、母さん」（力士の明生がチョイ役で出ていて苦笑）まで、一貫して家庭を基盤にしてきた。かつて、ある脚本家が「台所の出来事を丹念に描けば、世界を語れる」と言ったけれど、まさしく家庭は人間ドラマの出発点だ。

映画に代わって、テレビが国民の娯楽になると、ホームドラマは全国の家庭の居間を席巻した。どこの家庭にも似たような事はあり、我が身に重ねる事ができるからだ。

ホームドラマと言えば、やはり橋田壽賀子。「一流にはなれなくても、二流で結構」と語った彼女は、人間の本質を平凡な日常の中に見出した。「となりの芝生」では、嫁と姑のそれぞれの言い分がドラマの軸になった。穏やかに暮らしていた夫婦が、家を購入したのを機に夫の母親と同居する事になり、嫁と姑の衝突が始まる。このドラマは視聴者を「嫁派」と「姑派」に二分したと言われる。

実はここのところ、夫婦で昔の橋田作品にハマっている。もちろん嫁姑モノだ。京塚昌子が、姑の優しさに潜む棘を見事に演じて、観ていて飽きない。人類が続く限り、嫁と姑の確執は続くんだろう。我が家にも嫁はいる。今のところ「スープの冷めない距離」に住んでいる事もあって、そう問題はない。けれど、そのうち開戦の日を迎えるのかも知れない。そう言えば、最近妻の体型が京塚昌子に似てきた。

（二〇二三・一〇・一五）

闇を照らす光

　僕たちが毎日のうのうと暮らしているこの世界には、闇の世界がある。そこがどんな所で、何が起きているのか、僕たちはほとんど知らずにいる。だけど、思わぬところから光が発せられて、その闇を照らし出す事がある。

　国はようやく、かの似非宗教団体に対して解散命令を請求した。この団体の極悪ぶりは、ずっと以前から問題になっていたにも関わらず、闇の中に放置されたままだった。それを日向に引きずり出したのは、山上被告の事件だった。凶行は許されないにしても、もしあの事件がなかったら、今も闇の中でこの団体と政治屋たちの黒い関係が続いていたはずだ。また、ジャニーズの問題にしても、被害はずっと以前から漏れ知られていたのに、これまた闇の中に放置されたままだった。それを日本中に知らしめたのはイギリスＢＢＣの記者だった。もし彼の取材が放映されていなかったら、「鬼畜の所業」は闇の中に葬られていただろう。いずれもおぞましい話だ。そして今、僕たちは「テロリスト」の暴挙で、遥か中東のガザ地区の闇に向き合う事になった。

　そもそも今のイスラエルとパレスチナの対立は、かつての大国イギリスが、両者に同じ場所での建国を約束した事が原因だ。第二次大戦後、結局イスラエルがそこに建国を果たし、それ以降圧倒的な軍事力で全域を占領してパレスチナ人を抑圧し続けてきた。ユダヤ人の苦難の歴史は理解できるけれど、種子島より狭い地域に二百二十万の人間を閉じ込め、自由を剥奪する権利はない。ガザに生まれた者に希望はなく、ただその日暮らしを送るだけ、まさに牢獄だ。イスラエルの元首相バラクは「もし自分がガザの人間なら、私もテロリストになる」と言ったそうだ。とんでもない言い草だけど、ガザの現実を表すのにこれ以上の言葉はない。今のイスラエルの攻撃は紛れもなくジェノサイドだ。かつて自分たちの身に起きた事と同じ事をやっているのだ。

パレスチナ映画に「ガザの美容室」というのがある。ヒジャブを脱いだ女たちが、自分の番を待ちながら、雑談に興ずる。どこにもあるのどかな光景だけど、外では銃声が響く。ガザ地区は常に戦火の中にあるのだ。「ハマスがもたらすのは貧困と破壊だけよ」…。争い続ける男たちに翻弄されながら、救いのない世界を生きる女たちのひたすらさが哀しい。

戦争に正しさなどない。あるのは理不尽な死だけだ。それは決して遠い所の出来事じゃなく、身近に迫っている事を僕たちは知るべきだ。

（二〇二三・一一・八）

知るべき事を知る心

ＮＨＫ紅白の出場歌手が発表されると、いよいよ年の瀬だ。放送は観なくても、出場歌手の一覧には目を通す。その中の何人を知っているかは、僕にとって時代のバロメーターだ。今年は四十四組のうち、十五組だった。三分の二は知らないわけで、どんどん時代に取り残されていく。名前のローマ字表記の多さにはすっかり慣れたけど、今年は紅組に、「新しい学校のリーダーズ」というのがあった。「四人組のダンスボーカルユニット」だそうだ。

最近は「緑黄色社会」など、意味不明のグループ名が多い。まあそれがトレンドなんだろう。昔、テレビを観ていた母親が怪訝な顔で、「なんでこんなに可愛い子たちなのにブスなのか？」と言った事がある。当時人気だったフォーリーブスの事だ。歌手といえば美空ひばりか三波春夫で、英語を知らない母にとってはその名は意味不明だったに違いない。今や僕も母と同じ領域に入っているようだ。

世代が違えば当然知っている芸能人も違うし、関心や愛着も違う。母は美空ひばりが死んだ時涙ぐみ、僕は谷村新司の訃報を聞いて愕然とした。世代の違いは芸能人に限らない。四十代の友人は、指で弾くパチンコ台を知らず、かつての深夜の人気番組「11ＰＭ」を、コンビニだと思っていた。僕と同い年の同僚は、英語の教員がパール・バックも知らないと嘆いたけど、今の英語教育は英会話が目的なので、昔の作家などどうでもいいのだ。僕も島尾敏雄を知らない国語教師に唖然とした事があるけど、昨今の国語教育では文学よりも駐車場の契約書を読める事の方が重要なのだ。ＩＴの世界では、教養を積む事は何の足しにもならない。まさしく知のパラダイムシフト、価値観の劇的変化だ。まあ知らなくてもいい事にエネルギーを割く必要はないけど、世代を超えて引き継がれる「知るべき事」もある。

僕が教えているクラスに、ドイツからの留学生がいる。彼女は、挙手する時には人差し指を立てる。五本の指を揃えるのは、ナチス式敬礼を想起させるからだ。これは会議やレストランの注文でも同じだそうだ。ドイツは、自らが犯したあのホロコーストの原因と責任に正面から向き合い、二度と繰り返さない決意を承継し続けているのだ。片やこの国では、政治屋たちが戦争について「知るべき事」を「なかった事」にし、戦争責任の話になると青筋を立てて「土下座外交」だと吠える始末。こんな歪んだ心で国の明るい未来が開けるはずがない。必要なのは「新しい国のリーダーズ」だ。

（二〇一三・一二・六）

許されざる者

先日、友人Sからただならぬメールが届いた。「僕、この前警察に逮捕されました」…。

五十代半ば、美術家でジャズギタリスト。山にも登る行動派。パソコンやスマホを自在に操り、語学にも堪能、一年おきにパリで個展を開き、地元のミュージシャンたちとセッションを楽しむ。僕の周りにこれほど多才でマルチな人間は他にいない。そんな男がなぜ？

彼曰く、「知人の個展を観た帰り、音楽を聴きながら駅の雑踏を歩いていたら、若い警官二人に止められ、職務質問に。目を逸らしたのが不自然だ、鞄の中を見せてくれと。その態度が横柄なので、これは人権侵害じゃないか、そっちの写真も撮らせてくれ」…。警察権力と徹底的に戦った作家、千代丸健二は「職質は任意、応じるも応じないも自由、令状なしの所持品検査は違法！」と大いに喧伝したけれど、一般市民で警官に盾突く根性のある者はそうはいない。権力のぬるま湯に浸かっていた警官二人には、Sは反抗的な不届き者に映ったんだろう。それでも一応言われた通りに鞄を差し出した。ところが二人がSの鞄を開けた途端、状況は一変した。鞄の中に、たまたまSが購入した登山ナイフが入っていたからだ。警官にとっては、これぞ求めていた獲物、言い訳無用だ。Sは衆目を浴びながらパトカーに乗せられ、警察署に連行された。そこで警官六人に三時間半「監禁」されて取り調べ。指紋採取に写真撮影と、すっかり犯罪者。結局無害な市民だと判明して釈放され、ナイフは後日返却されたそうだ。

世に犯罪がある限り、警察は必要だろう。ただし、警察権力を執行する時には、常に冤罪の可能性を考えるべきだ。実際、警察の誤認逮捕で長期間拘束された人は少なくない。有無を言わさぬ公権力の怖さは、戦時の特高や、「行政拘禁」で手当たり次第にパレスチナ人を拉致監禁しているイスラエル軍を見ればわかる。Ｓも「警官の圧力はすごい、こうして冤罪が捏造されるんだなと思った」と。

冤罪は絶対あってはならない事だけど、悪を見逃す事も決して許されない。政界は今、裏金疑惑のオンパレードだ。末端の警官が「不自然な目の逸らし方」で善良な市民を三時間半も拘束するのだから、よもや警察権力の最高峰にある検察が、「不自然な答弁」で悪事をごまかそうとする政治屋どもをみすみす見逃す事はあるまい。さあ年末、大掃除だ。家庭のゴミはゴミ箱へ、政界のゴミはブタ箱へ。きれいに片づけて、清々しい新年を迎えよう。

（二〇二三・一二・二〇）

悪夢の如き

二〇二四年は、元日から大地震に見舞われ、悪夢のような幕開けとなった。今年は人生六度目の年男で、心機一転のつもりが、その気も失せてしまった。そもそもこの年になると、希望に輝く新年を迎える事はない。体力知力ともに下降の一途、洗顔の度に鏡の自分を見るのも嫌になる。今や時の流れは疫病神でしかない。まあだけど、世の中はよくしたもので、衰える者がいれば、活力の漲る者が現れる。

今年も正月は、家族全員が集まった。三人の幼い孫たちは、内なる生命力に突き動かされているように、片時もじっとしていない。それでも最近は物事を理解するようになり、僕の若かりし頃、つまり髪はフサフサでスリムな、今とは全く別人の僕の写真を見せると、口をそろえて「ジィジ」と言う。汚れを知らない純真な目は、本質を見抜くのだ。この孫たちと、世界のすべての子どもたちが平和のうちに健やかに過ごせる事を願うけれど、それを許さない、悪夢のような現実がある。

ウクライナとパレスチナでは、戦争が止む気配は全くなく、今も多くの人が殺され、街が次々瓦礫と化している。パレスチナ戦争で西側諸国の足並みが乱れた事で、プーチンはほくそ笑む。だけど万が一、彼の思わく通りに事が運んだとしても、彼が枕を高くして眠れる日は生涯ないだろう。侵略された者たちの憎しみに終わりはないからだ。またイスラエルのネタニヤフ首相は、「ハマスを殲滅するまで戦い続ける」と息巻いているけれど、それは笊で水を汲むのと同じ、永遠に終わらない。ハマスはもはや組織ではなく、思想だからだ。イスラエル軍の攻撃から逃げ惑う子どもたちの目は、その不条理の源を見抜いている。国として認められ、当たり前の暮らしが出来るまで、彼らは銃を取り続けるだろう。

一方、日本では裏金疑惑で多くの政治屋たちに司直の手が伸びている。いまや自民党は、入れ食い状態の釣り堀だ。水の中では、違法政治屋たちが、針から逃れようと泳ぎ回っている。こんな劣悪な輩が為政者とは、これまた悪夢。一刻も早く特捜に釣り上げて貰って、入れるべき檻へ入れないと。もしこれで小物だけを釣って終わりなら、国民は黙っていない。

世界を悪夢から解放するのは、平和に守られて育った僕たち世代の仕事だ。そのためにもまず体力。今年は毎日腹筋を五十回やる事にしよう。ま、五十回はちょっと多いから三十回、いや、とりあえず十回から始めるか。

（二〇二四・一・一〇）

幸運の母

元日に発生した能登半島地震は、久しぶりの帰省で集まった家族の団らんを、ズタズタに引き裂いた。一年で最もめでたいハレの日は、一転して最も無残な日になってしまった。

「生と死との境界線って何なんですかね」…。今回の震災で、家族を亡くした男性が涙ながらに語ったこの言葉には、胸を締め付けられる思いだった。死んでしまった家族と、生き残った自分を切り分けた線は何なのか。それはたまたまその日、男性だけが仕事で不在だった結果だけれど、その「たまたま」が取り返しのつかない境界線を引いてしまった。

僕たちは日々、吉凶の狭間を生きている。そして時折、吉凶の針がどちらかにぶれる事がある。それは「たまたま」である事が多い。それを僕たちは「運」と呼ぶ。人の力ではどうにもならないめぐり合わせの事だ。だけど、家族全員を同時に失った事実には、「運」という言葉ではとても支えきれない重さがある。

確かに運のようなものはある。例えば駅を出て、右の階段を下りるか左にするかで運命が変わる事だってある。右を選んだが為に通り魔に刺されたら、それも運だ。また、乗り遅れた飛行機が墜落して、死なずにすんだらこれもまた運。この類のことは自分ではどうにもならない。神のみぞ知る世界だ。だけど自分の努力次第で変える事のできる運もある。

親で人生が左右される事を「親ガチャ」という。自分では選ぶ事の出来ないカプセル玩具のガチャから来ている。だけど、世の中はガチャで溢れている。「担任ガチャ」から「首相ガチャ」、「国ガチャ」だってある。だからといってそれに甘んじる必要はさらさらない。かの大谷翔平選手が目標達成シートというのを作った事はよく知られている。彼はそこに「運」の項目を設定して、「あいさつ」「ゴミ拾い」「プラス思考」などの実践目標を掲げた。ゴミを拾えば運が上向く科学的根拠はもちろんないけれど、今の大谷選手の活躍を見れば、それもあるのかと思えてしまう。運さえコントロールしようとする若者の意志力は人類の模範だ。一方で、「プラス思考」は凡人にとっても運を動かす最強の原動力だ。

兵士が納屋の壁に向かって何発も発砲した後で、最も弾痕が集中した箇所に的を描き、自分は射撃の名手だと主張するジョークがあるけれど、後付けであっても、強引であっても、自分を前進させるプラス思考こそが幸運を生む母だ。前述の男性が、プラス思考で悲しみを乗り越え、力強く運命を切り拓く事を願う。

（二〇二四・一・二四）

道しるべ

月に一度、日本文藝家協会から会報が送られて来る。運営報告が主で、興味のない僕はいつも斜め読み。ちなみに同協会の理事長は林真理子氏だ。人気作家でありながら、日大の理事長も兼ねる。アメフト部問題で、「オヤジばかりのオレ様主義の母校を、オバサンの力で変えてみたい」と、理事長を引き受けたそうだ。だけど、巨大組織のオヤジたちを御するのはそうたやすくはないようだ。そもそも作家という人種は、組織とは肌が合わないはず、当然だろう。まあそういう事はさておき、この会報の末尾には毎回訃報が載る。

一月号の訃報欄には、ともに昨年十一月末に鬼籍に入ったお二人の名前が並んでいた。

伊集院静氏。僕には、作家としてよりも、夭折したあの美女、夏目雅子の元夫だった事と、近藤真彦が歌って大ヒットした「ギンギラギンにさりげなく」の作詞家、伊達歩としての方が馴染みがある。七十三歳。早すぎる。

山田太一氏は、僕がずっと尊敬し、私淑した希代の脚本家だ。八十九歳でついに逝ってしまわれた。残念でならない。学生の頃、氏の「それぞれの秋」を観て、僕のテレビドラマ観は一変した。平凡な若者が主人公、ドラマでは禁じ手とされた、主人公のナレーションを導入した。それはまさしく映像と融合した文学だった。倉本聰氏は、この作品に影響を受けて「前略おふくろ様」を書いたそうだ。

山田氏は、若者から老人まで多くの人物を描き、人が生きる意味を問い続けた。すべての作品の根底には、人に対する温かいまなざしがあった。同時に、言葉を徹底的に突き詰める作家で、出演者にはセリフの語尾の一つまで、一字一句も変えない演技を求めた。

若い頃、ある芝居が縁で僕は山田氏と一度だけ酒席を共にした事がある。大家でありながら驕るところの全くない、優しい方だった。当時、「金八先生」が人気を博していて、教員だった僕が「実際の学校はああはいきません」と言うと、学校の事について色々質問され、僕の言葉にじっくり耳を傾けてくれた。数年後、氏は「教員室」というドラマを書いた。「金八先生」とは対照的に、教員だけが登場する、教育の本質を突いたドラマだった。僕の話を参考にしてくれたのかも知れない。また拙作を謹呈した際には、丁寧な御礼に感想が添えられた葉書を頂いた。穏やかで力強い肉筆の葉書は、額に入って僕の机上にある。

大脚本家山田太一氏は、凡庸な人生を送る僕たちに、多くの道しるべを残してくれた。

（二〇二四・二・七）

罪と罰

人は罪を犯せば罰を受ける。原則、罪と罰は同じ重さだ。だけど罰の形は一様じゃない。

先月、指名手配されながら半世紀近くも逃亡を続けた、容疑者と見られる男が、ついに逮捕されないまま死亡した。長髪に黒ぶち眼鏡、ニコリと笑っている手配写真は、全国の駅や交番で何十年も掲示され、顔自体はすっかりお馴染みになったけれど、本人に対する世の関心はとっくに失せていた。桐島聡容疑者。そもそもこの男は何者で、何をしたのか。

戦後、学生たちは社会変革に目覚め、六〇年の安保闘争を皮切りに、学生運動は激しさを増した。変革から革命へと志向を強めた者たちは、革命のためには手段を選ばない過激な行動をとるようになった。六〇年代後半には、世界的な反戦運動も起き、七〇年安保で学生たちの闘争はピークに達した。だけどその運動も徐々に市民の支持を失い、過激派もあさま山荘事件でほぼ姿を消した。それでも革命の幻想を追い続ける者たちがいて、連続企業爆破事件を起こした。桐島容疑者は、それらの事件に関わったとされる。僕より一歳下、事件当時はせいぜい二十歳ちょっとだった。

青春は、何かに情熱を傾ける時期だ。彼にはそれが「革命」だった。若い情熱の多くは時と共に冷めるけれど、彼は事件後市中に紛れ込み、ほぼ五十年の間「存在しない人間」として逃亡を続けた。そして最期は本名で終わりたいと自ら名乗り出て、果てた。重大事件ではあったけど、死者は出していない。自首して反省していれば、相応の罰ですんだかも知れない。二十歳そこそこで生涯を革命に捧げる決意をしたとは思えない。逃亡は思想貫徹のためではなく、自らが犯した若気の過ちへの対応に迷い続けたのだろう。結局たった一人、壁のない牢獄で終身刑の罰を遂げた。

首を傾げるような罪と罰もある。先日、どこかの中学校校長が、コンビニのセルフコーヒーで、量をごまかした事が問題になった。詐取した額四百円。さすがに不起訴だったものの、懲戒免職になった。長年勤め、一年後に受け取るはずだった退職金数千万円はパア、老後の暮らしは壁のない監獄になる。果たしてこの罪と罰、校長という社会的地位だけで当然なのか。一方で、巨額の裏金を懐に入れる悪事を何年も働きながら、何の罰も受けない政治屋たち。社会的地位だけでそれが当然なのか。この罪に相応の罰を与えられない社会なら、革命が必要だ。ドストエフスキーは、今ならどういう「罪と罰」を書くだろうか。

（二〇二四・二・一二）

はびこる悪に背く善

僕は、自分が度量の狭い、小人物だという事を自覚している。一方で自分は結構善人だとも思っている。何をもって善人とするかは難しいけれど、行動がそれを示す時もある。

僕が毎日利用しているＪＲの駅は、単線の無人駅だ。駅員がいない事もあって、線路にゴミが散乱している事が多く、特にここのところひどかった。先日、隣の駅で若い駅員が改札前を掃除していたので、「ここの掃除もいいけど、隣の駅もやった方がいい。線路、凄い事になっているよ」と言ってやった。すると駅員が「そうですか」と素っ気ない返事をしたので、「今日は○日だな、さて隣の駅の線路がきれいになるのはいつの事かな、楽しみだな」と嫌味の五寸釘を刺してその場を去った。果たして三日後、線路のゴミはすべて撤去されていた。五寸釘が効いたようだ。

後日、僕はこの事を生徒たちに自慢げに話した。もちろん自分の善人ぶりをアピールするためだ。ところが返って来た言葉は「先生、それは善人じゃなくただのお節介ジジィでしょ、老害の一種ですよ」だった。そうじゃないだろう。線路がきれいになったのは、僕の言葉のおかげなのだ。将来を担う若者たちが、善人と悪人の区別がつかないのは困った事だ。

「それなら」と僕は切り返した。「国民を騙して裏金をため込み、知らぬ存ぜぬで部下に罪を着せる政治家や、自分も一味なのに、善人面をして悪質宗教団体を指導する文科大臣はどうなんだ?」。論理のすり替えだけど、抑えていた怒りの蓋がぶっ飛んだ。「この国を仕切っている今の政府のど真ん中に、こんな悪がはびこっている事は知っといた方がいいぞ」。僕は生徒たちに警告の五寸釘を打ち込んだ。

アメリカの思想家H・Dソローは、十三州で独立したばかりの若い国で理想主義を掲げ、奴隷制度や侵略戦争を痛烈に批判した。腐敗した悪しき政府に「市民的不服従」を貫き、納税を拒否して投獄された。「政府というのは、人間の良識や知性や徳性に、面と向かって対処する意志を全然持っていない」。百七十五年前のソローの言葉、どこかの政府の事を言っていないか。中枢部には徳性のない悪人たちが巣食い、周辺には女性ダンサーを侍らせて会合を催す、良識も知性もない若手政治屋たちが群がる。そんな政府に、僕たちは服従する必要があるのか。良識も知性も徳性もあり、何より善人である国民は、全員で納税を拒否すべきだろう。となると、悪しき政府は数千万の善人を収監する刑務所が必要になるが。

（二〇二四・三・二〇）

※盛山文科相、旧統一教会から選挙支援を受けた事を「よく覚えていない」と発言

二人芝居 コメディ「WAIT」

トキノフキダマリ
フタスジノカワ

二〇一四年十一月　荻窪小劇場にて上演

トキノフキダマリ

登場人物　篠原　誠
山川　内蔵助

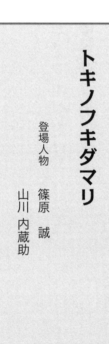

暗闇の中にカーペンターズの「イエスタデイワンスモア」が流れる。やがて照明が付くと、場末の古いバーのカウンター。ボトルが数本並んでいる。昭和の風情を残すポスターが壁に数枚。一人の男がグラスを傾けている。篠原誠だ。スーツにネクタイ姿。首に携帯のストラップをぶら下げている。カウンターの中にはマスター。（実際にはいないが、俳優はマスターとのやりとりを意識しながら台詞を喋る）。音楽フェイドアウト。

誠　（カウンターの中のマスターに軽く手を振って）いや、そんなもんじゃないです。そう、ですね、私が初めてこの店に来たの二十五の時ですからもう、二十三年、ですかね。マスターが私の顔を覚えていないの、当然ですよ。もうとっくに潰れて、いや、すみません、もうなくなっているかなって思って試しにネットで調べたらまだこの店の名前あったから。すごいなって。

（マスター「ネットって？」）

誠　え？　ああ、これです。（胸ポケットから携帯を出す）店の名前で検索かけたら一発で出て来ましたよ。でも探すの苦労しました。外の景色すっかり変わってるし。前来た時はまだ駅からここまでずっと商店街でしたよね。小さな店が並んでいて、八百屋とか肉屋とか、レコード店とか。それがみんななくなって今じゃビルばっかりじゃないですか。（店の中をひと通り見回しながら）しかしこの店はちっとも変わらない。昭和の時代そのまんまだ。マスター、この店、もう何年になるんでしたっけ？（携帯をポケットにしまう）

（マスター「戦後の焼け跡に店開いたから、かれこれ七十年だ」）

誠　（驚いて）ええ？　七十年？　そりゃすごい。今の時代、十年もつ店だってそうありませんよ。バーが七十年も続くというのはもはや歴史的記録だ。この店、文化財に指定されてもおかしくないでしょう。（あらためて店内を見回して）いやあ、本当にこの店は変わらない。（嬉しそうに）変わらないってのはいいなあ。（マスターをふと見て）ところでマスター、もうおいくつになりました？

（マスター「この冬で百三だ」）

誠　（驚いて）え？　ひゃ、百三歳？　嘘でしょう。冗談やめて下さいよ。だってマスター、昔と全く変わらないもん。

（マスター「人間は八十超えると見栄えは変わらんもんだ」）

誠　八十超えたら見栄えは変わらないって、そんなことないですよ。うちの親父なんか八十六で死にましたけど、八十過ぎてからもう、どんどん顔、宇宙人みたいになっちゃって、しまいには野グソする時の新聞紙みたいにクシャクシャでしたよ。

いかにも白けたような間。やがて誠、グラスをひと口啜ってさらに首を大きく回して店内を見回す。

誠　いやあ、ホント、マスターもこの店も全く変わらない。まるで時間が止まっているみたいだ。（感慨深げに）あの頃は良かったなあ。（懐かしそうに）実は私、二十三年前に初めてこの店に来た時、妻にプロポーズしたんです。（隅の席を指しながら）ほら、あそこの席で、二十五歳の時。

（マスター「幸せなんだな」）

誠　そうです。幸せでした。（沈んだ顔で）でも過去形です。昔の話です。遠い遠い昔の話です。

（マスター「どういう意味だ？」）

誠　だから、もう昔の話なんです。（憮然としながらポケットから紙を取り出して広げる）

誠　離婚届けです。

誠　（マスター「穏やかじゃねえな」）
（テーブルの上の離婚届けを叩きながら）穏やかじゃないどころか、（怒りを込めて）堪忍袋の緒、ぶち切れました。

ドアチャイムが鳴る。誠、そちらを振り向いた後であわてて離婚届をポケットにしまう。グラスを飲み干して

誠　マスター、おかわり下さい。（グラスを差し出す）

下手からグラスとつまみの小皿を手に男登場。山川内蔵助だ。派手なシャツ、ラフな格好。

内蔵助　（マスターに）すみません。こっちに移ってもいいですか？

そう言いながら内蔵助、腰を下ろす。

内蔵助　いえね、あそこ、ほら、（隅の方を顎で指しながら）うるさいんですよ、若い連中が。（誠に）ここ、いいですか？

誠　いいですかって、もう座っているじゃないですか。

内蔵助　あ、確かに。マスター、すみません。これ、おかわり。（マスターの方にグラスを差し出す）

ドアチャイムが鳴る。二人同時にドアの方に顔を向け、互いに顔を見合せて元の姿勢に戻る。

間

再びドアチャイム。二人、また傍線部と同じ動作。

間

誠　この店は初めてですか？

内蔵助　いいえ、二度目です。十四年前、初めて来ました。

誠　私も二度目ですよ。

内蔵助　そうですか。しかし店もマスターも全然変わらないんで、驚いているんです。

誠　いやあ、私も全く同感ですよ。私なんか二十三年ぶりに来たんです。それでもマスター、ちっとも変っていない。知ってますか？　この店、オープンしてから七十年も経ってるって。

内蔵助　そんなに？

誠　ええ、戦後の焼け跡で開店したって。

内蔵助　ん？　じゃ、まだ三十年ほどじゃないですか。

誠　え？（ちょっと考えて）いや、だって、

ドアチャイムが鳴る。二人、同時に傍線部の動作

内蔵助　そうか。週末だから今日は混むんだ。

誠　どなたか、待ってるんですね？

内蔵助　いえ、別に。（間）どうしてそんな事を言うんですか？

誠　だって、チャイムが鳴るたびに入口の方見るから。

内蔵助　いや、それはあなただって同じでしょ。あなたこそ誰か待ってるんですか？

誠　（グラスをひと啜りして）いえ別に。

音楽がかかる。「昭和枯れすすき」。

内蔵助　（しみじみと）これ、いい曲ですよね。

誠　（ちょっと耳を傾けて）淋しい曲ですね。なんか、子どもの頃聴いたことある気がする。

内蔵助　（笑いながら）あなた音楽に全然関心がないようですね。これ、今すごくヒットしている曲じゃ

ないですか。昭和枯れすすき。心にジーンとくる。さくらと一郎。
誠　さくらと一郎？　誰ですか、それ？
　　やがて音楽フェイドアウト。
誠　やはり今はＡＫＢとかキャリパでしょう。
内蔵助　キャリ……パ？　何ですか、それ？
誠　きゃりーぱみゅぱみゅ。（目を細めて）人形みたいな、可愛い女の子。歌手ですよ。
内蔵助　え、それ、人の名前なんですか？　その、きゃりー、なんとかが。
誠　きゃりーぱみゅぱみゅ、です。
内蔵助　きゃりー、ぱむぱむ。
誠　ちがいます。ぱみゅばみゅ、です。
内蔵助　きゃりーぽむぽむ。
誠　（イライラして）もういいですよ。
　　内蔵助、口をモゴモゴさせる。グラスが割れる音。二人、そちらを見る。
誠　あーあ、あんなに酔っ払っちゃって。床、グッショリだ。どうしようもないな、あいつら。マスター、怒鳴りつけてやって下さいよ。
内蔵助　（そっちを見ながら）でもあれが若さという事でしょう。
誠　あなたは寛大なんですね。（そっちを見て）席追い出されといて。まあでも今の若者が荒れるのはわかる。契約社員でうまくこき使われて、運良く正社員になれたとしても多くがブラックじゃあね。
内蔵助　何ですか、ブラックって。

誠　あなた、人のことを音楽に疎いとか言っておいて、自分は社会のこと何も知らないじゃないですか。ブラックってのはブラック企業の事ですよ。朝早くから夜遅くまで働かされて、休日もなし、残業手当も出ないような会社ですよ。

内蔵助　それはひどい。

誠　ん、失礼しました。私、こういうものです。

誠、ポケットから名刺を取り出そうとするが、間違えて離婚届けを出し、あわててそれをしまって名刺を渡す。

内蔵助　（名刺を見て）しのはら、まこと、さん。へえ。課長さんだ。（読みにくそうに）コスモユニバース・スターメタルカンパニー。すごい名前ですね。舌を噛みそうだ。どんな会社なんですか？

誠　ネイルクリッパー作ってます。

内蔵助　？

誠　爪切りですよ。

内蔵助　（意外な顔）え？　爪切りですか？　この爪を切る？　ここ？

内蔵助、左の指を突き出して右手人差し指で指し示す。

誠　（イラっとして腹の真ん中を指し）ここに爪があったらおかしいでしょ。

内蔵助　（独り言で）なら爪切りだと言えばいいのに。（誠に）いや、聞いたことない横文字だったもんで。会社名がコスモユニバースというからボクはてっきり宇宙ロケットかなんか作ってるのかと思いましたよ。爪切りとコスモユニバースにはかなりへだたりが…。

誠　そ、そりゃグローバル社会ですから、それくらいの名前が必要なんですよ。

内蔵助　グローバル社会？なんですか、それ？　思い切り見栄を張るって社会のことなんですか？
誠　（憮然と）違いますよ、何言ってるんですか。（諭すように）世界規模で物事を見る、そういう社会のことじゃないですか。（呆れたように）あなた何も知らないんですね。
内蔵助　そりゃ失礼。（名刺をポケットにしまいながら）すみません。ボク、今名刺持ってなくって。山川内蔵助と言います。故郷の山や川に大石内蔵助。
誠　（驚いて）マジですか？　赤穂浪士の。私の親父と同じ名前ですよ。赤穂浪士マニアの爺さんがつけたって言ってました。
内蔵助　それはそれは。偶然ですね。
　　内蔵助、軽く頭を下げる。誠もつられて頭を下げる。
誠　と、何の話でしたっけ。
内蔵助　だから、ブラックがどうのと。
誠　そうそう、私の会社はブラックというほどではありませんがね。まあグレー、くらいですかね。でも最近そのグレーがどんどん濃くなっているんです。近いうちにブラック企業の仲間入りは間違いない。
内蔵助　しかし、今は社会全体がモーレツ社会ですから。社員もモーレツにならざるを得ないですね。
誠　（内蔵助をまじまじと見て）あまりそうは見えませんが。実際ボクもそうでした。
内蔵助　ガンバラナクッチャ、ガンバラナクッチャって。あのコマーシャルのまんまでした。
誠　ありましたね、そんなＣＭ。子どもの頃学校で掃除しながら歌いましたよ。

内蔵助　働いて、働いて、頑張って、頑張って。
誠　私だって同じです。働いて働いて働いて働いて。
内蔵助　一生懸命働けばきっと幸福になると信じてたんです。
誠　それは誰も同じでしょう。今日がどんなにきつくても明日はきっと今日よりいい日になる…。そう思いながら今日までやってきた。でもそれは幻想でしたね。
内蔵助　（急に明るい表情になる）ボクね、実はこの店で妻にプロポーズしたんです。
誠　（驚いて）本当ですか。いや、実は私も全く同じですよ。
内蔵助　今でもはっきり覚えています。十四年前初めて来た時。（隅の席を指しながら）ほら、あそこの席で…。二十五歳でした。
誠　いやあ、これまた全く私と同じだ。私もあの席で二十五の時。
内蔵助　仕事はつらかったけど、幸せでした。でも過去形です。昔の事です。
誠　（独り言で）どこまで同じなんだ。

ドアチャイムが鳴る。二人、傍線部の動作。

二人　（互いを指しながら同時に）ほら、やっぱり待ってるんだ。

間

内蔵助　（白状するように）そうです。実はボク、待ってるんです。

内蔵助、そう言いながらポケットから紙を取り出して誠の目の前に置く。誠、それを手に取る。

誠　何ですか。（ちょっと見て）これ、婚姻届けじゃないですか。
内蔵助　（晴れがましい表情で）そうです。

誠　じゃ、十四年前、あなたのプロポーズは失敗に終わったんだ。
内蔵助　そんな事はありません。彼女はにっこりと笑って受けてくれました。幸せな結婚生活でした。
誠　じゃ、どうしてこんなものを。
　誠、言いながら婚姻届けをテーブルの上に置く。
内蔵助　（うなだれて）別れてしまった。ボクがバカだったんです。
　ドアチャイム。二人、傍線部の動作
内蔵助　やっぱりあなたも待ってるんですね。誰かを。
誠　（踏ん切りをつけたように）ま、そうです。
　言いながら、誠、ポケットから離婚届けを取り出す。
内蔵助　（それを手に取って）これは離婚届けじゃないですか。
　内蔵助、それを自分の婚姻届けの横に並べて置く。

間

内蔵助　離婚、するんですか？
誠　結婚なんかした、私がバカだったんです。
内蔵助　ボクも同じこと考えたことありました。でもそれは違った。おせっかいなようですが、考え直した方が。
誠　もう無理です。イッツツーレイト。（話題を変えるように）しかし、同じ店の同じ場所で同じ二十五歳の時にプロポーズした男が二人、またこうして同じ店で並んで座ってるなんてすごい偶然じゃないですか。しかも一人は婚姻届け、もう一人は離婚届けを持ってって。

内蔵助　確かにそうですね。で、あなたが待っているのはたぶん、奥さん、なんですね。
誠　ええ。あなたも、ですね。
内蔵助　ええ。厳密には元、奥さん、です。
　　　　間
誠　どうせ別れるなら、結ばれたこの店でと思って。
内蔵助　ボクはもう一度この店でやり直したいと。
　　　　間
誠　しかし、一度別れた妻ともう一度結婚しようと思うのはどういうんですか？懲りたから別れたんじゃないですか？
内蔵助　健康は失ってから初めてそのありがたさに気づく、って言うじゃないですか。
誠　ええ、まあ。
内蔵助　幸せも同じです。
　　　　間
内蔵助　幸せでいる時は、それに全く気が付かない。失って初めて気が付くんです。
誠　そんなもんですかね。大体幸せって何なんですかね？
内蔵助　だから、結局失うまでは気が付かないものなんです。
誠　（ちょっと考えて）気が付いた時には失っているんじゃ、永遠に手に入らないじゃないですか。
　　　　間
内蔵助　結婚して息子が生まれて。郊外に小さな家も建てて。

誠　なんかあなた、他人のように思えない。私たち、良く似ていますよ。私も同じです。息子が生まれて、家も建てて。幸せのレールの上をひた走りしてました。

内蔵助　すべてうまくいっていた…と思っていた。

誠　いつの間にかレールにヒビが入っていた。

内蔵助　高度経済成長の波に乗り遅れてはいけないと。それはもう必死でした。寝る間もなく仕事に打ち込みましたよ。（か細い声でく口ずさむ）♪ガンバラナクッチャ、ガンバラナクッチャ。

誠、一緒に口ずさむ。

二人　（徐々に元気になり、声が大きくなって）♪ガンバラナクッチャ、ガンバラナクッチャ。

（マスター「お客さん、うるさいよ」）

二人　（急にシュンとして）すみません。

間

内蔵助　家庭を振り返る時間がなかった。

誠　同じです。でも男の仕事は戦場です。仕方ないでしょう。

内蔵助　その代わり、稼いだ金は全部家族に与えました。家族に不自由をさせたくなかった。特に息子には。

誠　妻に家庭を任せているサラリーマンは皆同じ気持ちですよ。

内蔵助　欲しいものは何でも買ってやった。

誠　罪滅ぼしのためにはそれくらいしかできない。

内蔵助　いつの間にか息子は暴走族のてっぺんやってました。

誠　私も、こう見えても実は高校の頃はそういうのやってたんですよ。親父はいつも仕事で忙しくって。悪いと思ったんでしょう。大型バイク買ってくれたんです。そいつで走り回って悪さばかりしてた…。家になんかほとんどいなかったですよ。で、今、自分も子どもに同じ目に遭わされていますす。息子はもう大学四年、といったって三流大学ですけどね、家に全く寄り付かない。どこで何をしているんだか。この息子とはこいつが高校生の時からろくに口もきいたことがないんです。子どもは思うようには育たない。
内蔵助　悪いことは重なるもので会社は倒産、その後は奈落の底へまっしぐらですよ。建設現場をあちこち駆けずり回って日銭を稼ぐ毎日でした。
誠　中年の漂流者ですね。バブルがはじけてからというもの、どこもリストラリストラで、似たようなもんですよ。おまけにグローバル社会っていうのが幅をきかしてる。
内蔵助　バブルって何ですか？
誠　いや、だからバブルですよ。バブル経済。
内蔵助　やはり優秀な社員は使う言葉からして違いますね、バブルとかリストラとかグローバルなんとかって。
誠　皮肉ですか、それ。誰だって知ってるでしょうよ、バブルくらい。
内蔵助　（話題を変えて）とにかくそうこうしているうちに息子は家を出て行方不明、ローンの払えなくなった家も手放し、狭いアパート暮らし。気が付いたら妻も出て行ってしまった。一年後に妻から離婚届けが届きました。
ドアチャイムが鳴る。二人、また見る。

　　　　　　　　間
誠　（マスターに）おかわり下さい。
内蔵助　ボクもお願いします。
　二人、マスターの方へグラスを差し出し、それぞれに軽く頭を下げる。
　　　　　　　　間
誠　あなたの事、漂流者って言いましたが私だって同じです。漂流してます。実は私、一週間前に家を出たんです。妻の奴、（歯ぎしりして拳を震わせる）あんな家、おん出てやった。今はカプセルホテルとかネットカフェを泊まり歩いています。
内蔵助　最近はそういうのもあるんですね。で、どうして家を出たんですか？
誠　（しみじみと）男って孤独ですよね。自分が必死になって追い求めて、ようやく手に入れたものが、実は家族には全く必要のないものだった。
内蔵助　男のひとりよがりってやつですね。
誠　その生活のために男がどれだけ苦労しているか、女はちっともわかっていない。
内蔵助　ま、それも言えると思います。
誠　業界でも競争、会社の中でも競争、明けても暮れても競争、競争。その競争社会で男が勝ち抜くために毎日毎日どんなに努力してるか。どんなに疲れているか。
内蔵助　それを奥さんは理解しなかったんですね。
誠　理解なんかしなくてもいい。ただ家に帰ったら黙ってビールを一杯注いでくれる。それだけでいいんですよ。

内蔵助　それさえなかった。

誠　ビールを一杯でも飲もうものなら、「このアル中男！もっと稼いでから飲みなさいよ！」って。

内蔵助　それはあんまりだ。

誠　仕事が徹夜続きで家を空けると、「あんた、まさか女ができたんじゃないの？」って。冗談じゃない。

内蔵助　（同意して）冗談じゃない。そんなこと、絶対ありませんよね？

間

誠　一度だけありました。

内蔵助　（驚いて）あったんですか？

誠　（慌てて）たった一度だけですよ。たった一回だけ。（小声になって）取引先の課長の奥さんの。

内蔵助　それ、人妻じゃ相当まずいでしょ。しかも取引先の課長の奥さんなんて。

誠　いや奥さんじゃなく、その奥さんの友達の、その従妹です。

内蔵助　どうやって知り合ったんですか、そんな遠い人？

誠　（目を細めて嬉しそうに）スリリング、かつ超高速のワンナイトインスタントラブでした。

内蔵助　（独り言）ラーメンかよ。

誠　（誇らしげに）いやあ、全く非の打ちどころのない、後腐れのない見事な不倫でした。

内蔵助　自己評価高過ぎでしょ。

誠　自分へのご褒美です。

内蔵助　それ、ご褒美って言いますか？

誠　（怒った口調で）どこが悪いんですか。
内蔵助　いや、ボクに怒らないで下さいよ。
誠　（厳しい口調で）お宅も同じでしょうけど、今、会社は成果を出さないとやっていけないんです。
内蔵助　（独り言で）話の変わり方も超高速だな。まあ、それが資本主義ですからね。
誠　わがコスモユニバース・スターメタルカンパニーもいつまでも爪切りばかりを作っていてはいけない。こんな時代にこそビジネスチャンスはある。そこで私は必死に研究を重ねて全く新しいタイプのノーズホールクリアスティックのアイデアにたどり着いたんです。
内蔵助　ん、何ですかそれ？
誠　まあ、簡単に言えば…。鼻クソをほじくる棒です。
内蔵助　（呆れて）簡単に言って下さいよ。言い方、大げさでしょ。
誠　グローバル社会ですから。
内蔵助　（納得したように）ああ、思い切り見栄を張る社会ですね。
誠　私はこの革命的なアイデアをひた隠しにしました。
内蔵助　鼻クソほじくるのに革命、ですか。しかもひた隠しにしなきゃならないほどのものですかね。
誠　たかが鼻クソ、されど鼻クソです。
内蔵助　そんなもんですかね。
誠　夜も寝ずに頑張ってついにその方法を見出したんです。
内蔵助　よくわからないんですが、何の方法ですか？
誠　（イライラして）だから、鼻クソを最も効率的に除去する方法ですよ。今の社会、すべて効率が求められるんです。なにしろグローバル社会ですから。

内蔵助　(独り言で) 言い方がいちいち大げさだな。(誠に) 鼻クソほじくるのなんか誰がやっても同じだと思うんですけど。

誠　グローバル社会ではそんな常識、つまりコモンセンスこそが最大の敵、エネミーなんです。誰もが全く目を向けない所にこそゴールデンロードはあるんです。そしてそのゴールデンロードを歩める者は (胸を張って) 選ばれた者だけなんです。

内蔵助　(独り言で) 横文字が好きなんだなあ。(誠に) で、その方法はどんな方法なんですか？

誠　そりゃ企業秘密ですよ。会社の人間にだって誰にも教えていないんです。

(マスター「会社ってのはお互いに協力するんじゃないのか？」)

誠　(マスターに向かって) マスター、今はそんな、社員が協力するような甘っちょろい時代じゃないんですよ。同じ会社の社員と言えど、敵なんです。エネミーなんです。成果を上げた方が勝ちなんです。数字がすべてなんです。何しろグローバル社会ですから。わが社は社長派と専務派に分かれて熾烈な権力争いをしているんです。社内でも激しい成果競争があるんです。

内蔵助　大企業によくあるやつですね。映画なんかでよく見る。

誠　私は社長派に属してるんですけど、専務派の係長が私の研究を狙っているんです。

内蔵助　その、何とかというやつをですか？

誠　(自慢げに) ノーズホールクリアシステム、をです。

内蔵助　(独り言で) 狙うほどのものでもないんじゃないかな。

誠　どうやらあの係長、私が外出している隙を狙い、私の席に座って机の周りを嗅ぎわっているようで。

内蔵助　どうしてそんな事がわかるんですか？

誠　そんな事もあろうかと、私は外出する時は自分の椅子に（指で示して）こんくらいに切ったガムテープをはっつけておくんです。この間、それが奴のズボンのケツにしっかりついていた。奴が私の引き出しを開けているのは間違いない。今度引き出しの中に奴の大嫌いな糸こんにゃくをたっぷり入れといてやる。いやね、この係長、糸コンニャクが大嫌いなんですよ。どうしてか知ってますか？

内蔵助　さあ。

誠　ミミズみたいだからなんですよ。こいつミミズ、大嫌いなんです。どうしてか知ってますか？

内蔵助　知りませんよ、そんな事。

誠　糸コンニャクみたいだからですよ。

内蔵助　何なんですか。

誠　ようし、今度絶対入れておいてやる。（想像して気味の悪い笑い）ウッヒッヒ。

内蔵助　小学生のいたずらじゃないですか。どんな会社ですか。

誠　（真面目な顔になって）とにかく社内はいつもピリピリしてます。社長と専務はいつも効率のことで議論するんです。たとえばこの間なんか、社内のトイレットペーパーは一枚のやつと二枚重ねの奴とどっちが効率的かで三時間も議論しました。

内蔵助　社長と専務がトイレットペーパーで三時間も。すごい会社ですね。

誠　今の時代、効率が最も求められるんです。何しろグローバル社会ですから。

内蔵助　で、どっちになりました？

誠　何がですか？

内蔵助　だから、トイレットペーパーですよ。一枚か二枚重ねか。
誠　ああ、あれはやはり二枚重ねを主張した専務の勝ちでした。さすがに女は効率よりも清潔な方を取るんですね。
内蔵助　専務は女性なんですか？
誠　ええ。社長は男です。（さらっと）二人は夫婦なんですけどね。
内蔵助　（驚いて）え、え〜？　夫婦？　それって、議論って、もしかしたらただの夫婦喧嘩じゃないですか？
誠　そうも言えます。ただ今回は部長が専務の肩を持ったのも勝因の一つでした。
内蔵助　部長って。
誠　二人の長男です。
内蔵助　（また驚いて）え〜。と、とするとあなたは？
誠　部長の妹の夫です。
内蔵助　と、とすると、係長というのは…。
誠　弟です。と言っても、義理の、ですがね。
内蔵助　（呆れて）完全な家内工業じゃないですか。
誠　グローバル社会では、父も母も、兄も弟もない。金がすべてなんです。下剋上なんです。特に私はあの会社の中では血縁がない、よそ者なんです。女房とて信用はできない。いわば私の周りは敵だらけなんです。
内蔵助　それは確かに疲れますね。

誠　私のものを自分のものだと言いかねない連中なんです。（憎らしげに）この間なんか、あの係長が、

内蔵助　ん、弟さん、ですね。

誠　私の消しゴムを自分のものだと言ってきかないんです。私が、自腹切って四十五円で買って来たやつを、ですよ。

内蔵助　グローバル社会にしては、話、ちっちゃくないですか？

誠　とにかく油断してると何をされるかわからない。だから、攻めて来られてやられる前に、こっちがやらなきゃならないんです。

内蔵助　それもグローバル社会、だからですね。

誠　（ちょっと声をひそめて）いや、ここだけの話ですがね、実は私が開発したノーズホールクリアスティックにはちょっとした欠陥があるんです。

内蔵助　それはまずいじゃないですか。どんな欠陥ですか？

誠　いやあ、そんなたいした事はないんですけどね。使い方をちょっと間違えると（一層声をひそめて）鼻そのものをそぎ落とす可能性があるんです。（あっさりと）それだけの事です。

内蔵助　（驚いて）そりゃ相当危険な代物じゃないですか。大したことないなんて、よく言いますよ。

誠　なあに、使い方を間違えなければ問題ないんですよ。実は国内では批判が出そうなので海外で売ろうと思っているんです。うまくいけばこれで世界をリードできるかも知れない。

内蔵助　（独り言で）それはちょっと大げさだろう。（誠に）欠陥がありながら売るなんてちょっとひどいんじゃないですか。

誠　なあに、売りさえすればいいんです。買った方は自己責任ですから。

内蔵助　それもやっぱりグローバル社会、だからですね？

間

誠　（さらりと）安倍政権だからですよ。
内蔵助　そっちですか。

ドアチャイム。二人、そっちを見る。

内蔵助　（疲れた感じで）結局あなたがその競争社会で、というか一族同士の喧嘩の中で頑張っているのに奥さんはそれを理解せず、それどころかその、エネミーですか、敵のような存在だった。それで家を出たんですね。
誠　そうです。「鼻くそほじくる棒で世界をリードするなんてできるわけないじゃないの、そんなくだらない事じゃなく、もっとまともな事考えなさいよ」なんてぬかしやがって。（歯ぎしりして拳を震わせ）もう我慢ならない。今日こそ三行半を突き付けてやる。
内蔵助　（独り言で）奥さんの意見、正しいと思うけどなあ。

ドアチャイム。二人、同時にそっちを見る。

間

誠　そうそう、あなたの話、途中でしたよね。で、家も家族も失って。その後どうしたんですか？
内蔵助　（グラスをひと口啜って）実はボク、死ぬつもりだったんです。

誠、驚いたように内蔵助を見る。

内蔵助　夢も希望もすべて失ったんだし。生きる意味なんかないじゃないですか。

間

内蔵助　電車に飛び込もうと決めました。
誠　気持ち、わからないわけじゃないですけど。
内蔵助　それで、どこで飛び込もうかと。でも都会の電車に飛び込んじゃ、皆さん迷惑じゃないですか。電車止まって会社や学校行けなくなったら。
誠　(呆れて) 死ぬのにそんな事まで気を遣うんですか。
内蔵助　田舎の奥深い山を走ってる深夜の電車に飛び込むことにしたんです。調べてみました。その線の最終電車の乗車率は定員百人に対し、(理屈っぽく) 三か月平均〇・〇七パーセントでした。つまり一人乗っているか乗っていないかです。
誠　(呆れて) なんて緻密な自殺志願者だ。
内蔵助　乗客が一人の最終電車ならまあそう社会に迷惑にもならないだろうと。
誠　(呆れて) なんて配慮深い自殺志願者だ。
内蔵助　飛び込むのに適当な小高い丘を見つけてその上に立ちました。星がきれいだった。カシオペアがくっきりと。いや、オリオン座だったかな。
誠　(呆れて) 死ぬ前に星座鑑賞ですか。
内蔵助　しかし、いざその場に立つと飛び込めなかった。その丘、結構高かったし電車にぶつかるとかなり痛そうで。
誠　(呆れて) これから死ぬんでしょ？
内蔵助　それでその日は結局最終電車を逃し、次の夜にもう一度出かけた。今度はレールベッド作戦でいこうと決めました。

誠　レールベッド作戦？　自殺関係者の業界用語ですか？
内蔵助　いや、線路に横たわって電車を待つっていう作戦です。
誠　あなた、私のノーズホールクリアスティックのネーミングを大げさだと言っておきながら、おんなじじゃないですか。それに作戦って。ちょっと違うでしょ。
内蔵助　とにかく電車が来る前に眠り込んでしまえば楽にいけると。
誠　しかしそのシチュエーションでそんなに簡単に寝入ることができますか？　私など、翌日ゴルフの日なんか興奮して全然眠れないですよ。
内蔵助　睡眠薬です。まあそう言っても睡眠薬は簡単には手に入らないんで、酔い止めのトラベルミンで代用するつもりでしたがね。あれ、効くんです。すぐに眠くなる。
誠　(呆れて)子どものバス遠足ですか。
内蔵助　しかし、問題はそこじゃなかった。
誠　どこだったんですか？
内蔵助　線路の上に横になっていざ寝ようとして、電車の来る方を見たら何とそこに男が横になっているじゃないですか。
誠　(ちょっと考える)思わぬところに仲間がいたんですね。自殺志願者は考える事が同じなんだ。
内蔵助　さらに驚いたのは、その男の向こう側にも男が寝ていたんです。
誠　(驚いて)えー、三人も？
内蔵助　四人です。さらにその向こうにも一人いましたから。
誠　(呆れて)えー？　自殺の銀座線ですか、それ。おかしいですよ、中に乗ってる人より外のレールに寝ている人間の方が多い電車なんて。

内蔵助　ボクたちは仲間じゃなく、ライバルでした。その証拠にその後、場所取りで揉めたんですから。

誠　（呆れて）花見ですか。

内蔵助　もちろん電車に一番先に轢かれる上手が一番人気です。

誠　（呆れて）その理屈、全くわかりません。

内蔵助　ジャンケンしようとか、あっち向けホイで決めようとか、いやこの際、温泉街まで下りて温泉入った後に麻雀で決めるべきだとか、いろいろ意見が出ました。

誠　もはや会社の謝恩旅行じゃないですか。

内蔵助　結局、どうして死ぬ気になったのか、お互い事情を聴いてみてそれで深刻な順に並ぼうという事になって、それぞれが事情を話しました。確かにどの話もそれなりに説得力がありましたが、終わってみれば全員自分の不幸こそがナンバーワンだと言い張ってゆずらない。

誠　そんなに自己主張の強い方々なら自殺なんかしないで立派にやっていけるでしょう。

内蔵助　そうこうしているうちに夜が明けて来た。昇ったばかりのお天道様を見ていたらなんだか死ぬのが馬鹿らしくなって四人で大笑いしたんです。結局一本締めをして解散しました。

誠　いや、なんともコメントのしにくい話です。

内蔵助　しかし人間の運命というのは不思議なもので。思い詰めて自殺の旅までした人間がですよ。

誠　結構楽しい旅だったように聞こえましたが。

内蔵助　街に戻ってきたら、信じられないくらいの幸運が次々と訪れて来た。宝くじを買ったらなんと二千万円が当たったんです。
誠　（驚いて）マジですか？
内蔵助　あの一本締めで、取り憑いていた疫病神が逃げて行ったんでしょうね。それからというもの、その金を元手に競馬やってても株をやってもことごとく当たる。
誠　それは羨ましい。
内蔵助　今では社員を千人抱える会社の社長です。
誠　（驚いて）え〜！　あなた社長なんですか？　それも社員千人って。すごいじゃないですか。なんですか、そのジェットコースター人生は。私もぜひその運にあやかりたいものです。私にもその運のかけらを下さいよ。
誠、言いながら内蔵助の体をあちこち摩る。
内蔵助　（体をねじらせながら）くすぐったいからやめて下さい。
ドアチャイムが鳴る。二人、また見る。

間

内蔵助　（しんみりと）しかし今ボクの心の中はポッカリと穴が開いているんです。どんなに金が手に入っても心の穴が埋まらない…。ボクが失ったものは金じゃなかった。妻なんです。妻のいない人生はボクにとって何の意味もないんです。ボクは妻を必死に探しました。そしてとうとう居場所を突き止めた。
誠　執念というやつですね。ま、私には女房に対する執念なんかひとかけらもないですけどね。
内蔵助　何度も何度も彼女の住んでるアパートへ出かけて行って、それでも声をかける勇気がなくて、いつも物陰から彼女の姿を見ていました。
誠　完全にストーカーですね。
内蔵助　そしてもし君がボクのやり直したいという気持ちを受け入れてくれるなら、ドアのノブに何か結んでおいてくれないかと手紙を書いたんです。
誠　なんかそんな話聞いたことあるな。確か幸せの黄色いハンカチ、だったな。美しい話だ。
内蔵助　手紙で約束したその日、彼女のアパートへ行ったんです。駅からたった百メートルくらいしかない距離なんですが、まるで日本橋から権太坂まである気がした。
誠　箱根駅伝ですか。（呆れて）どんなたとえですか。歩いたことがあるんですか、そんな距離？
内蔵助　（あっさりと）ありません。
誠　（独り言で）よくわからない。
内蔵助　やっとのことでたどり着いたんです。すると。
誠　結んであったんですね？　ドアノブに。黄色いハンカチが。
内蔵助　黄色いブラジャーが。
誠　はあ？
内蔵助　結婚してからボクが彼女に初めて贈ったプレゼントです。彼女は何十年もそれを使ってくれていた。
誠　（呆れて）使い古しのブラジャーですか。いきなり生活臭プンプンになっちゃった。
内蔵助　（腕時計を見る）もうそろそろ彼女がやって来る時間です。
　　きゃりーぱみゅぱみゅの曲流れる。誠の携帯の着信音。

誠　お、失礼。（携帯を取り出し、耳に当てる）お前か。（イライラして）遅いよ。何時だと思っているんだよ。早く来いよ！

誠、舌打ちして携帯をポケットに戻す。

内蔵助　（誠のポケットを見ながら）それ電話、なんですか？

誠　何がですか？

内蔵助　（誠のポケットを指しながら）それです。

誠　携帯ですよ。（携帯を取り出す）携帯も知らないんですか。大体さっきからあなた、おかしいですよ。いくら（店内を見回しながら）こんな昔の建物だからと言って。あなたまで昭和の人ですか？

内蔵助　（考えるように）昭和の人って。ムー。昭和十年に生まれて、今、この昭和四十九年に生きているんですから、ボクはまさしく昭和の人、でしょうね。

誠　はあ？

ドアチャイム。二人同時に入口の方を見て同時に立ち上がる。

二人　ああ、やっと来た。

二人、顔を見合わせる。

二人　（入口の方を見て同時に叫ぶ）ノリコ！

誠　（怪訝な顔で内蔵助を見て）あれは私の妻ですよ。

内蔵助　何を言っているんですか、あれはボクの妻ですよ。ボクの愛する、黄色いブラジャーの妻です。今日から二人でやり直す、ボクの世界で一番大切な女です。

誠　いや、あなた勘違いしているようだ。あれは私の、ビールもついでくれない女房ですよ。今日こそ縁を切る、私のクソ女房です。世界で一番どうでもいい女です。
内蔵助　あなたこそ勘違いしてます。あれはボクの妻だ。
誠　だから、私の妻だって。
内蔵助　ボクの
誠　いや、私の
二人　(同時に叫ぶ) 妻だ〜

暗転

かすかに女の声が聞こえてくる
女の声　あなた、あなた。
徐々に大きくなる
女の声　あなた、起きて。あんた。あんた!
女の声　(怒鳴る) 誠!　起きろ!

間

セシルコルベルのハープ曲流れる。

幕

フタスジノカワ

登場人物

武井　浩

西山　大悟

ホテルのロビー

暗闇の中に七転《ななころび》高校の校歌が流れる。校歌が終わると照明がつく。ソファに男が座っている。武井浩だ。スーツ姿。胸にリボンと名札をつけている。手にしている名簿に目をやっている。そこに下手から男登場。西山大悟だ。西山も胸にリボン。左手に名簿、右手に名札を持っている。武井の方を見やりながらそっと近づく。武井の名札を確認してから

西山　やっぱり武井だ。

武井、顔を上げて西山を見るが怪訝な顔。西山、手にしていた名札を武井に示しながら

西山　俺だよ、西山だよ。

武井、その名札を見て驚きの表情。

武井　え、お前、西山か？　野球部の。

西山　そうだよ。西山大悟だよ。

言いながら西山、名札を着ける。

武井　久しぶりだな。

武井が立ち上がって手を差し伸べ、二人は握手する。

武井　何年ぶりだ？

西山　(ちょっと考えて)高校卒業以来だから、三十二年、ぶりか。

武井　(あらためて西山をまじまじと眺め)お前、すっかり変わったなあ。全然わかんなかったよ。

西山　そうかな。そうかも知れないな。(武井を上から下まで見て)しかしお前は全然変わんないな。その、(武井の頭を見ながら)髪がちょっと薄くなったくらいじゃないか。(武井、余計な御世話だ、という

感じ）どう見ても十歳は若く見えるぞ。

武井　（ちょっと照れて）そうかな。しかしなんか、お前結構渋くなったな。高校ん時はバルタン星人みたいだったのに。

西山　まあ高校時代はカニクマって呼ばれてたからな。

武井　そうそう。手足はカニみたいで、体は熊みたいだった。俺三年の時に同じクラスになるまでお前は柔道部だとばかり思ってたもん。

西山　（自嘲気味に笑って）　野球なんかやめて柔道部に入れって、野球部の顧問のゴンスケに何度も言われたよ。

二人で笑う。西山、腕時計を見て辺りを見回しながら

西山　ちょっと来るの、早すぎたかな。

武井　そんなことないよ。俺なんかもうずいぶん前から来てるよ。

男の声でアナウンスが入る。

男の声　七転《ななころび》高校の同窓会に参加される方は受付をすませて下さい。

武井　まあ座ろうや。

武井が上手に、西山が下手に腰を下ろす。西山、受付の方を顎で指しながら

西山　あの受付してるの、橋本か？

武井　ああ。

西山　（しばらく受付の方を見やって）あいつも全然変わらないなあ。まるで二十代に見えるね。確か、あいつ生徒会長だったよな。

武井　そうだったな。
西山　やっぱ、あいつあれなんだな。こういうの好きなんだな。人をまとめるっていうか。人の上に立つってての。
武井　あいつは優秀だったからな。確か京大出て、一流企業入ったのに、何年かで辞めて自分で会社を起こしたという話だ。
西山　ふーん。青っちろい顔してたのにやっぱり秀才は違うな。
武井　確かに体は弱かった。体育、いつも見学してたからな。
西山　今じゃ優雅な人生ってわけだ。で、橋本の横にいるのは誰だっけ？
武井　ああ、あれは片野だよ。水泳部だった。さっきのアナウンスもあいつだ。
西山　片野？　覚えてないなあ。
武井　あんまり目立たない男だったからな。
西山　しかしあいつもかなり若く見えるな。（納得がいかない感じで）どうして、お前たちみんなそう若いんだ。
武井　（笑いながら）お前が勝手に老けてるんだよ。
西山　俺たち五十歳だぞ。俺が標準だろよ。お前ら若すぎだよ。全然苦労してないんだろ。
武井　人間、それぞれの人生に見合った年の取り方をするんだよ。
西山　じゃ、お前は楽な人生送ってるって事だ。
武井　そんな事はないけどさ。
西山　あの片野もそういう感じだしな。

武井　なんでも中堅の建設会社の社長令嬢と結婚したという噂だ。
西山　じゃ、次期社長か。やっぱり勝ち組だ。
武井　アルファロメオ乗り回してたって話だ。
西山　外見のメンテナンスにも金かけてんだろうな。高校時代は目立たなくても勝ち組になるとああやって表に出てくるんだな。大体同窓会の幹事やるのは勝ち組だよな。人生に失敗して段ボール敷いて寝てる奴が幹事やるはずないもんな。
武井　優雅に見える人生もそれなりに代償を払ってるんだと思うよ。
西山　そうかな。俺にはそうは思えないけどな。いい思いばっかしてる奴っているし。俺みたいに日蔭ばっか歩く奴もいる。人生、不平等だよ。人生相談で人の相談にのる奴っているだろ、そういう奴らって完璧な人生送ってるんだろうな。
武井　完璧な人生なんてないだろう。大体人生相談なんて相談する方もそれを受ける方も、ありもしない完璧という幻想を頭の中に映してるだけのくだらない連中だ。
西山　お前、相変わらずクールだな。
武井　まあ、勝ち組の頭の上にも爆弾は落ちることがあるってことさ。いちいちそうひがむな。
西山　(ポケットからメガネを取り出してかけ、名簿を見ながら) しかし、出席者が十三名ってのは少なくないか？　たしか四クラスだったよな？
武井　まあ、山ん中の学校だったからクラスはそんなもんだ。
西山　ひとクラス四十名でも百六十名はいたはずだ。十三名って一割にもならないじゃないか。
武井　皆まだ生活に追われて頑張ってるんだろう。それでも集まった方だ。前回はたった七名だったぞ。

西山　前回って？
武井　十年前。四十歳、不惑の歳の同窓会の時さ。
西山　そんなのあったのか。知らないぞ。
武井　まああの頃はみんなバリバリ第一線で活躍してたし、集まれる奴がほとんどいなかったからね。俺も知らなかったけど、この同窓会、三十の時に初めてやったんだってさ。ま、その時は橋本と片野の二人だけだったらしいけどね。
西山　(ちょっと怒りながら) そんなのは同窓会じゃない。ただの仲良しグループの飲み会だ。
武井　いずれにしろ五十歳という年齢に照らして十三名が多いと考えるか少ないと考えるかだ。次やる時はもっと増えるだろうよ。

西山、憮然とした表情で黙り込む。

間

武井　覚えてるか？
西山　(武井の目を見て) ん？
武井　二人だけの秘密だったな。
西山　あの時の事か。うん。誰にも言える事じゃなかったし。
武井　ジャンケンしたよな。
西山　そうそう。

武井、いきなりこぶしを突き出す。

武井　最初はグー。

　西山、それに即座に応じてグーを出す。

二人　ジャンケン、ポン。

　武井がパーを出し、西山がグーを出す。

西山　(悔しそうに) クソ。

武井　お前はいっつもグーしか出さないな。

　武井、立ち上がって

　西山、ブツブツ言いながら立ち上がって席を替わる。

武井　替われ。お前は左側だ。

武井　(自分の右手をじっと見ながら) 俺はあの時の快感が今でもこの手にしっかり残ってる。

西山　(左手を見ながら) 俺だって。

武井　しかし、あんな事になるなんてな。

西山　大体、お前が悪いんだよ。フラワーガーデンに行こうなんていっつも誘うから。

武井　だって、あんなクソみたいなちっちゃい町で、クソみたいな受験勉強ばっかりやっていられるかよ。

西山　まあ、そりゃそうだけど。フラワーガーデンは俺たちにとっちゃ天国だったからな。なんもない町で遊べる場所ってあそこだけだったたから。ほとんど毎週行ったもんな。ボーリングして、ゲームしてハンバーガー食って。

武井　お前がコーヒーに砂糖何杯も入れるから、あの女、そんなに入れたら体に悪いわよって話しかけてきて。

西山　そうそう、隣の席から俺たちのことずっと見てた。
武井　高校生と話しするのってとても新鮮だわって。
西山　いくら新鮮だからって俺たちをアパートまで連れて行くなんて。考えてもなかった。コーヒー淹れてくれて。
武井　これが大人のコーヒーよって。苦かったあ。
西山　俺たち若かったあ。ギラギラしてて。歩く性欲だったもんな。
武井　それを見透かしているかのようにあの女、胸元パックリ開けちゃってさ。
西山　白い谷間がはっきり見えて。
武井　もう股間がドクンドクンと鳴りだしたなあ。
西山　触っていいわよ、触りたいんでしょって、突然。俺、夢見てるんじゃないかって思ったよ。
武井　冗談だと思ったら、あの女、俺の太ももに手を伸ばして、俺の大事なところ触ろうとするんだもん。飛び上がったよ。
西山　もうこれは、地獄のようなつらい青春を送っている俺たちに神様がお使いを寄越してくれたんだって思っちゃってさ。
武井　女が上半身全部脱いだ時には、もう全身の血が逆流しだしたなあ。
西山　右と左、どっちのおっぱいを取るか、それでジャンケンしたんだよな。
武井　俺は、幼稚園の頃から、初めて女のおっぱいを触るのは絶対右手だって決めてたから。
西山　お前、変なガキだったんだな。
武井　まあ、変な右手だったと言うのが正しいかな。

西山　二人で女の両側に座って。女が俺たちをこう、両肩に抱きかかえてさ、俺あの時ガタガタ震えてたよ。

二人、目を閉じておっぱいをもみしだく動作をする。

二人　（声をそろえて）パタン！
武井　突然ドアが開くんだもんよ。もうそれはびっくりしたなあ。
西山　やられちまったよな。
武井　最初から仕組まれてたなんて考えもしなかったよ。神様のお使いどころか、地獄からの使者だった。（深いためいき）
西山　ヤクザとグルだったなんて…。よくも俺の女に手を出してくれたなってさ。思いっきり殴られたなあ。（左の頬をさする）
武井　（同じように左の頬をさすりながら）俺はあの時の痛みはその後ずっとここに残ってる。
西山　今日はこれですましてやるけど、代わりに十日以内に五万円ずつ持って来いって。高校生に五万要求するんだもん、ヤクザって容赦ないんだな。
武井　十日後、二人で町はずれの大嶽《おんたけ》神社に金持って行ったな。
西山　あのヤクザ、そんなことしろと言ってもないのに、お前がやるからさ、俺まで土下座した。
武井　なにしろ相手はヤクザだから。あの後、そのことはお互い一切触れなかったな。暗黙の了解で封印してしまった。俺たちの青春の暗部だったからな。ところでお前、どうやってあの金作ったんだ？
西山　まさか親に訳を話して金もらうわけにいかないしさ。ばれないように十日間かけてオヤジとお袋の財布から少しずつ頂戴したよ。お前は？
武井　必死でバイトして買ったギターとアンプ、中学の友達に売った。一年の苦労が水の泡だよ。
西山　あのオッパイ、高くついたな。
武井　（右手をじっと見つめながら）ああ、どうせならもっと楽しんでおけば良かったって、ずっと思ってた。

間

武井　しかし、時間って不思議だな。
西山　何だよ、急に。
武井　（落ち込んだ様子で）生きているから時間があるのか、時間があるから生きているのか。
西山　何ハムレットみたいなこと言ってんだよ。
武井　生きるってことはどういうことなんだか、俺は今になってもまだわからないよ。一体人は何のために生き、何のために死ぬのか。
西山　難しい事言い出したな。お前らしくないぞ。
武井　お前の人生を聞かせてくれ。
西山　（深くため息をついて）俺にそれ訊くか。

西山、大きく息を吸って

西山　神様は人間におんなじだけの量の幸福を与えるって誰か言ってたけど、あれ、嘘だね。（受付の方を顎で指して）俺の幸福はあいつらの幸福の百万分の一もないわ。
武井　どこまでもひがみっぽい男だな。

西山　神様は俺に何か恨みがあるのかなって思うくらい子どもの頃から運が悪かった。
武井　ひがむ奴の所には運が行かないんだよ。
西山　運が悪いからひがむんじゃないか。（しみじみと思い出して）幼稚園の時、みんなで列になって歩いていたんだよ。そん時、婆さんが自転車に乗って向こうから

西山、立ち上がり、動作をつけながら話す

西山　こう、フラフラしながら走って来たんだよ。そして俺、俺を目がけて突っ込んで来たんだぜ。前にも後にも子どもはたくさんいたのにだぞ。ピンポイントで。誰一人かすり傷さえなかったのに俺だけ腕折って。あのクソババぁ、坊や、痛くなかったかいって。痛いに決まってるだろ、骨折ったんだぞ。
武井　そんなフラフラした自転車はいずれどこかに突っ込むよ。それがたまたまお前だったというだけさ。
西山　横断歩道でみんなで信号待っている時、カラスの糞が頭の上に落ちて来たんだ。ほかにたくさん子どもはいたのに、俺の、俺だけの頭の上にだぞ。
武井　カラスも糞がしたくなるさ。それがたまたまお前の頭の上だっただけさ。
西山　（興奮してきて一気にしゃべりまくる）小学五年の時、みんなでガムを万引きした時、俺だけ捕まった。店員の奴俺だけを追っかけてきやがったんだ。他に一杯逃げた奴はいたのにだぞ。中一の時、集会で並んでる俺のところへ突然体育教師がやってきて、いきなりビンタ食らわしやがった。うるさい、集会中に喋るんじゃないって。喋ってたの俺じゃなく、俺の前の奴だったんだぜ、何で、俺が叩かれるんだよ。修学旅行の時、夕食の海鮮丼に俺だけハエが入っていたし、高校の英語のテスト

で百問の選択問題、全部はずした事もある。百問のうちたった一個も当たらなかったんだぞ。教師に、ある意味、お前すごいって褒められたけどさ。野球部じゃ、万年補欠の俺が、引退試合でたった一度だけ出してもらった事がある。九回裏、敵の攻撃だ。ツーアウト満塁だが三点差で勝っていた。ピッチャーがツーストライクまで追い込んで、あと一球で勝利だ。そこで監督に呼ばれたんだ。一生の思い出に出してやるって。嬉しくってグローブ持ってライトの守備位置まで突っ走ったよ。と、いきなりフライが飛んできた。簡単なフライだ。三年間の総仕上げで華麗な守備を見せようと思ったら、ボールがグラブのすぐ上まで来たとき突然、突然だぜ、風が吹きやがって。それまで全く無風状態だったのに。捕れなかったよ。俺がエラーしたんじゃない。風のせいだ。でも結局それで逆転されちまった。その後俺が野球部でどんな仕打ちを受けたか…。そんなのあるか!

間

武井　(感心したように)うーん。すごい。お前は確かに神に選ばれし不運の星の王子かも知れない。人生の前半でそれだけ運の悪い奴はそうはいない。

西山ゆっくりと腰を下ろす

西山　大学出てから、スーパーに勤めたんだ。前半は得点ゼロの人生だったからなんとか点を取りたかった。

武井　中盤の逆転を狙ったわけだ。

西山　勉強は大嫌いだったけど、スーパーの仕事は性に合った。面白くてさ。休みも返上して一生懸命働いた。そのおかげで、三十代で店長になったよ。系列のスーパーで三番目の出世だ。ついに俺にも運というのが巡って来たんじゃないかと思ったね。

武井　人生、雨の日ばかりじゃないってことだ。
西山　(深いため息を一つついて) だけど、やっぱり不運の星の王子は結局不運の星の王様になる運命なんだな。
武井　(嬉しそうに) やっぱりすぐに降り出したんだ。お前の話聞いてると、なんかこう、妙に力が涌いて来るというか。他人の不幸は蜜の味って言うけど、蜜どころか、ユンケルだな。
西山　ひどい男だな。人の不幸で精をつけるなんて。まあ、お前は結局そういう男なんだ。高校の時はちょっとばかりもてるからといって女のケツばっか追いかけていたし。
武井　人聞きの悪いこと言うな。俺は男が生きる意味を真面目に追い求めていただけだ。
西山　何偉そうに言ってるんだよ。大体高校に入ってから全く知らなかった俺とお前が知り合ったきっかけを忘れたわけじゃないだろうな。
武井　(気まずそうに) あ、うん、まあ。
西山　運の悪い俺が生まれて初めて手に入れた幸運をお前が横取りしようとしやがった。
武井　いや、知らなかったんだよ。まさかお前があの子と付き合ってたなんて。
西山　あの子は俺の太陽だった。女神だった。ビーナスだった。
武井　ん、それほどだったか？　ただ胸がでかかっただけだろ。俺は本気じゃなかったし、ただこの右手がうずいてさ。
西山　右手のせいにするな、このスケベ野郎！　体育館の裏で待ってるからってあの子の下駄箱に手紙なんか入れやがって。
武井　あの子が来るとばかり思っていたのにカニクマが来やがった。

西山　変な男から手紙もらったから代わりに体育館の裏に行ってくれって頼まれた時、俺、お前を殺すつもりで行ったからな。
武井　そんな命を賭けたつもりの恋も、儚かったな。
西山　それを言うな。
武井　たった一か月でバスケット部の男に心変わりされてさ。
西山　正確には二十三日だ。
武井　それでお前は急に俺に馴れ馴れしくなった。
西山　お前が慰めてくれたからだよ。俺は傷ついていた。そんな俺にお前は言ってくれた。あんなイノシシとマントヒヒを掛け合わせて、クソツボに三年漬けてたような女、やめとけって。ホント、その通りだと思ったよ。
武井　（驚いて）ビーナスだったんじゃないのかよ。
西山　結局女に関しても全くついてない人生だよ。（疲れたように）じゃ、ここらで俺にもユンケル飲ましてくれ。
武井　？
西山　だから、今度はお前の話、聞かせてくれっていうことさ。んや、幸せな話じゃないぞ。他人の幸せは腐った肉の味だ。聞きたくもない。お前の不幸な話を聞かせてくれ。俺の不幸話の後半は、お前のユンケル一本いただいてからにするわ。
武井　俺はお前に自慢できるような不幸話はないぞ。
西山　じゃ何、お前はずっと陽の当たるところ歩いて来たのか。

武井　そんなこともないけどさ。
西山　お前言っただろ、勝ち組の頭の上にも爆弾は落ちるって。
武井　別に俺は勝ち組じゃないさ。
西山　ならあるだろ、地味でもいいから不幸話。はやくユンケルくれよ。
武井　(仕方なさそうに) お前だから話すけどさ。
西山　(嬉しそうに) ん。いいよ、いいよ、話してみろ。
武井　実はあの女。
西山　どの女だよ。お前、女なら誰彼おかまいなしだからな。ま、まさかあのイノシシとマントヒヒ
　掛け合わせた…。
武井　違うよ、何バカ言ってるんだよ。
西山　お前、そのイノシシとマントヒヒを掛け合わせたような女を体育館の裏に呼び出したじゃない
　か。その気があったんだろ?
武井　だから、あれはあの女の胸にこの右手がうずいただけだって。
西山　お前の右手はどれだけオッパイ好きなんだよ。あの女じゃなかったら、どの女だよ。
武井　(言いにくそうに) あの女だよ。フラワーガーデンの。
西山　(理解しかねる感じで) って、あのヤクザの?
武井　そう。

間

西山　(首をかしげて) 意味が全くわかりません。

武井　（話しにくそうに）親戚の法事でクニに帰ったんだよ。三十八んとき。
西山　（身を乗り出して）うん、うん。で？
武井　法事終わって、東京へ戻る前にあの思い出のハンバーガーショップに行ってみたんだ。
西山　犯人が現場に戻るような、だな？
武井　うーん、ちょっと違うな。ただ、なんとなく、さ。
西山　で？
武井　店は昔のまんまだった。と、驚くなかれ、あの女が、あの時と全くおんなじ席に座っているじゃないか。
西山　嘘だろ。
武井　俺も目を疑ったよ。あれから二十年近く経ってる。だからそれなりに歳は取っていたけど、間違いなくあの女だった。白いウナジにこう、みだれ髪が流れていて。熟しきった女の色気がそこら中に匂い立っていた。
西山　お前、まさか。
武井　「こんにちは、僕のこと覚えていますか」って。
西山　どこまでお前は女好きなんだ。
武井　男の生きる意味を追い求めているだけだって。
西山　んなこと、どうでもいいよ。で？
武井　信じられるか？　あろうことか、女はまたしても俺をあのアパートに誘ったんだ。
西山　なんか怪談話みたいになってきたな。

武井　アパートは相変わらずだった。
西山　で？　で、やったのか？　熟女と。
武井　昔、やり残していたからな。この右手が猛り狂った。
西山　どうしようもない右手だな。
武井　（突然叫ぶ）パタン！
西山　（びっくりして）おどかすなよ！
武井　また開いたんだ。
西山　ドアがか？
武井　ああ。
西山　で？
武井　信じられるか？　あろうことか、またしてもあの時の男が現れたんだ。
西山　嘘だろ。まだ生きていたのか、あのヤクザ。幽霊じゃないだろな。
武井　さすがに歳は取っていたが、間違いなくあの男だったよ。
西山　で？
武井　よくも俺の女に手を出してくれたなって。
西山　マジかよ。昔と全く同じじゃん。そいつらには進歩ってのがないのか。
武井　その男、俺の腕を摑まえようとしたんだ。
西山　金を取ろうと、だな？
武井　ところがそいつ、すっかりジジィになってて。腕なんかすごい細くってさ。俺の方が簡単に組み伏せてやった。
西山　なんか哀れな話だな。で？
武井　俺、昔のこと思い出してさ。思い切り奴のツラ、殴ってやったんだ。
西山　そんな事して大丈夫か、だってバックがいるだろ、怖いバックが。
武井　ああ。確かにバックから「やめて、お願い」って女が泣きながら叫ぶんだ。
西山　なんか、ちょっとだけ美談だな。
武井　俺、女の声聞いたら逆になんか興奮してきて、そいつの首を思い切り締めたんだ。「あの時の金、返してもらおうか。利子がついてるぞ。五百万だ」って。
西山　そりゃ随分高い利子だな。
武井　男が「勘弁してくれ」って泣き言を言い出してさ。それ聞くと益々手に力、入っちゃって。
西山　それじゃ殺しちまう。
武井　俺もそう思って力緩めたよ。そして振り返ったんだ。
西山　すると？
武井　女がすごい形相で包丁持って立っていやがった。

間

西山　なんか、美しいような汚いような、聞く者を複雑な心境にする話だな。
武井　じゃ、次お前の後半（と言いかけて前方を見る）。

武井、軽く会釈をして手を挙げる。

西山も同じ方向を見て愛想笑いを浮かべて会釈し、頭を下げる。

西山　誰だっけ?見た覚えはあるんだけど。美人だな。
武井　月岡真奈美だよ。
西山　月岡真奈美?（思い出したように）あの月岡真奈美か。学年一の美人だった。
武井　そう、七転《ななころ》のマドンナ。全校男子の憧れの的。しかし誰一人彼女を落とせなかった。もちろん俺もチャレンジだけはしたけどね。にべもなかった。
西山　確か高二の時、夏休みが終わってから二か月くらい学校来なくなったことあったな。
武井　ああ。その時はいろんな噂がまことしやかに流れた。
西山　妊娠して、東京で赤ん坊を堕ろしに行ったんだとか。
武井　父親の借金返すために東京のバーで働いているとか。
西山　サウジアラビアの石油王に見染められて向こうに行っちゃったとか。
武井　みんな嘘だった。実際は東京に遊びに行って原宿でスカウトされたそうだ。しばらく芸能事務所でレッスン受けていたんだけど、とても耐えられなくて逃げ帰って来たってさ。
西山　そうだったのか。しかし、お前詳しいな。
武井　彼女も前回の同窓会に出たからその時聞いたんだ。何しろ七名しかいなかったから、存分に話せたんだよ。
西山　俺も出るんだったなあ。高校の時は高嶺の花で、話す事できなかったし。しかし、とても五十歳には見えない。相変わらずいい女だなあ。あの美貌を射止めた男っているのか?
武井　美貌が仇になったんだろう。男にとっちゃ近寄りがたくて、長いこと独身だったけど、三十の時ようやく結婚したらしい。

西山　誰だ、その幸運な男は？
武井　なんか、トンソク教とかいう新興宗教の教祖だそうだ。二十歳も上らしい。真奈美の方がぞっこんだったそうだ。
西山　何だ、その豚の足のような宗教は？
武井　そのまんまさ。豚の足を崇拝する宗派らしい。ペルーの山奥に生息しているなんとかという種類の豚だそうだ。
西山　（呆れて）そんな宗教があるのか。鰯の頭の方がまだましじゃないか。それにしてもあのマドンナが、豚の足に惚れたのか？いやあ、わからんもんだなあ、女ってのは。
武井　あの世界も大変らしく、組織の中から分派を起こして独立した奴らがいたらしいんだ。それで元祖と仁義なき戦いになって。富士の裾野で集団決闘になったそうだ。
西山　それじゃ暴走族じゃないか。
武井　それで元祖が敗けたんだけど、新派は逃走した元祖派をどこまでも執拗に追い詰めたらしいんだ。ああいうのって、取り憑かれると見境なくなるんだな。どこに隠れていようが殲滅するまでって、徹底的に探したらしい。
西山　まるで平家を追い詰める源氏だな。
武井　真奈美は元祖と二人で名前変えて浦和のアパートで暮らしていたらしいんだが、ついに追手がそこまでって来たんだとさ。
西山　なんかマドンナにしては波乱万丈だな。（真奈美の方を見て）あ、あの女。今来たあれ。マドンナの横に座った。

武井　誰だ？　わからないな。前回は来てなかった女だ。
西山　俺はわかる。忘れもしない、渡辺里沙だ。ヘンディだ。
武井　なんだそのヘンディってのは？
西山　変なデブだよ。でしゃばり女だ。あの女が俺に手紙を渡しやがったんだ。
武井　何の？
西山　俺の二十三日間だけの彼女、バスケット部の男に心変わりした時、俺との別れの手紙をあいつに託したんだ。
武井　そうか。そりゃ忘れられないだろうな。
西山　あいつ、手紙渡す時、俺に「カニクマのくせに人間の女を好きになるなんてバカじゃないの」って言いやがった。
武井　まあ、かなり真実をついてはいるけどね。
西山　あの野郎、ドラム缶みたいになりやがって。今日は俺が言ってやる。お前、まさかドラム缶のくせに人間と結婚してるんじゃないだろうなって。
　　武井、腕時計を見ながら
武井　ほら、お前の後半の話だ。急げ。
西山　（まだ女たちの方を見ながら）よくもまあ、身の程知らずにマドンナの横になんか座るな。
武井　よっぽど根に持ってるんだな。まあドラム缶はいいから。
西山　俺の後半か。後半は最高級のユンケルだぞ。
武井　いいね。ぜひ聞きたいよ。

西山　（思い出すように）三十代で店長になって有頂天になったのもつかの間、ジジィとババァのクレーマーが登場しやがった。
武井　クレーマーか。現代社会が生んだ新種のダニだな。
西山　そのダニの糞だよ、あいつら。とにかく何にでも文句を言ってきやがるんだ。「ここで買った魚食ったら下痢して会社休んだ。補償金出せ」「床の磨き過ぎで滑って倒れたわよ、どうしてくれるの」「なんで野球のグローブが売ってないんだ」「どうしてレジには女ばっかりで若い男がいないのよ」「店長、お前のその体つき、気持ち悪いんだよ」って。人を何だと思ってるんだ！
武井　すごいな。でもそいつらはそいつらで、実は職場でクレーマーにやられてるのかもしれないぞ。やられたら腹いせをしたくなるだろう。噛まれたらそいつも怪物になる、ほら、キョンシーだよ。
　　言いながら武井、キョンシーのように両手を肩まで挙げて跳ねるふりをする。
西山　そんな事なら、俺だって。（怒りをこめて）言いたいことは山ほどある。
武井　そうだよ。そうやって新たなクレーマーが次から次に誕生する。寛容さを失った社会の悪の連鎖だ。
西山　（うなだれながら）でも俺はキョンシーにはなれなかった。
武井　まあ、お前は人がいいからな。
西山　代わりにうつ病になっちまった。
武井　それも競争社会が生んだ平成の時代病だ。
西山　入退院を繰り返しているうちに左遷だ。北海道の地の果てまで飛ばされた。
武井　この国は弱い者にはとことん強いからな。

西山　しかし、凍てついた北の国にも天使はいた。
武井　お、いいじゃないか。
西山　レジのパートをしている女だった。俺より十歳年上で、ブスでバツイチで子持ちだったけど、優しかった。ひと晩だけ寝た。そしたら子どもができたって…。それで結婚したんだ。まあ、百点満点で十点くらいの女だったが、それでも結婚できたということが嬉しかった。
武井　まあ、話の中からお前たちの容貌を削除すれば、北国の荒野の片隅に咲く一輪の花のような、美しい話じゃないか。
西山　しかし、そこからまた地獄が始まった。
武井　なんだよ。すぐに枯れてしまったのか。さすが不幸の星の王子様。
西山　北国の天使は、悪魔だった。
武井　振り幅が大き過ぎるよ。
西山　実際には子どもなんかできてなかった。
武井　嵌められたというわけか。
西山　嫉妬深い女だった。
武井　まあよくいるタイプだ。
西山　前の旦那が浮気したとかで、俺も浮気するんじゃないかと。
武井　まあよくある話だ。
西山　一時間ごとに電話をかけて来るんだ。
武井　それはしんどいな。

西山　ちょっとでも家に帰るのが遅くなると、どこで何をしていたのか、分刻みの行動を訊いてくる。
武井　でもそれも愛の一形態だろう。
西山　せっかく治っていたうつ病がまた出てきやがった。
武井　愛は諸刃の剣だ。
西山　家に帰るのがいやになっちまった。
武井　引き寄せる愛もあれば、引き離す愛もあるわけだ。
西山　毎晩車で会社を出ると、途中で道路わきに車を停めて時間をつぶすようになった。ラジオで音楽を聴くんだ。

（音楽「ミスターロンリー」フェイドイン）

武井　この世界でたった独りぼっちか。
西山　五十前のミスターロンリーおっさんだ。

（音楽フェイドアウト）

西山　ある晩、いつものように路肩に車停めて音楽を聴いていたらいつの間にかうとうとしてしまった。目が覚めた時、目の前のフロントガラスに大型トラックが映っていたんだ。

間

武井　なるほどね。お前の話は確かに最高級ユンケルだ。
西山　しかし今日はみんなの話聞けるから楽しみだな。幸せな話なんか聞く気もしない。不幸な話だけを聞いてやる。

間

武井　（改まったように）五十歳か。時間は短いようで長いな。
西山　長いようで短い。

間

西山　でもやっぱり時間って不思議だワ。生きているから時間があるのか、時間があるから生きているのか。
武井　もうここまでくれば俺たち失うものなんて何もないのに、なんかちょっと淋しくないか。

間

西山　そうだな。
武井　なんなんだろ。この淋しさって。

間

男の声　七転高校第二十五回卒業生の十三名の皆さま、どうぞ小ホールの中へお入り下さい。
西山　行くか。
武井　ああ。

二人、立ち上がって襟などを正し、上手へ消える。照明やや落ちる。

間

七転高校校歌が流れ出す。徐々にボリューム下がる。フェイドアウト。

女の声　七転高校第二十五回卒業生の皆さま、まもなく同窓会を開始致しますので桜の間にお入り下さい。

間

女の声　開催に当たってまず、卒業後、これまでに亡くなられた十三名の皆さまのご冥福を祈って黙とうをささげたいと思います。

間

女の声　黙祷！

暗転

森田童子「哀悼夜曲」流れる。

幕

盛岡 茂美（もりおか しげみ）
1952年　奄美市名瀬生まれ
大島高校・早稲田大学第一文学部卒業
神奈川県の公立高校に英語教諭として勤務する傍ら執筆
小説『都会に吹く南風』『板付け舟で都会を行く』（以上海風社）、『クラウディライフ』（南海日日新聞連載・電子書籍）等、エッセー「世間百態（ユヤダンダン）」他、評論等
日本文藝家協会会員

夕暮れの街から

二〇二四年四月二十五日　初版発行

著　者　盛岡 茂美
発行者　作井 文子
発行所　株式会社 海風社
〒550-0005 大阪市西区西本町二―一―三四
SONO西本町ビル4B
TEL　〇六―六五四一―一八〇七
振　替　〇〇九一〇―二―三〇〇〇六
印刷・製本　モリモト印刷 株式会社

ISBN978-4-87616-070-9　C0095
装　幀　菱刈俊作